Fuera de combate

Anna Garcia

Cualquier forma de reproducción, distribución, comunicación pública o transformación de esta obra solo puede ser realizada con la autorización de sus titulares, salvo excepción prevista por la ley.
Diríjase a CEDRO si necesita reproducir algún fragmento de esta obra.
www.conlicencia.com - Tels.: 91 702 19 70 / 93 272 04 47

Editado por Harlequin Ibérica.
Una división de HarperCollins Ibérica, S.A.
Núñez de Balboa, 56
28001 Madrid

© 2019 Anna García
© 2019 Harlequin Ibérica, una división de HarperCollins Ibérica, S.A.
Fuera de combate, n.º 181 - 20.3.19

Todos los derechos están reservados incluidos los de reproducción, total o parcial. Esta edición ha sido publicada con autorización de Harlequin Books S.A.
Esta es una obra de ficción. Nombres, caracteres, lugares, y situaciones son producto de la imaginación del autor o son utilizados ficticiamente, y cualquier parecido con personas, vivas o muertas, establecimientos de negocios (comerciales), hechos o situaciones son pura coincidencia.
® Harlequin, HQN y logotipo Harlequin son marcas registradas por Harlequin Enterprises Limited.
® y ™ son marcas registradas por Harlequin Enterprises Limited y sus filiales, utilizadas con licencia. Las marcas que lleven ® están registradas en la Oficina Española de Patentes y Marcas y en otros países.
Imágenes de cubierta utilizadas con permiso de Dreamstime.com.

I.S.B.N.: 978-84-1307-427-6
Depósito legal: M-42080-2018

Por aquellas exigencias que se convierten en algo increíble.

Capítulo 1

Judith

—¡Rápido, chicos! ¡Que perderéis el autobús!
—¡Ya voy! —grita Connor, bajando las escaleras a toda prisa.
—¡Estoy listo! —asegura Evan justo después.
Los dos se plantan frente a su madre, bien peinados y sonrientes, listos para pasar la inspección.
—Vamos a ver... Dientes limpios... Orejas limpias... Más o menos bien peinados... —Sonríe, pasando los dedos por el rebelde pelo castaño de Evan, peinándoselo a un lado para que no le tape los ojos—. Gafas bien puestas...
Beth les mira a los dos, sonriendo muy orgullosa, listos y preparados para empezar un nuevo curso.
Además, este año es especial, porque Evan ya tiene cinco años y empieza el colegio. Es un gran cambio con respecto a la guardería, pero Connor y Kai, que tienen siete y nueve años respectivamente, le ayudarán a adaptarse.

—¡Kai, espabila! —grita ella, mirando hacia el piso de arriba.

—¡Voooooooooooooy! ¡Tranquila! ¡No hay prisa...!

—¡Por supuesto que hay prisa! ¡No podéis llegar tarde el primer día!

—¡Si perdemos el autobús, vamos corriendo y punto! —grita Kai, aún desde el piso de arriba, para la desesperación de su madre, que niega con la cabeza, consciente de que nunca conseguirá que su hijo mayor se ilusione por ir al colegio.

—Mamá, me he puesto hasta colonia. ¿Me hueles? —le pregunta entonces Connor, acercándose a ella, algo que no haría falta, porque ya ha advertido el olor desde antes de que entrara en la cocina.

—¡Madre mía! ¡Qué bien hueles!

—Ya sabes, es el primer día de curso y me han dicho que segundo es muy «chungo». Si me meto a la señora Meyers en el bolsillo ya, tengo medio curso ganado.

Y no le cabe duda de que lo hará. Es el superpoder de Connor: caer bien a todo el mundo con una simple sonrisa.

—Bien pensado, cariño, aunque espero que sigas sin necesitar ayudas externas aparte de esto —dice, picando con su dedo en la cabeza de su hijo—. ¿Y tú, Evan? ¿Listo para tu primer día de colegio?

—¡Listo y preparadísimo! ¡Estoy tan nervioso...! ¡Voy a tener un pupitre para mí solo donde poder sentarme para hacer los trabajos! ¡Y lápices de colores! ¡Y en la clase habrá una pizarra! ¿Sabes, mamá? Voy a intentar sentarme delante de todo para estar muy atento a la profesora.

—Pues me parece muy bien, cariño —responde ella.

En ese momento, Kai entra en la cocina y, acercándose a Evan por la espalda, susurra en su oído:

—Entre tú y yo, eso no lo digas en voz alta cuando estés en el colegio...

—¿Por qué? —pregunta Evan.

—Porque te cogerán manía desde el primer día. Y créeme, no querrás que eso ocurra.

—Kai, deja de meterle miedo a tu hermano —le pide su madre, agarrándole de las manos para atraerle hacia ella—. Vamos a ver, revisión. Kai, por favor. No te has lavado los dientes, aún tienes legañas en los ojos y no quiero ni mirarte las orejas. ¿Se puede saber qué hacías allí arriba?

—Cagar.

—Oh, por favor, Kai... ¿Todo este rato?

—Y leer un cómic —asegura, sonriendo orgulloso.

Beth le mira desesperada y agotada a pesar de lo temprano que es.

—¿No dices siempre que tengo que leer más? —le pregunta Kai, intentando quitar hierro al asunto.

—Kai, ¿qué pasará si me cogen manía? —insiste Evan, con cara de susto, agarrando a su hermano de la manga.

—Que los mayores te zurrarán de lo lindo —contesta, provocando que Evan abra mucho los ojos, asustado.

—Pero vosotros no vais a dejar que eso pase, ¿no? Vosotros sois mayores y me defenderéis, ¿no? ¿Kai? ¿Connor? —pregunta a los dos, que se sonríen entre ellos, con algo de malicia—. ¿Mamá?

—Eso no va a pasar, tranquilo. Y, si en algún momento algún niño te molesta, tus hermanos te defenderán. Ya me encargaré yo de que lo hagan, porque de lo contrario, se les acabó jugar al baloncesto en las pistas.

—¡Mamá! —se quejan los dos a la vez.

—De vosotros depende. Ahora, tú —dice señalando a Kai—, arriba a lavarte los dientes y la cara. Tienes dos minutos. Si en ese tiempo no has bajado, me encargaré de que tu profesora te cargue con tantos deberes para hacer este fin de semana, que no tendrás tiempo ni para parar a comer.

—¿En el colegio mandan deberes para hacer en casa? —pregunta entonces Evan, muy ilusionado, dando pequeños saltos, mientras su madre y sus hermanos le miran con una mezcla de sorpresa e incomprensión reflejada en el rostro—. ¡Ay, qué bien!

—Mamá, confiésalo —insiste Kai, inmóvil al pie de las escaleras, alucinando por las palabras de su hermano—. Es adoptado, ¿verdad?

—Kai, el tiempo corre. ¡Baño, dientes, ya! —le apremia Beth, señalando a su hijo.

—¿Qué pasa? Me gusta el colegio... ¿Por qué decís esas cosas? —se queja Evan, extendiendo los brazos, sin entender por qué a todo el mundo le extraña tanto que le haga ilusión aprender cosas nuevas—. Connor saca buenas notas y Kai no se mete con él.

—Porque yo no digo cosas como «¡deberes, qué bien!» o «me voy a sentar delante del todo para estar más atento a la profe» —le contesta Connor, haciéndole burla con el tono de su voz.

En ese momento, Kai baja corriendo las escaleras y frena en seco justo delante de su madre, abriendo los brazos y dando una vuelta sobre sí mismo, pavoneándose.

—¡Listo! Nenas, preparadas que voy...

—Ahora sí. Guapísimo —dice Beth, estrechando a su hijo entre sus brazos mientras le susurra al oído—: Y cuida de Evan, por favor. Ve a verle siempre que puedas...

—Si sigue siendo tan pedante, me va a dar mucha faena —le contesta.

—Hazlo por mí, ¿vale? —le pide, dándole un beso en la mejilla antes de soltarle.

—Sabes que sí —responde Kai, guiñándole un ojo de forma cómplice—. Lo que sea por mi chica favorita.

—Y por ser el primer día, procura que no te castiguen. Intenta empezar el curso con buen pie y pasar desapercibido.

—Lo intentaré.

Pocos minutos después, Beth, desde el porche de casa, observa a sus tres hijos en la parada del autobús. Ve a Evan agarrarse de las manos de sus hermanos cuando el autobús se detiene y que estos, lejos de incomodarse, a pesar de sus múltiples quejas y constantes burlas, le miran sonrientes para infundirle confianza. Kai incluso, cuando se abren las puertas, le agarra por los hombros y se agacha a su altura, señalando hacia el conductor y contándole algo mientras Evan asiente. Justo antes de subir, Connor, tan empático y atento como siempre, se gira hacia su madre y levanta el pulgar sonriente para tranquilizarla, gesto que ella agradece lanzándole un beso y diciéndole adiós con la mano.

Kai lleva un rato sentado en su pupitre, en la última fila del aula, charlando con algunos compañeros de clase, cuando su profesora entra por la puerta.
—¡Buenos días, chicos!
—¡Buenos días, señora Clarke! —contestan todos a la vez.
En cuanto levanta la vista, sonríe afable mirando alrededor, hasta que se fija en Kai, que está con la espalda recostada en la silla, mirando al techo mientras juega con un lápiz en la boca.
—Malakai O'Sullivan.
—¡Sí, señora! —contesta él poniéndose en pie, haciendo el saludo militar mientras el resto de la clase estalla en carcajadas.
—Buen intento, pero quiero tenerte cerca. Cindy, haz el favor de cambiarle el sitio a Kai —le pide a la chica que está sentada en la primera fila.
—Está claro que sigue sin ser inmune a mis encantos —comenta mientras se levanta, arrastrando por el suelo su mochila y dejándose caer en la silla que ha quedado libre.
—Mucho mejor —afirma la profesora, justo antes de fijar su vista en la chica sentada junto a Kai—. Parece ser que tenemos una nueva alumna. ¿Por qué no te levantas y te presentas?
La niña la obedece al instante y se coloca a su lado, encarando al resto de alumnos. Se muerde el labio inferior, agachando la vista y juntando las manos frente a ella, haciendo patente su timidez e incomodidad.

—Vamos, que no muerden. Empecemos por algo sencillo. ¿Cómo te llamas? —la ayuda la señora Clarke.

La niña se coloca el pelo detrás de las orejas y cuando levanta de nuevo la vista, decide tranquilizarse fijando la vista en un punto concreto, justo delante de ella, y el destino quiere que sea en Kai. Él abre los ojos de par en par y enseguida se le dibuja una enorme sonrisa en los labios.

—Me llamo Judith McBride.

—¿Chicos...?

—¡Hola, Judith! —corean todos los alumnos al unísono.

—Hola, Jud —susurra Kai.

No le hace falta decirlo en voz alta porque ella le sigue mirando fijamente. Frunce el ceño, algo molesta, pero la profesora la distrae de nuevo.

—¿Y dónde estudiabas antes? ¿Vienes de otro colegio de la ciudad?

—No. Antes vivía en Minnesota, pero a mi padre le han trasladado a Nueva York y...

Mientras habla, Kai se echa hacia delante y apoya la barbilla en las manos, escuchándola detenidamente. Al rato, cuando ella acaba de hablar y vuelve a sentarse, la profesora les pide que saquen sus libros. Judith lo hace, pero Kai es incapaz de quitarle los ojos de encima.

—¿Qué miras? —le pregunta ella, de repente.

—Pues a ti —contesta él sin cortarse un pelo.

Ella resopla y gira la cabeza en dirección a la profesora para seguir atenta a sus explicaciones, aunque Kai puede comprobar que se ha sonrojado un poco.

—Si quieres, a la hora del recreo, te puedo hacer

de guía turístico. Ya sabes... enseñarte un poco todo esto.

—Kai, por favor... —le llama la atención la señora Clarke—. Vamos a empezar bien el curso. Dime que el verano te ha servido para darte cuenta de que quieres hacer algo de provecho con tu vida.

—Puede apostar por ello, señora C.

—Vale, pues demuéstramelo.

Kai asiente con la cabeza mientras la profesora sigue con la explicación. Pocos segundos después, se inclina hacia su derecha y, sin dejar de mirar al frente, insiste en voz baja:

—¿Qué me dices? ¿Tenemos una cita?

—No.

—¿Por qué no?

—Calla y déjame escuchar —susurra Judith.

—Conocer las capas de la Tierra no te servirá de mucha ayuda en el futuro, créeme. En cambio, conocerte este colegio como la palma de tu mano, es de vital importancia para ti.

—¿Ah, sí? ¿Y eso por qué?

—La cafetería, por ejemplo. ¿No quieres saber el camino más corto para llegar desde aquí? Te advierto que los primeros se llevan lo mejor. Y si toca verdura, las coles de Bruselas no tienen mucha aceptación y se quedan siempre al final de las bandejas.

Ella le mira de reojo, arrugando la boca aunque sin dar su brazo a torcer, aún atenta a las explicaciones de la profesora, que sigue paseando de un lado a otro de la clase.

—Los baños —insiste él—. ¿Acaso no te interesa saber qué baños están más limpios? Porque para tu información, sí, hay algunos más limpios que otros o...

—Kai, segundo aviso —La señora Clarke vuelve a parar la clase para llamarle la atención—. Al tercero, te mando al despacho del director, que ya te debe de echar de menos.

—Solo estoy siendo amable con la chica nueva —se excusa él—. Ya sabe, para que no se sienta sola y sin amigos.

—Muy amable por tu parte, pero espera al recreo para estrechar lazos.

—¡Eso mismo le estaba diciendo yo! Que saliera conmigo a la hora del recreo. ¿Lo ves, Jud? Si no quieres hacerme caso a mí, haz caso de la voz de la experiencia.

La profesora resopla con fuerza, dejándole por imposible, mientras intenta acallar las risas de los demás alumnos. Kai tiene el poder de alborotar una clase con un solo comentario, y, a veces, reconducirles es una ardua tarea para ella.

Por suerte para la profesora, el resto de la hora de clase acaba sin más incidentes y, en cuanto suena la alarma para salir al recreo, todos los alumnos salen despavoridos.

—¡Kai! ¡¿Vienes?! —le grita un compañero.

—¡Un momento! ¡Le prometí a mi madre que le echaría un ojo a Evan! —contesta él.

Corre hacia la zona del parvulario, donde están las clases de los niños más pequeños del centro, y busca la clase de Evan. A través del cristal de la puertas, le ve sentado alrededor de una pequeña mesa, con un lápiz en la mano y sacando la lengua mientras se esfuerza en escribir algo en una hoja. Es el único que está sentado, ya que el resto de sus compañeros están repartidos por toda la clase, la mayoría jugando. Kai, resignado, apoya las dos manos en la puerta y le observa mientras niega con la cabeza. Entonces, la profesora le ve en la puerta y se acerca hasta Evan para avisarle. En cuanto levanta la vista, sonríe de oreja a oreja y levanta la hoja para enseñársela. Kai levanta los pulgares para compartir su entusiasmo. La profesora parece darle permiso y entonces Evan se levanta y se acerca hasta la puerta.

—Hola, Kai —le saluda.

—¡Eh! ¡Hola! —responde, agachándose a su altura—. ¿Cómo te va? ¿Te gusta?

Evan se muerde el labio inferior y agacha la cabeza, mirando la hoja que lleva entre las manos. Mueve los ojos de un lado a otro, indeciso, hasta que Kai le insiste:

—¿Evan...? ¿Estás bien?

—Es que no quiero que te enfades...

Kai chasquea la lengua y le revuelve el pelo con cariño.

—No me enfado. Te lo prometo —le dice mientras Evan levanta la vista y le mira muy ilusionado.

—Pues entonces, me encanta, Kai. ¡Mira lo que estoy haciendo!

—¡Vaya! ¿Lo has hecho tú solo? —le pregunta con orgullo, provocando que Evan asienta sonriendo—. ¡Pues está genial! Escribes muy, pero que muy bien.

—Me ha dicho la profesora que me lo puedo llevar a casa para enseñárselo a mamá y papá. ¿Vendrá Connor a verme? ¿Le dices que venga y así se lo enseño a él también? Pero no le digas lo que he hecho, que quiero que sea una sorpresa. La profesora ha dicho que hoy no saldremos al recreo, y por eso estamos jugando aquí en clase, así que no os veré allí. Para mí mejor, porque prefiero practicar las letras. ¿Y sabes qué más? Somos la clase de las estrellas y, ¿sabes a dónde nos van a llevar? ¡Al planetario! ¿Te lo puedes creer? ¡Y vamos a hacer más excursiones!

En ese momento, Kai, que había permanecido atento a todas sus explicaciones, intentando seguir y entender todo lo que su hermano le decía de forma atropellada, empieza a reír.

—¿Qué pasa? ¿De qué te ríes?

—De nada, colega —le contesta abrazándole y cogiéndole en brazos para llevarle de nuevo dentro de clase—. Solo estoy feliz de que te guste tanto venir al cole. Estoy seguro de que harás algo grande en la vida.

—Tú también —asegura Evan antes de apretar los labios contra la mejilla de su hermano para darle un largo beso.

—Nos vemos a la salida, ¿vale? Te vendremos a recoger para ir juntos en el autobús. Espéranos a Connor y a mí. No salgas sin nosotros.

—Prometido.

Camina hacia atrás, diciéndole adiós con la mano hasta que, al salir al pasillo y darse la vuelta, se topa con Judith.

—Hola —la saluda él, metiéndose las manos en los bolsillos del vaquero.

—Hola —responde ella, sonriendo mientras echa rápidos vistazos a la clase de Evan.

—Es mi hermano pequeño —le informa él, rascándose la nuca y señalando hacia atrás—. Es su primer día, y mi madre me hizo prometerle que viniera a verle y...

—Es genial —le corta ella, agachando la cabeza mientras se coloca unos mechones de pelo detrás de las orejas.

—¿Sí? —contesta Kai sorprendido, hasta que, al ver la oportunidad que se le acaba de presentar, decide aprovechar la ocasión—. Sí, sí. Genial. La verdad es que no me cuesta nada y así le veo y yo también me quedo más tranquilo.

—Qué tierno...

—Sí. Eso soy yo. Tierno. Supertierno. Mucho más que un bollo recién horneado.

—No te pases.

—Vale. Sí. Me he dado cuenta. Eso ha sido demasiado. ¿Y tú qué haces en el parvulario? ¿No te habrás perdido?

—Pues... —titubea durante unos segundos, hasta que al final se rinde y confiesa—: Me temo que sí.

—Eso te pasa por no aceptar mi invitación. ¿A dónde querías ir?

—Al despacho del director. Tengo que entregar unos papeles que les pidió a mis padres.

—Sígueme, conozco el camino bastante bien —dice empezando a caminar y mirándola de reojo.

—Eso me ha parecido antes...

—Bah, las malas lenguas. No creas todo lo que escuches por aquí. Hay mucha leyenda falsa.

Caminan uno al lado del otro, esquivando a varios alumnos que, a pesar de la prohibición expresa, corren por los pasillos. Muchos de ellos saludan a Kai porque, a pesar de ser de cuarto, le respetan como si fuera del último curso.

—Es aquí —dice entonces Kai, abriendo la puerta—. ¡Buenos días, Rose! ¿Cómo ha ido el verano?

—¡Malakai O'Sullivan! ¡¿No me digas que ya te han castigado?! ¡Batirías tu propio récord!

—¿Por quién me tomas, Rose? Solo venía a saludarte —contesta con su mejor sonrisa, haciendo las delicias de la secretaria del director—, y a acompañar a esta señorita. Rose, ella es Jud, es su primer día en el colegio y ha tenido la suerte de que me sentara a su lado en clase. Jud, ella es Rose. Es colega, y de fiar, cualquier cosa que necesites, puedes confiar en ella.

Las dos le miran divertidas, hasta que Rose, poniendo los ojos en blanco, mira a Judith con una sonrisa afable.

—Me llamo Judith, no Jud.

—Jud es más corto y mola más.

—Nadie me llama Jud.

—Y no dejes que nadie más lo haga, así, el honor será solo mío.

—Bienvenida —interviene entonces Rose—. ¿Qué necesitas?

—Venía a traerle estos papeles al director...

En ese momento, él mismo sale de su despacho.

—Rose, salgo unos minutos a...

En cuanto ve a Kai, se frena en seco, mira el reloj y, con la boca abierta, le pregunta:

—¿Ya? ¿Solo has tardado dos horas?

—Que no estoy castigado... —contesta Kai, chasqueando la lengua—. Qué fama, por favor... Solo he venido a acompañarla. Es nueva, y no sabía dónde estaba su despacho.

—Totalmente inmerecida, ¿verdad? —le pregunta el señor Zachary, dándole unas palmadas en la espalda—. ¿Cómo ha ido el verano? ¿Tus hermanos están bien? ¿Y tus padres?

—Todos bien, señor. De hecho, Evan ha empezado este año.

—Otro O'Sullivan... ¿Me tengo que poner a temblar?

—No, para nada. Evan es muy inteligente. El mejor de los tres. Mis padres han ido perfeccionando la especie conforme tenían hijos. Yo soy la prueba piloto y lo han ido mejorando hasta llegar a Evan.

—No te infravalores, Kai. Si te esforzaras tanto para estudiar como para hacer el mal, sacarías unas notas de escándalo.

—Me va más el lado oscuro...

—Ya... —resopla y, dirigiéndose a Judith, añade—: ¿Qué tienes para mí? Ah, sí. ¿Estos son los papeles que les pedí a tus padres?

—Sí, señor —contesta ella de forma muy educada.

—Perfecto entonces. Gracias. Espero no volver a verte por aquí en todo el curso y a ti —dice mirando a Kai—, al menos esta semana.

—Cinco días seguidos... Lo intentaré.

En cuanto salen de nuevo al pasillo, Kai la mira e, intentando disimular su nerviosismo, evita su mirada.

—¿Quieres que te lleve a algún sitio más? ¿Sabes llegar a tu taquilla desde aquí? Yo voy para la mía a coger el bocadillo...

—No hace falta. Creo que me puedo orientar y sé llegar desde aquí.

—Vale. Pues nos vemos luego.

—Hasta luego.

La observa mientras se aleja y sabe que, aunque intente disimularlo, va muy perdida. Camina por el pasillo en línea recta y, si continúa por ese camino, acabará llegando a la puerta principal. Así pues, chasqueando la lengua, corre hasta ponerse a su altura.

—¿Te han adjudicado una taquilla fuera del colegio?

—¿Cómo dices? —pregunta ella, con la cara roja como un tomate.

—¿Qué taquilla tienes?

—La 274 —confiesa a regañadientes, mordiéndose la mejilla por dentro de la boca.

—Ven. —La agarra del brazo, tomando el primer pasillo a la izquierda, caminando pocos metros hasta que, apoyándose en una de las taquillas, dice—: Esta es.

Judith se acerca a la que le indica y le mira con suspicacia antes de intentar abrirla. Luego comprueba la combinación del candado que tiene apuntada en un papel.

—No te preocupes. Abrir taquillas no es uno de los motivos por los que piso tanto el despacho del director.

—No sé si eres de fiar. La fama que te precede habla por sí sola —asegura, haciendo girar la rueda para poner la combinación numérica.

—Como quieras. La mía está allí —señala mientras camina hacia allí.

Mientras él coge su bocadillo, no puede evitar sonreír. Judith no solo es increíblemente guapa, si no que además parece una chica lista, no una boba que solo se preocupa por su pelo o por si lleva bien pintadas las uñas. Y lo mejor de todo es que no se corta nada frente a él.

—¿Vas hacia el patio?

Kai se asusta al escuchar su voz tan cerca y no puede evitar dar un pequeño salto.

—¿Te he asustado? —dice Judith, sin poder contener la risa—. Pensaba que eras un tipo duro.

—No. No me he asustado. Es solo que... Bueno, no.... Es igual. Que sí, que voy hacia el patio.

—¿Estás nervioso por algo? —insiste ella, mirándole de reojo.

Kai la mira y, al verla sonreír de forma burlona, entorna los ojos y ríe, negando con la cabeza.

—¿Nervioso yo? ¿Por una chica? —pregunta con soberbia mientras salen al exterior—. Nunca me verás nervioso por culpa de una chica.

—¿Nunca? ¡Ya, claro! —le reta, acercándose a él con las manos en la cintura.

Se quedan un rato mirándose de frente, a escasos centímetros el uno del otro. Ella no retrocede ni un centímetro, aguantándole la mirada, mermando poco a poco la resistencia de Kai, que traga saliva cuando empieza a notar que su respiración se hace cada vez más pesada.

—¡Kai! ¡¿Echas unas canastas con nosotros?!

Le llaman a lo lejos, pero ellos dos no se inmutan. Se siguen mirando, aunque Kai empieza a claudicar y a echar rápidos vistazos alrededor.

—¿Qué es esto? ¿Una especie de pelea para ver quién aguanta más? —se excusa, pensando que usar una estrategia diferente pueda decantar la balanza en su favor—. Porque te advierto que me encantan las peleas... Y yo nunca pierdo...

—¡Kai! ¡¿Vienes o qué?! —vuelven a llamarle.

—Te esperan tus amigos —dice Judith.

—Que les jodan.

—¡Anda, tira para la pista! —le pide ella, dándole un pequeño empujón.

—¿Y dejarte aquí sola y desamparada?

—Créeme, sé cuidarme sola. Además, si me siento en peligro, gritaré para que vengas a salvarme —asegura, sacando la lengua.

—O si te entran unas ganas locas de ir a mear y no recuerdas el camino —añade él, señalándola mientras camina de espaldas hacia la pista.

En cuanto llega, le indican con quién forma equipo y enseguida le llega el balón. Después de driblar a un par de chicos y de hacer una pared con Tony, ya cerca de la canasta, se eleva y lanza el balón, que entra de forma limpia a través del aro. En cuanto lo hace, mira en dirección a Judith para comprobar que le haya visto encestar. Comprueba que se ha sentado en un banco y que, desde allí, sigue atenta los lances del partido. Ella le sonríe, hecho que envalentona a Kai, que enseguida vuelve a pedir el esférico e intenta acercarse a la canasta.

—¡Pásala, tío! —le recrimina un chico, pero él quiere lucirse frente a ella, quiere que le vea encestar una canasta tras otra.

—Deja de pavonearte y pásala, colega —le reprocha Tony, dándole un puñetazo en el hombro.

Pero Kai no les escucha. Su única obsesión ahora mismo es encestar cuantas más canastas mejor. Y cada vez que lo hace, ella sonríe, incluso aplaude, y Kai ve cada vez más cerca el momento en que le pueda dar un beso y pedirle que sean novios. Al fin y al cabo, eso es lo que hace la gente cuando se gustan, ¿no? Ser novios...

—¡Que la pases! —le dice entonces Troy, un chico de un curso por encima del suyo, dándole un fuerte empujón que le hace caer al suelo de culo.

Muchos de los chicos empiezan a reír, incluso algunos que ni siquiera estaban jugando, así que lo primero que hace Kai es mirar hacia Judith, y cuando la descubre riendo también, se enfurece y, enrabietado, se pone en pie en busca del chico que le empujó.

—¡Ha caído de culo, el muy tonto! —Ríe este, ajeno a las intenciones de Kai, hasta que se abalanza sobre él y le da un par de puñetazos.

El chico se zafa y, aún en el suelo, empieza a retroceder mientras otros gritan para llamar la atención de los profesores encargados de vigilar la hora del recreo.

—¿Qué pasa aquí? —pregunta uno de ellos en cuanto se acerca, agarrando a Kai por la espalda.

—¡Se abalanzó sobre mí! ¡Sin motivos! —se queja el chico, limpiándose la sangre que le mana del labio, mientras una profesora se interesa por sus heridas.

—¡Y una mierda! —grita Kai—. ¡Me empujaste y te reíste de mí! ¡Gilipollas! ¡Que eres un gilipollas!

—¡Eh, eh, eh! ¡Basta, Kai! ¡Y vigila ese lenguaje! —le advierte el profesor que le agarra.

—Pero es que... Es que... ¡Ese capullo empezó!

—¡Kai! —vuelve a reprenderle el profesor.

—¡Tú me pegaste!

—¡Vete a la mierda, Troy! —grita, intentando zafarse.

—Ya está bien, Kai. Acompáñame al despacho del director.

Al verse impotente, Kai se deja llevar, pasando entre una multitud de chicos que le observan, unos riendo aún por la caída, otros le miran con cara de miedo y algunos le aplauden y le vitorean. Él está avergonzado aún, porque piensa que ha hecho un ridículo enorme, y no puede quitarse de la cabeza la imagen de Judith riéndose de él. Camina con la cabeza agachada, hasta que entran en el despacho del director.

—No puede ser... —resopla Rose.

—Siéntate ahí —le pide el profesor que le ha acompañado, señalando las sillas situadas a mano izquierda, mientras le explica a Rose el motivo de su presencia allí.

Pasan casi quince minutos cuando el director entra por la puerta. Se le queda mirando y luego, extrañado, mira a Rose y a su reloj.

—Esto ya lo he vivido. Es un *dejà vu*. Cuando he salido antes, tú te habías ido, ¿no? —pregunta, dirigiéndose a Kai.

Al no contestarle, el director mira a Rose, que asiente con la cabeza, resignada.

—Se ha peleado con Troy Adams, de quinto curso. Le ha pegado algunos puñetazos, y ha dicho algunas palabras... malsonantes. Troy sigue en la enfermería.

El director le mira fijamente durante unos segundos mientras él, apoyando la cabeza en la pared, mira el techo y golpea las patas de la silla con los pies.

—¿Ya estás contento? Primer día de clase, primera llamada a tus padres.

Kai se encoge de hombros, haciendo ver que le trae sin cuidado que le castiguen y que llamen a sus padres. Y es así porque, en realidad, lo único que le preocupa ahora mismo es que Judith le haya visto hacer el ridículo.

Media hora después, su madre entra en el despacho del director y, tras sentarse en una silla al lado de su hijo, le mira con gesto severo.

—¿Ni un día, Kai? ¿Qué intentabas? ¿Batir un récord?

El director sonríe sin despegar los labios, dándose cuenta de que todos piensan lo mismo, aunque enseguida se pone más serio y le explica a Beth lo sucedido, incluyendo el estado físico de Troy, que ha salido de la enfermería con una ceja rota y un hematoma en el pómulo.

—¿En qué estabas pensando, Kai? —le pregunta su madre—. En nada bueno, como siempre. Kai, por favor... Inténtalo al menos...

Después de soportar las charlas de su madre y del director, Kai vuelve a clase con la amenaza de una expulsión si el incidente se repite. La señorita Hubert está en mitad de la explicación de la fotosíntesis cuando él entra. Se deja caer en su pupitre, apoyando los brazos y la frente sobre la mesa.

—Bienvenido, Kai —le saluda, mirándole por encima de sus gafas—. ¿Y tu libro?

—En la taquilla —contesta él con desgana, sin siquiera mirarla.

—¿Y no crees que el sitio en el que debería estar es encima de tu mesa?

—Seguramente.

Se lo queda mirando durante largo rato, hasta que se da cuenta de que no tiene ninguna intención de ir a por el libro, y ella tampoco se puede permitir perder más rato de clase.

—Este va a ser un curso muuuuuy largo... —resopla ella, quitándose las gafas y agarrándose el puente de la nariz con dos dedos—. Judith, ¿puedes acercar tu pupitre al de Kai y compartir tu libro con él?

Ella obedece al instante, sin rechistar, mientras Kai, incómodo, evita mirarla. Aún no está listo para mirarla a la cara, para enfrentarse a su mirada burlona por el ridículo de antes.

Lleva un rato escuchando a la señora Hubert cuando siente unos suaves golpes en el brazo. Gira la cabeza lentamente hacia Judith, pero ella está con la vista fija en la profesora. Se da cuenta entonces del papel que reposa encima del libro situado entre los dos.

Juegas muy bien al baloncesto, aunque creo que te va más el boxeo.

Kai sonríe agachando la cabeza, totalmente extasiado de felicidad y sobre todo aliviado al comprobar que ella parece no haberle dado mucha importancia a su caída. Entonces, ella vuelve a acercarse el papel y, con la misma letra pulcra de antes, vuelve a escribir.

Más que como guía, te contrataría como guardaespaldas. Podrías ganarte bien la vida. ¿Lo has pensado?

Después de leerlo, Kai gira la cabeza y entonces sus miradas se encuentran. Él entorna los ojos, sopesando su respuesta, la cual tiene muy clara, aunque no sabe si atreverse a confesarla. Se muerde el labio inferior y, finalmente, cuando ve que ella le tiende el lápiz, se decide a escribir.

¿Tú estarías interesada en contratarme? En ese caso, me podrías pagar con un simple beso.

En cuanto gira el papel para que ella lo lea, traga saliva y la mira, expectante para ver su reacción. Judith levanta una ceja y luego, sin mirarle, dobla el papel y lo guarda al final del libro. Kai, resignado, apoya la barbilla en una mano y simplemente evade su mente, dejando que los minutos pasen, sin más. Así, en cuanto suena el timbre para ir a comer, sale de clase arrastrando los pies. En cuanto entra, antes de recoger su bandeja, se acerca a la mesa de los más pequeños y saluda cariñosamente a Evan. Charla con él y con alguno de sus compañeros un rato, y luego se acerca hasta Connor, que está en la fila para recoger la comida.

—Me han dicho que has batido tu propio récord...

—Este colegio está lleno de chivatos y chismosos. ¿Me cuelas? —le pregunta, cogiendo su bandeja mientras Connor le deja ponerse delante de él.

—¿Estás bien?

—Por supuesto.

—¿Qué ha pasado?

—Que el gilipollas de Troy me empujó y se rio de mí.

—¿Y ya está?

—¿Te parece poco?

—Kai, dicen que le has partido la ceja. Mamá se tiene que haber puesto hecha una furia...

—Es igual... —Kai se encoge de hombros—. ¿Has hablado con el enano? Se lo está pasando en grande...

—Lo sé. Le fui a ver antes y estaba contentísimo porque le van a llevar al planetario.

—Lo sé. Qué raro es.

—Es adoptado —bromea Connor, mientras los dos ríen—. Bueno, tío. Nos vemos en el pasillo para coger el autobús, ¿no?

—Vale. Hasta luego, Con.

Cuando se separan y Kai levanta la vista para buscar un sitio donde sentarse, ve a Tony haciéndole señas a los lejos, pero entonces ella se pone a su lado.

—Hola —le saluda resuelta.

—Eh... Hola... —contesta él, algo sorprendido—. ¿Qué quieres?

—¿Comemos juntos? —le pregunta.

—¿Necesitas protección?

—Necesito un amigo.

—Oh, vaya. Yo que me había hecho ilusiones...

Entonces, Judith le da un beso rápido en la mejilla que le deja perplejo. Se miran durante unos segundos, sonriendo, hasta que él vuelve a hablar.

—Pensaba que no necesitabas protección...

—Y no la necesito.

—Ah, vale. Entonces... Guay...

—¿Me presentas a tus amigos?

Desde ese día fuimos inseparables. Incluso logró que, durante el tiempo que estuvo a mi lado, pisara mucho menos el despacho del director. Creo que el señor Zachary llegó a echarme mucho de menos, y Rose también, pero yo era sorprendentemente feliz portándome bien. Mis padres también estaban maravillados, tanto por mi comportamiento como por mis notas, que mejoraron mucho.

Echando la vista atrás, solo teníamos nueve años, así que nunca pasamos de ese beso casto en la mejilla, pero nunca necesité nada más.

Jud fue especial.

Ella era mi chica.

Fue, mi primer amor de verdad.

Capítulo 2

Annie

Fuera está lloviendo a cántaros. Antes de salir por la puerta del colegio, Connor se planta frente a su hermano pequeño y le pone la capucha del chubasquero. Al agacharse y ponerse a su altura, se da cuenta de que su hermano pequeño vuelve a tener rotas las gafas.

—Evan, ¿te has vuelto a cargar el cristal de las gafas? —le pregunta quitándoselas y mirándolas a contraluz, valorando el estropicio.

—Me empujaron en los vestuarios.

—¡Joder, macho! ¡Pero defiéndete un poco! ¡Que Kai y yo no podemos estar siempre pegados a tu culo! Verás papá cuando sepa que tiene que comprarte otras...

—No tengo intención de decírselo, así que tampoco se dará cuenta. Últimamente, no es que nos preste demasiada atención que digamos...

—Y sabes cuál es el motivo, pero pronto todo irá a mejor —asegura Connor, intentando sonar lo más convincente posible para protegerle de la cruda realidad—. Ahora vamos a buscar a Kai.

—¿Dónde está, por cierto? —pregunta Evan mientras su hermano le pone de nuevo las gafas sobre el puente de la nariz—. ¿No tendría que recogernos él a nosotros al salir del instituto?

—Está en el almacén abandonado de aquí atrás —responde Connor, agarrando a su hermano del impermeable y tirando de él mientras salen a la calle.

En cuanto bajan las escaleras, en lugar de emprender el camino a casa, caminan en sentido contrario, bordeando el colegio de secundaria donde estudian los dos, dirigiéndose hacia el almacén.

—¡¿Pero a dónde vamos?! —grita Evan para hacerse escuchar por encima del ruido de la lluvia, dejándose arrastrar por Connor.

—¡Ya te lo he dicho antes! ¡A buscar al capullo de tu hermano!

—¡Pero tenemos que volver corriendo a casa! ¡Papá se va a enfadar si no estamos allí para cuidar de mamá! ¡Tengo que hacer deberes y no puedo permitirme estar castigado durante mucho rato!

De repente, Connor gira la cabeza y le mira entornando los ojos de forma amenazadora. En cuanto le ve, Evan sabe que es mejor que cierre la boca.

—¡Al final te zumbo yo, te lo juro! ¡¿Puedes dejar de ser pedante durante al menos dos minutos?! ¡Ya sé que tenemos que volver rápidamente a casa, pero parece ser que Kai lo ha olvidado!

—¡Pero yo no quiero ir a ese almacén...! ¡Es... peligroso! —vuelve a insistir Evan, pero Connor no le hace caso—. ¡Connor, por favor...!

—No te pasará nada, ¿vale? —le asegura agachándose de nuevo frente a él—. No lo permitiré, ¿de acuerdo? ¿Confías en mí?

Connor espera a que Evan asienta con la cabeza y entonces le revuelve el pelo de forma cariñosa. Le coge fuerte de la mano y se cuelan por la verja oxidada que intenta impedir, sin ningún éxito, la entrada al almacén abandonado. Nada más hacerlo, empiezan a escuchar gritos y mucho barullo. Son signos inequívocos de que se ha organizado una nueva pelea, y donde hay una, Kai no puede andar muy lejos. Al entrar dentro del edificio destartalado, ven a un grupo de chicos y chicas formando un círculo, animando y vitoreando a los dos contendientes, que deben de estar en medio de todos ellos. Connor y Evan se hacen paso hasta que se ponen delante y ven a Kai pegándose con un chico del último curso de su instituto que debe de tener un par de años más que él. La edad del rival no parece importarle nunca a su hermano, ya que su altura y corpulencia le hace pasar por un chico mayor de lo que realmente es. Ambos van sin camiseta y, aunque el otro tipo tiene la cara muy ensangrentada, Kai parece bastante ileso a simple vista.

—¡Kai! ¡Eh, Kai! —grita Evan para intentar llamar la atención de su hermano, mientras se agarra con fuerza de la manga de la sudadera de Connor—. Vámonos, Connor. Ya vendrá luego.

—¡Ni hablar! Evan, tranquilo. Sin Kai no nos vamos —le contesta.

Cuando Connor vuelve a mirar hacia delante, ve como el otro tipo ha recogido una barra de metal del suelo y la balancea por delante de Kai, el cual, de momento, la esquiva con relativa facilidad.

—¡Kai! ¡Tenemos que irnos a casa! —grita de nuevo Evan.

Connor le da un golpe con el puño cerrado, sin medir la fuerza, y Evan se lleva la mano el hombro, doliéndose del golpe.

—¡Ah! Me has hecho daño... —se queja, compungido y con lágrimas en los ojos.

—¡Calla! No le desconcentres. ¿No ves que el otro lleva una barra?

Por suerte, Kai está lo suficientemente concentrado en la pelea como para no percatarse de sus gritos. Su madre suele decirle que si pusiera el mismo empeño en los estudios que en pelear, Kai sería un alumno de matrículas.

El tipo mueve la barra con rapidez y consigue asestarle un duro golpe a Kai en la cabeza, haciéndole caer al suelo. Evan aprieta su agarre con más fuerza alrededor del brazo de Connor, mientras este aprieta los puños, como si estuviera dispuesto a meterse en la pelea en cualquier momento para defender a su hermano. No lo hace porque Kai no se lo perdonaría en la vida. Gane o reciba una brutal paliza, quiere hacerlo solo y sin ayuda de ningún tipo.

—Vamos... Vamos, Kai... Tú puedes... —susurra Connor entre dientes.

Kai tarda unos segundos en conseguir ponerse en pie. Se tambalea un poco hasta que, con su bravuconería característica, se limpia la sangre con el antebrazo y, con una sonrisa de medio lado, le hace una señal al otro tipo para que se acerque de nuevo.

El tipo parece haberse envalentonado pero, en cuanto arremete con fuerza con la barra, Kai le esquiva echándose a un lado, la agarra con fuerza y le propina un rodillazo en el estómago. Al instante, mucha de la gente congregada alrededor, vitorea a Kai, demostrando la popularidad que despierta entre los chicos y chicas del barrio. En cuanto su oponente cae de rodillas al suelo, suelta la barra para agarrarse el vientre con ambas manos. Kai aprovecha y la lanza lejos de ellos de un puntapié. Luego le agarra del pelo y, aprovechando que su rival aún no se ha recuperado del último golpe, le obliga a levantarse y le suelta un fuerte derechazo en el mentón.

Connor sonríe con orgullo mientras la gente grita y vitorea a Kai. Evan se agarra de la sudadera de su hermano y hunde la cara en ella. La lluvia de golpes prosigue sin descanso, hasta que, a lo lejos, se escuchan la sirena de un coche de la policía. El lugar se sume entonces en el caos. Todos corren despavoridos en multitud de direcciones para que la policía no les pille allí dentro.

—Vámonos, Connor. Papá nos va a matar... Dios mío... Y vamos a hacer sufrir a mamá, y no le conviene... —balbucea Evan, totalmente aterrado—. ¡Kai, por favor!

Pero Kai no le hace caso, si no que, aun sonriendo, vuelve a levantar a su contrincante, dispuesto a seguir con la pelea, demostrando no tener ningún tipo de temor a lo que la policía pueda hacerle. Pero su rival no parece pensar lo mismo, y está más preocupado en zafarse del agarre y salir corriendo que en seguir pegándose.

—¿A dónde te piensas que vas? —le pregunta Kai.

—Vamos, tío. La poli nos llevará detenidos y mis padres me van a matar...

—O sea, que te rajas.

—Estás pirado. ¿Quieres que te encierren? Perfecto entonces, pero no me arrastres contigo. —El tipo intenta soltarse del agarre de Kai, pero este sigue reteniéndole con fuerza—. ¡Joder! ¡¿Qué es lo que quieres?! ¡Está bien! ¡Tú ganas! ¡¿Contento?! ¡Tú ganas!

Solo entonces, Kai abre la mano y le deja ir, mirando alrededor. Entonces se da cuenta de que queda poca gente en el almacén: Connor y Evan, unos pocos colegas, y Annie. Cuando sus ojos se encuentran, él le sonríe encogiéndose de hombros y acercándose a ella con paso lento.

—Tiene razón, estás pirado... —le dice ella, acariciándole la frente y las mejillas.

—Eso dicen las malas lenguas —contesta Kai rodeando la cintura de su chica.

—¿Y todo esto porque se le ocurrió meterse en el vestuario de las chicas y montar algo de follón?

—Y por verte en ropa interior. Eso solo puedo hacerlo yo.

Justo después de decir eso, Kai acerca su boca a la de Annie y la besa con firmeza, demostrando que, a pesar de tener dieciséis años, tiene sobrada experiencia en el tema. Connor los mira sonriendo como un bobo, mientras que Evan niega con la cabeza, agachando la vista, avergonzado.

—Debemos irnos —dice Annie al escuchar la sirena de la policía ya muy cerca—. ¿Nos vemos mañana?

—Esta noche —contesta él, besándola de nuevo.

—No puedo. Mis padres no me dejarán salir.

—Tus padres no tienen por qué enterarse. Deja la ventana de tu habitación abierta y yo me las apaño...

—Eres un pandillero de manual.

—¿Y eso es bueno o...?

—Eso es lo que me gusta de ti —asegura ella mientras empieza a distanciarse, caminando de espaldas, y guiñándole un ojo.

—Siento interrumpir este precioso momento —se mofa Connor—, pero la poli está aquí y tenemos que volver a casa. Ya.

—La tengo en el bote —dice Kai dándole un manotazo a Connor en el hombro—. Esta noche me la tiro.

—Esa chica es demasiado para ti. Es una de las pijas del barrio... No te pega nada.

Kai mira a Connor con una sonrisa de suficiencia en la cara, consciente de que no le falta razón. Annie no es, para nada, de su mismo nivel social. Vive en la parte rica del barrio, donde están las casas más nuevas, con los jardines bien cuidados y patrullas de vigilancia nocturnas. Sus amistades son muy distintas y sus aficiones también. Pertenecen a dos mundos totalmente distintos, pero eso es precisamente lo que le atrae a ella de él: salir con el chico malo del instituto. Por su parte, Kai no ve más allá de su melena rubia y lisa, esos labios carnosos, y sus enormes pechos.

—Cuando sus padres te vean merodeando a su alrededor, te impondrán una orden de alejamiento —dice entonces Evan, llamando la atención de sus dos hermanos, que le miran entornando los ojos, aún sorprendidos por su extenso vocabulario a pesar de su corta edad.

—¿Otra vez las gafas? —le pregunta Kai mientras se pone la camiseta.

—Le han vuelto a arrear —le informa Connor.

—¿Y te extraña? ¿Merodeando? ¿Orden de alejamiento? ¿Qué niño de doce años habla así? —le contesta Kai, justo antes de centrarse en Evan—. Dime que al menos intentaste protegerte poniendo los brazos tal y como te enseñé.

—No me dio tiempo... —contesta con la cabeza agachada—. Estaba leyendo y...

—¡¿Pero no me dijiste que estabas en el vestuario?! —le pregunta Connor mientras Evan asiente con la cabeza.

—¡¿Y se puede saber qué cojones hacías leyendo en el vestuario?! —le grita Kai—. ¡Es que te lo buscas tú solo! ¡Eres un puto imán para los golpes, tío!

—Pero ya me había cambiado y tenía un rato libre y... —se excusa Evan.

—Pues haces como el resto de chicos, el idiota. Esfuérzate por ser normal y no recibirás tantas hostias.

En cuanto salen, esquivando por los pelos a la policía, empiezan a correr hacia su casa. Van tan rápido que se les caen las capuchas y se empapan el pelo, aunque eso les importa bien poco.

—¡Vamos, Evan! ¡Que te quedas atrás! —le grita Kai.

—Es que vais muy rápido —contesta este, haciendo un esfuerzo por seguirles el ritmo sin que se le caiga la carpeta con los deberes que lleva bajo el brazo.

—¡Y tú eres muy lento!

—¡¿Ahora os asaltan las prisas?! ¡Llevo advirtiéndoos de esto desde hace un buen rato, pero como siempre, pasáis de mí! ¡Papá dejó bien claro que quiere que volvamos a toda prisa en cuanto salgamos de clase y...!

—¡Cállate, Evan! —gritan Connor y Kai a coro.

—Un día le arreo yo, al Pepito Grillo este... —le dice Kai a Connor—. ¿Estás seguro de que no es adoptado?

—Se parece bastante a mamá...

—¿Qué insinúas? ¿Que mamá le puso los cuernos a papá?

—Yo no insinúo nada, gilipollas —contesta Connor mientras los dos ríen.

—Pues este te digo yo que no es un O'Sullivan.

Suben los escalones del porche y entran en su casa como una exhalación, mirando alrededor en busca de su padre, preparados para su mirada de reproche y la reprimenda. Se dirigen a la cocina, y al no verle tampoco allí, dejan las mochilas en el suelo, se quitan las sudaderas empapadas, y empiezan a subir las escaleras hacia el piso de arriba.

—¿Papá? —le llama Kai, ya en el pasillo del piso superior.

—Sentimos llegar tarde —prosigue Connor, abriendo la puerta del dormitorio de sus padres, decidiendo mentir para librarse de la bronca—, pero tuvimos que acompañar a Evan a la biblioteca y...

Se queda mudo al ver a su padre arrodillado al lado de la cama donde yace estirada su madre, con la cara enterrada en las mantas que la cubren.

—¿Mamá...? —la llama Evan.

Su madre se remueve en la cama, provocando que los tres suelten una larga bocanada de aire que ni ellos mismos eran conscientes de que retenían en los pulmones. En ese momento, parece como si su padre se diera cuenta de su presencia por primera vez, como si no les hubiera escuchado hablar antes, y se levanta.

—Chicos, acercaos... —les pide con lágrimas en los ojos.

Los tres le hacen caso, descolocados, como si, a pesar de saber desde hace tiempo que su madre está muy enferma y de que la enfermedad está ya muy avanzada, no se lo creyeran del todo y aún tuvieran esperanzas de que se recuperara.

—¿Papá...? ¿Es...? ¿Ya? —pregunta Connor.

—Cariño... —le pide su madre con la voz muy débil, alargando la mano para intentar agarrarle.

—Mamá... —susurra Connor, arrodillándose al lado de la cama, ocupando el sitio que ha dejado su padre libre.

—Mi vida... —dice ella, acariciándole la mejilla—. Confío en ti, ¿vale? Cuida de ellos, ¿vale? Sé que eres capaz de hacerlo. Eres el más responsable de los tres.

—Pero estás tú... Si luchas, aún puedes quedarte con nosotros.

—Estoy muy cansada ya, cariño...

—Pero mamá... —solloza, con un gran nudo en la garganta.

—Prométeme que sonreirás y serás feliz.

—No. Sin ti, no.

—Prométemelo. Necesito que lo hagas. Necesito que seas feliz.

—Te lo prometo —contesta Connor al cabo de un rato, con la cara bañada en lágrimas.

—¿Sabes lo mucho que te quiero?

—Sí.

—No lo olvides nunca, ¿vale?

—Nunca.

Su madre cierra los ojos y traga saliva con dificultad. Cuando los vuelve a abrir, mira a Evan, que llora desconsoladamente, con la cara desencajada, abrazándose el cuerpo con ambos brazos.

—Mi bebé... Evan...

—¡Mamá, no! —grita él abalanzándose sobre ella, abrazándola con todas sus fuerzas.

—Escúchame, cielo —le pide, cogiendo su cara con las manos.

—¡No me dejes solo, mamá! ¡No te vayas! —grita Evan, desconsolado.

—¿Solo? Nunca vas a estar solo, mi vida. Mira a tu alrededor —le pide mientras su hijo le hace caso—. ¿Acaso te piensas que tu padre y tus hermanos te dejarán solo alguna vez? Siempre te protegerán, ¿vale?

Evan asiente, incapaz aún de mirar a su madre a la cara, mientras Connor le agarra con fuerza del brazo, empezando a demostrarle que las palabras de su madre son ciertas y que, a pesar de renegar de él constantemente, le defenderá toda la vida.

—Te quiero, pequeño. Y estoy muy, pero que muy orgullosa de ti —insiste su madre, poniéndole bien las gafas sobre el puente de la nariz—. No cambies nunca y no tengas miedo de mostrarte tal cual eres.

—Te quiero, mamá...

Sin dejar de abrazar a Evan, Beth mira entonces a su hijo mayor, que permanece impertérrito en el sitio, con los brazos inertes a cada lado del cuerpo, cerrando los puños con fuerza. Respira con fuerza por la nariz, con la boca cerrada, apretando los labios.

—Kai... Acércate, cariño...

Kai no se mueve y se limita a negar con la cabeza.

—Kai, haz lo que te pide tu madre —le reprocha Donovan mientras él sigue negándose, muy serio.

—¿Te has vuelto a pelear, cariño? —le pregunta su madre al ver el hilo de sangre cayendo desde la ceja de su hijo.

Todos miran a Kai, esperando a que conteste a su madre, o que no lo haga, pero que al menos le muestre algo de cariño. Lejos de hacer eso, Kai asevera el gesto mientras su pecho sube y baja con rapidez.

—Quiero que no dejes de hacerlo nunca —dice entonces Beth, sorprendiendo a todos—. Quiero que sigas peleando para poder proteger a tus hermanos siempre que lo necesiten. Solo te pido que me prometas que tendrás cuidado. Te quiero mucho, Kai.

Kai esperaba que su madre le sermoneara, no que le alentara a seguir peleando, y arruga la frente, confundido. Mira al suelo y mueve la cabeza de un lado a otro, hasta que sus puños se empiezan a relajar.

—Donovan... —habla de nuevo Beth, dirigiéndose esta vez a su marido, ya con solo un hilo de voz, mientras él se acerca hasta que su cara queda a escasos centímetros de la de ella—. Recuerda tu promesa... Te lo pido por favor...

—Te lo prometo. Te amo... —asegura, incapaz de disimular las lágrimas.

—He sido muy feliz...

En ese momento, los ojos de Beth se cierran y su padre se derrumba. Sus hermanos, muy asustados, no se separan de la cama, mientras que Kai se mantiene en un segundo plano. Le cuesta respirar y siente una presión en el pecho que le es imposible de describir. Mira a su madre a la cara, esperando verla reaccionar, que abra los ojos y le vuelva a sonreír para entonces poder decirle que él también le quiere. Pero después de varios minutos, en los que ni su padre ni sus hermanos dejan de llorar, sin saber bien el motivo, sale de la habitación, baja las escaleras, sale de casa y empieza a correr. La lluvia no ha cesado y él ha salido con lo puesto, sin chubasquero, así que pronto empieza a sentir la camiseta pegada al cuerpo, cada vez más pesada. Cuando los pulmones le arden, se detiene y da vueltas sobre sí mismo, llevándose las manos a la cabeza, e intentando recuperar el aliento y comprobar si la presión del pecho ha desaparecido. Se descubre rodeado de árboles, en mitad de un parque que le es vagamente familiar porque su madre solía llevarles cuando eran más pequeños, a pasear, jugar en el parque infantil e incluso a bañarse en la piscina cercana. El simple hecho de acordarse de nuevo de ella, provoca que su respiración vuelva a cortarse y se le escapen varios jadeos. Preso de la impotencia, golpea el tronco de un árbol con ambos puños, hasta que sus nudillos empiezan a sangrar y a dolerle horrores. Sin dejar de apretarlos, se obliga a alejarse y camina hacia la pasarela de madera. Una vez allí, se deja caer al suelo con pesadez y esconde la cara entre las piernas.

—Lo siento... Lo siento...

Varias horas después, cuando ya ha empezado a anochecer, se pone en pie, dispuesto a irse, aunque aún no tiene claro a dónde. Sabe que debería estar en casa, junto a su padre y sus hermanos, pero se cree incapaz de hacerlo. Se mira las manos, que le tiemblan sin parar, y se obliga a cerrarlas en un puño, a pesar del dolor que las heridas le provocan. Aprieta la mandíbula con fuerza, recordando las palabras de su madre, que se repiten una y otra vez en su cabeza desde que ella las pronunció.

«Quiero que sigas peleando...».

Y eso hará, piensa. Esa será su manera de demostrarle a su madre que la quiere. Peleando. Siempre. Para defender a sus hermanos. Para sobrevivir en la vida.

Camina hacia la salida del parque arrastrando los pies. La lluvia ha amainado, aunque corre una fría brisa que, sumado a que lleva la ropa empapada, le provoca algunos escalofríos. Se lleva las manos a los bolsillos del vaquero y entonces descubre que en uno de ellos aún lleva un cigarrillo de marihuana que le regaló un colega del último curso. Saca el mechero, lo enciende y le da una larga calada, soltando luego el humo lentamente, con los ojos cerrados. Cuando lo apaga pisándolo contra el suelo, una sonrisa renovadora se le ha instalado en la cara y consigue olvidarse de todo, al menos durante un rato.

A pesar de no haber cenado, no tiene hambre, así que en lugar de ir para casa, se dirige a la de Annie. En cuanto salta la verja de forja y llega al jardín trasero, busca una piedra pequeña y, con una precisión perfecta, la lanza, impactando en la ventana de su habitación. La luz se enciende al momento y ella aparece. Abre la ventana y le sonríe mordiéndose el labio inferior. Kai se encarama a la tubería atornillada en la fachada y empieza a escalar por ella hasta llegar al alféizar.

—Hola... —susurra ella en cuanto él entra en la habitación.

—Hola —contesta él en un tono de voz demasiado alto.

—Shhhh... Baja la voz —le pide ella—. Que mis padres están en el piso de abajo viendo la televisión, pero pueden subir en cualquier momento.

—Perdón. —Ríe Kai, algo colocado, acercándose a ella y pasando los brazos alrededor de su cintura.

—Estás empapado —dice Annie, apartándole con ambas manos—. Me vas a mojar el pijama.

Ni corto ni perezoso, Kai, mirándola desafiante, se quita la camiseta y la tira al suelo, quedándose desnudo de cintura para arriba. Luego se desabrocha el botón del vaquero y se deshace de él con algo de esfuerzo debido a lo mojado que está. Cuando se quita los calcetines y solo queda el bóxer, la mira sonriendo de medio lado, mientras se acerca de nuevo a ella mordiéndose el labio inferior.

—¿Mejor? —le pregunta justo antes de besarla.

Al rato, envalentonado, Kai empieza a caminar hacia la cama de Annie, arrastrándola a ella con él, sin despegar la boca de su piel.

—Kai, no... Mis padres están abajo...

—Pues sé silenciosa...

—Mi padre te mataría por el simple hecho de encontrarte aquí dentro. Imagínate si nos pilla en la cama y tú vas vestido solo con la ropa interior...

—Puedo quitármela también.

—No.

—Vamos... —insiste él, recostándola en la cama mientras le intenta inmovilizar los brazos sobre su cabeza, contra el colchón.

—Kai, no...

—Annie, va... No te hagas de rogar...

—No estoy preparada aún.

—¡¿No me jodas que eres virgen?! —pregunta Kai, sorprendido.

Annie siempre ha sido una chica muy popular en el instituto, y siempre se ha rodeado de multitud de chicos.

—Sí —contesta ella algo avergonzada, aunque con firmeza—. Simplemente, aún no ha aparecido la persona indicada. ¿Y tú...?

—¿Yo?

A Kai se le escapa la risa y echa la vista atrás, intentando recordar el número de chicas con las que se ha acostado.

—Pero no me importa. No pasa nada. Lo necesito... Te necesito.

—Pues te aguantas. Estaba planteándome dar el paso contigo, porque me parecías especial, pero ya veo que, simplemente, eres como los demás.

—¡Vamos! ¡No me vengas con esos rollos de la persona especial!

—¡Shhhh! Baja la voz.

—No me seas estrecha —insiste, bajando el tono y acercando la boca a su cuello.

—¡Kai, no! ¡Basta!

En cuanto se da cuenta de lo que ha gritado, se queda muy quieta, apartando a Kai empujándole por los hombros. Escucha expectante, hasta que, como se temía, escucha la voz de su padre y sus pasos al subir por la escalera.

—¡Mierda! Rápido, escóndete debajo de la cama.

Kai le hace caso de inmediato mientras Annie agarra el auricular del teléfono de su mesita de noche, rezando para que su madre no esté usándolo también, y se lo lleva a la oreja.

—Annie, cariño —dice su padre abriendo la puerta, mirando alrededor de la habitación sin demasiado disimulo.

—¿Con quién hablabas?

—Con Kai —contesta, enseñándole el auricular—. De hecho, aún estoy hablando con él. Le estoy echando un cable con los deberes de historia que nos han mandado hoy. Papá, ¿a que Nixon fue vicepresidente de Eisenhower y no de Kennedy? ¡Kai! ¡¿Cómo va a ser de Kennedy si era demócrata y Nixon republicano?!

Kai, debajo de la cama, quieto y casi sin respirar, alucina ante el poder de inventiva de Annie, que sigue haciendo que habla con él por teléfono, sin descanso y sin hacer caso a su padre, aún apoyado en el marco de la puerta.

—Vale, cariño... Os dejo que sigáis... estudiando —murmura su padre finalmente.

Aunque la puerta se ha cerrado ya, Kai no se atreve a salir de debajo de la cama hasta que Annie no asoma la cabeza.

—Puedes salir.

En cuanto él lo hace, Annie le tira la ropa mojada, en la que su padre por suerte no se fijó al entrar, y le mira de brazos cruzados.

—Vístete y vete —le pide con firmeza—. Mi padre ha estado a punto de pillarnos y, no sé tú, pero yo valoro mucho mi vida.

—Vamos, no te enfades. No me digas que este subidón de adrenalina no te ha puesto cachonda... —insiste él, intentando acercarse de nuevo.

Al ver que Annie parece no claudicar, chasquea la lengua y empieza a vestirse, intentando ponerse los vaqueros húmedos.

—¿Subidón? Si mi padre te llega a pillar aquí, te hubiera sacado de casa lanzándote por la ventana.

—Ya será menos...

—Es mi padre, y se preocupa por mí... Es lo normal... ¿Acaso tus padres no se preguntarán dónde estás ahora mismo? —le pregunta sin cambiar la postura autoritaria—. ¿Saben ellos que te cuelas en casas ajenas?

A Kai se le borra la sonrisa de la cara y se queda inmóvil, mirándola con la frente arrugada, sin saber bien qué responder a eso. Sabe que su padre estará tan hundido que, probablemente, a duras penas se habrá dado cuenta de su marcha, tal y como lleva pasando desde hace unos meses, desde que la enfermedad de su madre la postró en la cama día y noche. Consciente de que quizá está mostrándose débil y derrotado frente a ella, cambia la expresión rápidamente y, sin pensarlo, contraataca.

—Eres una calientapollas.

Annie le mira con los ojos muy abiertos y las cejas levantadas.

—¿Perdona? Y tú un capullo. Largo de mi casa y que no se te ocurra acercarte a mí nunca más.

—Tranquila. No pienso volver a tocarte ni con un palo.

Sin más, con el humor totalmente cambiado, sale por la ventana y baja por la misma tubería por la que ha subido antes. Al llegar abajo, no se molesta siquiera en mirar hacia la ventana.

—Pija de mierda... —susurra mientras se aleja.

Parece que Connor, en el fondo, tenía razón. Sus mundos son totalmente opuestos. Fue un iluso si en algún momento creyó que lo suyo tenía futuro.

Arrastra los pies de camino a casa, con las manos en los bolsillos, cabizbajo. Cuando pasa por delante del gimnasio del barrio, sus pies se detienen en seco, como si actuaran por cuenta propia. Gira la cabeza y, al ver la puerta entreabierta, no se lo piensa dos veces y la traspasa. Conoce el lugar porque ha venido alguna vez con su padre a presenciar alguna pelea amateur. Camina con sigilo por el interior, vacío a estas horas, aunque se escucha a lo lejos el eco de una radio encendida. Se acerca al cuadrilátero y pasea los dedos por la lona, hasta que ve el saco colgado en un lateral de la enorme sala y se dirige a él. Se agarra con ambas manos y apoya la frente, respirando con pesadez. Sin pensarlo, sin ser consciente del todo, se separa unos pasos y se pone en guardia, colocándose de lado mientras alza los puños frente a su cara. Lo golpea con ritmo, acompasando a la vez la respiración, mezclando ganchos de derecha con otros de izquierda, lanzando directos y amagando que se aparta.

—Tu izquierda es demoledora, pero no te proteges bien cuando usas la derecha.

Resoplando con fuerza para recuperar el aliento, Kai se agarra al saco y gira la cabeza hacia el hombre que le acaba de hablar, un tipo negro de casi dos metros de estatura y con cara de mala leche. Empieza a caminar hacia él, pero Kai, lejos de asustarse, se queda agarrado del saco.

—Dame las manos —le dice el tipo.

Kai aprieta los labios y le mira con recelo, hasta que le obedece y ve que el tipo se las empieza a vendar. Luego, agarrándole por los hombros, le separa unos pasos del saco y mientras le dice que dé un derechazo al saco, mueve su brazo izquierdo.

—Cuando golpees con tu derecha, el brazo izquierdo aquí, a esta altura. Es tan importante saber protegerse como golpear bien. No lo olvides nunca.

Kai no contesta, pero se mira las manos y luego estudia la postura que ese tipo le ha recomendado para protegerse.

—Venga. Golpea.

Pasados unos segundos, Kai empieza a golpear de nuevo el saco, que el tipo agarra desde atrás, gritándole alguna consigna que él no duda en obedecer casi de inmediato. Al rato, se descubre golpeando sin cesar, moviéndose de un lado a otro, respirando con fuerza por la boca, sudando por todos los poros de su piel y, lo que es más sorprendente, llorando.

—Vale, vale, vale... —le detiene el tipo, recibiendo alguno de los golpes, que no ha sido capaz de parar de golpe—. ¿Estás bien, colega? ¿Qué hacías tú solo por la calle a estas horas? ¿Dónde están tus padres?

Kai, incapaz de responder a todas las preguntas, llora desconsoladamente en brazos del tío, soltando todas las lágrimas que por alguna razón que se le escapa, sus ojos han sido incapaces de derramar hasta ahora.

—Está bien... Tranquilo... —El tipo le agarra, dejándole que se desahogue. Permanece con paciencia hasta que, varios minutos después, le despega poco a poco y vuelve a intentarlo—. Escucha, ¿cómo te llamas?

—Kai... Kai O'Sullivan —contesta casi en un susurro.

—Bien, Kai. Yo soy Marty y soy el dueño de este gimnasio. ¿Quién te ha enseñado a pegar así? ¿Tu padre? —Kai niega con la cabeza, pero no dice nada más—. ¿Y qué haces a estas horas en la calle? Tus padres estarán preocupados...

—Mi madre ha muerto esta tarde —dice de forma tajante.

—Oh, vaya... Yo... Esto... —balbucea Marty, descolocado—. Lo... lo siento mucho.

—Estaba muy enferma. Sabíamos que tarde o temprano este día iba a llegar. Me... había hecho a la idea, ¿sabe? —No sabe bien por qué, pero Kai parece haber recuperado las ganas de hablar y ha decidido que Marty es la persona ideal con la que desfogarse—. Casi tenía estudiado el momento en mi cabeza, cómo iba a pasar, lo que ella nos diría, cómo iban a reaccionar todos, lo que yo le iba a decir... Y todo salió tal y como había pensado... excepto que yo me quedé inmóvil. Como un idiota, quieto y mudo.

Marty conduce a Kai hasta un banco, en el que ambos se sientan. Se empieza a secar las lágrimas de las mejillas, mirándose luego las manos mojadas.

—No fui capaz de decirle siquiera que yo también la quería. No fui capaz de decirle que por supuesto que cuidaría de Connor y de Evan. Ni siquiera fui capaz de acercarme para abrazarla. Soy un gilipollas...

—No digas eso. Seguro que ella lo sabía.

—Lo único de lo que he sido capaz ha sido de salir huyendo como un cobarde, dejando solos a mi padre y mis hermanos pequeños. Y cuando me cansé de correr, me fumé un porro y luego intenté forzar a mi novia, así que ahora es mi ex novia... —Kai chasquea la lengua, avergonzado de sí mismo.

—Un mal día lo tenemos todos...

—¿Tanto?

—Vale, sí. Quizá el tuyo es uno de los mejores peores días posible.

—Pues no tiene pinta de mejorar...

—Escucha... ¿quieres venir a entrenar cada tarde? Supongo que tu padre preferirá saber que estás dando puñetazos aquí dentro que en la calle.

—No... O sea... Sí, me gustaría, pero no lo puedo pagar.

—¿Quién ha dicho que te vaya a cobrar? Mira, vamos a hacer un trato: yo te dejo venir aquí por las tardes a entrenar, y tú me pagas no metiéndote en líos ahí fuera. Ve a casa, empieza a cumplir con el cometido que tu madre te pidió y, cuando estés preparado, ven aquí por las tardes. Háblalo con tu padre y si te da permiso, aquí estaré esperándote.

Ese día perdí a dos mujeres: la chica popular e inalcanzable que no pudo resistirse a mis encantos, y a la mujer que me quiso de forma incondicional. Fue uno de los peores días de mi vida, uno que me perseguirá para siempre. Nunca dejaré de preguntarme si cuando mi madre cerró los ojos, sabía lo mucho que yo la quería y cuánto la iba a echar de menos. Pero me propuse cumplir su petición a rajatabla y ese día se convirtió también en el principio de todo. Di mis primeros pasos para hacer de mi habilidad con los puños, mi profesión, y de la protección de mis hermanos, una promesa que no iba a incumplir nunca en la vida.

Capítulo 3

GABRIELLA

—¿Vendrás a verme mañana por la noche?
—Tengo que estudiar. En tres días tengo el examen final de anatomía.
—¿Anatomía? En eso te puedo ayudar yo.
—¡Kai, no! —dice Gaby, zafándose de su agarre.
—Sabes que no tendrás mejor profesor que yo en esa materia.
—No lo dudo, pero no creo que ese tipo de estudio me ayude a aprobar el examen.
—¿Y cuándo tendrás un rato libre? ¿Ahora, esta noche, mañana...?
—Ni ahora, ni esta noche, ni mañana. Y ya que preguntas, la próxima semana tengo el final de biología, así que...
Kai resopla resignado, dejando caer los brazos inertes a ambos lados del cuerpo. Agacha también la cabeza y mira el césped que rodea la facultad de medicina de la Universidad de Nueva York, donde Gabriella, su novia desde hace casi un año, estudia.

—Vamos, Kai. No te pongas así. Te lo llevo advirtiendo desde hace semanas. Te dije que cuando llegaran los exámenes finales, no nos veríamos —dice ella, a una distancia prudencial para que él no la agarre. Sabe que si Kai la estrecha con fuerza entre sus brazos y la besa, le será prácticamente imposible resistirse a sus encantos.

—Es solo que... te echo de menos...

—¡Eso es imposible! ¡Empecé a estudiar para los exámenes finales hace dos semanas, tengo el primer examen mañana, y de momento no has cumplido la orden de alejamiento que te impuse ningún día!

—Pero... Yo no tengo la culpa... No sé pasar un solo día sin ti... —susurra Kai, totalmente derrotado.

—Lo hemos hablado muchas veces, Kai. Quiero hacer medicina y para ello tengo que estudiar, y mucho. Dijiste que lo entendías y que me darías todo el tiempo que necesitara.

—Sé lo que dije... Pero necesito verte...

Gaby empieza a caminar hacia él, agachando la cabeza para buscar su mirada hasta que, a una distancia corta, Kai se abalanza sobre ella y la agarra con fuerza de la cintura. Sonríe delatándose mientras acerca la cara al hueco del cuello de ella.

—¡Eres un capullo abusón! ¡Y un mentiroso! —se queja Gaby mientras él besa su hombro, aun sonriendo.

—Capullo, a veces. Abusón, vale, puede que sí. Pero mentiroso... ¡eso nunca! Te echo de menos, no sé pasar ni un solo día sin ti y necesito verte a todas horas. Incluso creo que me he quedado corto. —Acercando la boca a su oreja, sigue—: Porque también necesito acostarme contigo a todas horas.

Justo después de decir eso, Kai muerde el lóbulo de la oreja de Gaby y ella sabe que está perdida. Ladea la cabeza y hunde los dedos en el pelo de su nuca. Como si quisiera darle más argumentos, él la agarra en volandas y la obliga a poner las piernas alrededor de su cintura. Gaby deja caer los libros al suelo, junto con la mochila y su cazadora vaquera. Kai sube sus manos por los costados de ella, hasta llegar a la altura de sus pechos. Sutilmente, los empieza a acariciar con los pulgares, hasta que ella deja escapar un jadeo y Kai no puede evitar esbozar una sonrisa triunfal.

—¿De qué te ríes, cabrito? —le pregunta Gaby, sin dejar de besarle.

—De lo rápido que cambias de opinión. Parece que ahora sí quieres que te dé algunas clases de repaso de anatomía, ¿no?

De repente, Gaby deja de besarle y se separa de él, mirándole fijamente a los ojos. Muy seria, pone los pies en el suelo y se da la vuelta, contrariada.

—Gilipollas.

—Vamos... Era una broma —dice, intentando agarrarla de nuevo.

—¡No! ¡Has perdido tu oportunidad! Con lo bien que habías quedado con ese «te echo de menos». Ya decía yo que algo tan bonito y romántico no podía salir de tu boca a no ser que buscaras algo a cambio.

—Gaby, por favor. No te enfades. No te mentía... Te echo de menos.

—¿Te piensas que soy imbécil? Ya no cuela. Echas de menos follar, no a mí.

—¡No es verdad! Vamos... Sabes que yo...

—¡¿Tú, qué?! ¿Qué es lo que sé? ¡Vamos! ¡Dilo!

Gaby se cruza de brazos y le observa muy seria, mientras la sonrisa de Kai se va borrando poco a poco, dándose cuenta de que ella no bromea ni lo más mínimo.

—Ya me lo imaginaba —afirma ella mientras empieza a recoger sus cosas del suelo—. Intentas aparentar que eres un tipo duro, pero, en realidad, no eres más que un cobarde incapaz de expresar lo que siente.

Gaby le mira fijamente, retándole, dándole una nueva oportunidad para expresar sus sentimientos, pero, al ver que pasan los segundos y Kai no reacciona, abre los brazos y los deja caer, desesperada. Se da media vuelta y empieza a caminar con decisión hacia la residencia de estudiantes donde vive. Él la observa durante un rato y, aunque su cabeza le grita consignas para que corra tras ella e intente hacer las paces, su cuerpo es incapaz de moverse.

Kai no sabe lo que siente por ella, pero sí sabe que es algo hasta ahora desconocido para él. Nunca antes había tenido la necesidad de ver a una chica tan a menudo, de no poder dejar de besarla, de querer abrazarla, sin más.

También conoce sus planes para el futuro desde el principio, desde el día que la conoció en Sláinte, en una fiesta universitaria. Connor trabaja allí para pagarse los estudios universitarios, y Kai lo frecuenta mucho porque de cada cinco cervezas que se toma, solo paga una. Aquella noche, apoyado en la barra, se fijó en ella cuando hacía un repaso a todo el público femenino del local, mientras decidía cuál iba a ser la próxima víctima que caería rendida en sus brazos. Estaba bebiendo chupitos acompañada de unas amigas y vio cómo fue capaz de tumbarlas a todas y cómo levantó los brazos en señal de victoria. Le hizo un repaso de arriba abajo y, aunque no vestía de forma provocadora ni era especialmente exuberante, le dejó prendado. Vestida con aquellas botas de tacón negras, ese vaquero ajustado, la camiseta ceñida de manga corta y esa chaqueta de cuero... Quizá no pretendía llamar la atención de los tíos como otras, con escotes de infarto y vestidos ajustados, pero sí había captado la atención de Kai.

—Ahora vuelvo —le susurró a Connor.

—¿Cuál es la afortunada? —le preguntó su hermano mientras él la señalaba con la cabeza—. No parece de tu estilo. Viste muy... normal. Enseña poca mercancía.

—Lo sé, pero lo que intuyo, me encanta.

Caminó hasta quedarse a su espalda, tan cerca que sus cuerpos se rozaban, mientras ella seguía regodeándose ante sus amigas por haberlas ganado. No hizo ni dijo nada, hasta que alguna de las chicas se fijó en él y le hicieron señas a ella. En cuanto se dio la vuelta, su sonrisa le dejó prendado. Le hizo otro repaso exhaustivo, centrándose más en su cara. Sus ojos eran oscuros aunque muy profundos, tenía la nariz salpicada por algunas pecas y una boca que pedía ser besada. Todo ello enmarcado por unos rizos negros y abundantes que le caían a ambos lados.

—¿Nos conocemos? —le preguntó ella al ver que él no abría la boca.

—Hola —dijo él—. Soy Kai. ¿Y tú?

—Eh... Gaby... —contestó algo extrañada, intentando adivinar las intenciones de ese chico que se acababa de plantar frente a ella y que la miraba tan seguro de sí mismo.

—Pues ahora sí que nos conocemos. ¿Eres de Nueva York o estás aquí estudiando?

—Llevo aquí tres años, pero soy de Kansas... Estudio medicina...

—Yo soy de aquí, concretamente de este mismo barrio —le informó él sin que ella le preguntase—. Así que, técnicamente, estás en mi territorio.

—Vale, lo tendré en cuenta —dijo ella intentando darse la vuelta—. Gracias por la información.

—Te invito a una copa —se apresuró a decir Kai, agarrándola del codo, consiguiendo retener algo más su atención, aunque solo fuera por unos minutos.

—Es que estoy con unas amigas y no...

—Me parece que tus amigas te han dejado sola —le cortó él mirándola con una sonrisa de satisfacción al comprobar que, efectivamente, todas ellas habían decidido darles algo de intimidad.

Esa noche hablaron y rieron sin parar, hasta el amanecer. Él la acompañó hasta la puerta de la residencia y, una vez allí, con la excusa de que iba muy bebida, la acompañó hasta la puerta de su habitación. Lo máximo que consiguió en esa ocasión fue agarrarla por la cintura y un beso rápido y casto en los labios. Se marchó a casa con un dolor de huevos considerable, nada habitual en él, pero fue el principio de todo. Ella era diferente a todas las demás.

Así pues, casi un año después, al verla perderse a través de la puerta de la residencia, no puede evitar sentir lo mismo que aquella noche. Aquella sensación de casi derrota, de dejar escapar una oportunidad para haber sacado algo más de ella, aunque en esta ocasión ha sido por su culpa, por no querer abrirle su corazón y confesarle sus verdaderos sentimientos.

—¡Has estado fantástico! —le dice su hermano Evan mientras el médico del pabellón le cose la ceja a Kai.
—No... Ha estado despistado y no se ha cubierto bien en todo el combate —interviene entonces su padre, señalando su cara—. Le ha dejado hecho un cuadro.
—Pero ha ganado... El otro ha quedado peor...
—Porque tu hermano es más fuerte y rápido. Si el combate hubiera sido contra alguien de condiciones similares a las suyas, habría recibido una soberana paliza.

Connor se mantiene al margen de la discusión, pero no pierde de vista a Kai, y este lo sabe porque le mantiene la mirada mientras le cosen.

—¿Vas a venir al pub? —le pregunta cuando el médico acaba.
—Sí.
—¿Con Gaby?

Kai niega con la cabeza, con la misma expresión ausente que hace unos días lleva dibujada en la cara. Así pues, cuando este se levanta y se dirige a la taquilla para vestirse, Connor le sigue de cerca. Mientras, su padre y Marty salen del vestuario, y Evan se queda sentado en uno de los bancos, esperando a sus hermanos.

—¿Qué os pasa? ¿Estáis bien? —le pregunta Connor.

—Nada. Todo bien.

—Kai, soy yo —insiste Connor, agarrándole del codo.

—Está estudiando.

—¿Y por qué te molesta eso? Sabías lo que había cuando empezasteis a salir, ¿no?

—Tú también estás en la universidad y sales casi cada noche.

—Kai, yo salgo porque curro en un pub casi cada noche para poder pagarme la carrera. Es muy distinto. Tienes que respetar su espacio. Tú tienes mucho más tiempo libre que ella...

—Ella no tiene prácticamente nada de tiempo libre. Se pasa los días estudiando.

—Sé que tú no lo entenderás nunca, pero eso es algo que ella quiere hacer. No la obliga nadie. Ella quiere estudiar.

—¿A todas horas? ¿No puede hacer un hueco para venir a verme? Tú has hecho un hueco para venir a verme.

—Yo soy tu hermano.

—¡Y ella mi novia!

—¿Y ella lo sabe? —le pregunta de repente Evan, que parecía mantenerse al margen pero que, obviamente, ha estado atento a toda la conversación—. O sea, todos conocemos tus nulas dotes para la oratoria...

Kai y Connor le miran fijamente, con la boca abierta y el ceño fruncido.

—¿Qué mierda has dicho? —le pregunta Kai con una mueca de asco dibujada en la boca mientras Evan se levanta y, con algo de recelo, se acerca a sus hermanos.

—Quiero decir que no eres muy dado a expresar tus sentimientos, y tu comportamiento digamos que es algo... descuidado. Entonces, si no le has dicho que sois novios, o no le has pedido salir, si no le has dicho lo que sientes por ella, puede que no sepa en qué punto está vuestra relación.

—¿Cómo cojones no va a saber ella que somos novios? ¿Acaso iba yo a ser tan gilipollas de follar solo con ella si no lo fuéramos?

—A esto precisamente me refiero.

—No te pillo.

—Kai, lo que Evan quiere decir es... ¿En algún momento le has pedido a Gaby que seáis novios? ¿Sabe ella que quieres salir con ella... en exclusividad? ¿Le has dicho que estás enamorado de ella? ¿Le has dicho que la quieres? —le aclara Connor.

—¡Yo no la quiero! ¡Y tampoco estoy enamorado de ella!

—¿Y por qué te afecta tanto que no haya venido esta noche? ¿O que se pase las horas estudiando y no os veáis? El Kai que conocemos aprovecharía la ocasión para liarse con otras tías... —asegura Connor—. Pero le eres fiel. A pesar de tener todas las noches libres y multitud de oportunidades para no serlo.

—¿Por qué no te atreves a dar un paso adelante? ¿Por qué no vas a verla y la sorprendes sincerándote con ella? —dice Evan.

Kai mira a su hermano más pequeño, intentando averiguar por qué acepta consejos de un tipo de diecinueve años y, peor aún, por qué diablos son tan buenos a pesar de la escasa experiencia amorosa que tiene Evan.

—Tiene razón —interviene entonces Connor, leyéndole el pensamiento—. Como casi siempre.

—¿Debo ir a verla? —le pregunta, mientras Connor asiente con una sonrisa en los labios—. Pero estará estudiando...

—Si le das la sorpresa y luego además le dices lo que sientes, de corazón, sin bromas de mal gusto, sin burradas ni salidas de tono, creo que sabrá perdonarte.

Lo sopesa durante unos segundos, desviando la vista al suelo y dándose la vuelta, buscando algo de intimidad a pesar de no tenerla. Por alguna extraña razón, escuchar sus sentimientos hacia Gaby en boca de otros, hace que suene menos cursi, así que quizá tampoco sea tan mala idea confesárselos a ella.

—Tienes razón, Connor —dice entonces, subiéndose la cremallera de la sudadera—. Voy a ir a hacerle una visita.

—¿Hola? —interviene entonces Evan—. ¿Yo te doy el consejo y las felicitaciones se las lleva Connor? Me siento ignorado.

—Gracias, enano —le dice, dándole un puñetazo que obliga a Evan a apoyarse en la pared para no perder el equilibrio, llevándose la mano al hombro mientras dibuja una mueca de dolor en su boca.

Kai aparca el coche en el extremo norte del campus universitario, a varios minutos a pie de la residencia donde vive Gaby, pero cerca de la biblioteca central, donde ella debe de estar ahora mismo estudiando.

Camina con paso ligero hacia el edificio, con una sonrisa de bobo en la cara que no ha podido quitarse desde que se subió a su coche, dispuesto a seguir el consejo de sus hermanos, aunque con el pulso acelerado y un sudor frío recorriéndole la espalda. Es cierto que no se le da bien hablar ni expresarse, pero esta noche quiere hacerlo bien, y confesarle a Gaby sus sentimientos.

En cuanto entra en el edificio, mira alrededor, algo perdido. Frente a él se extienden innumerables filas de estanterías abarrotadas de libros y le envuelve un silencio sepulcral. Camina con recelo hacia delante, hasta que a mano derecha ve como el edificio se extiende, y empieza a escuchar algunas toses y pasos. Cuando se dirige hacia allí, observa un montón de mesas dispuestas en una enorme sala y a muchos estudiantes sentados alrededor de ellas. Le va a costar encontrarla, piensa, así que empieza a caminar mirando alrededor, hasta que reconoce a una de las amigas de Gaby.

—Suze, ¿dónde está Gaby? —le pregunta sin bajar el tono de voz.

Nada más hacerlo, un montón de gente se gira a mirarle, asustándose al ver las pintas que lleva, vestido de chándal, con la cara hecha un cromo y la ceja hinchada y cosida. Muchos otros se limitan a pedirle silencio.

—¿Qué pasa? —dice mirando alrededor—. ¿Algún problema? Solo será un momento.

Suze se levanta de su silla y, poniendo los ojos en blanco, le agarra de la sudadera y le lleva a un aparte, entre dos filas de estanterías.

—¿Qué haces aquí? —le susurra, haciendo enormes aspavientos con las manos para demostrar su enfado—. ¡Y baja la voz! ¿Tú no tenías esta noche un combate?

—Sí, y lo he tenido. ¡He ganado!

—¡Shhhhhh! ¡Baja la voz, que al final consigues que me echen! —contesta ella, antes de mirarle de arriba abajo y añadir—: ¿Seguro que has ganado? No quiero ni saber cómo habrá acabado el otro.

—¿Dónde está Gaby? Me dijo que no podía venir al combate porque tenía que estudiar...

—Pues se habrá quedado en la residencia, porque por aquí no la he visto...

—Vale, gracias —dice él dando media vuelta.

—¿Vas a ir a verla?

—¡Sí! —contesta recuperando su grave y fuerte tono de voz, para desesperación de Suze y de muchos otros estudiantes—. ¡Voy a pedirle que salga conmigo!

Suze arruga la frente, extrañada por el comentario, pero sonriendo y alzando la mano para despedirse de él.

Kai empieza a correr hacia la residencia, repitiendo en su cabeza esas mismas palabras. Voy a pedirle que salga conmigo. Voy a pedirle que salga conmigo. ¡Sí! ¡Eso voy a hacer! ¡Voy a hacer oficial nuestra relación! Y sigue repitiéndolas mientras entra en el edificio y sube las escaleras de dos en dos hasta el tercer piso, y cuando, plantado frente a la puerta de su habitación, resopla con fuerza por la boca. En ese momento, escucha su risa a través de la madera e, ilusionado, decide entrar y darle una sorpresa.

Pero la escena que se encuentra dentro de la habitación no es para nada lo que se esperaba. Gaby está sentada en el regazo de un tipo que la agarra de la cintura y tiene la cara hundida en el hueco de su hombro. Ella se ha girado hacia la puerta al escuchar como se abre, y palidece de inmediato.

—¡Kai! ¡¿Qué haces...?!

—¿Kai? ¿Quién cojones es este tío, Gaby? —le pregunta entonces el tipo que la agarra.

—Nadie.

¿Nadie? Kai entorna los ojos y ladea la cabeza, mirándola mientras la estupefacción deja paso poco a poco a la rabia. No soy nadie para ella, repite una y otra vez en su cabeza.

—¡Eh, tú! ¡Despierta! ¡Que te largues!

Cuando vuelve a la realidad y enfoca la vista al frente, se encuentra con la cara del tipo a escasos centímetros de la suya, escupiéndole al hablar.

—¿Estás sordo o qué? —insiste, incluso empujándole.

Kai ignora al tipo, y centra su mirada y su atención en Gaby, que se tapa la boca con las manos, con la cara sonrojada.

—¿Gaby...?

Eso es lo único que consigue decir, aunque es lo suficiente para que ella le entienda, porque le mira como disculpándose.

—Lo siento... Es que... Necesito más...

—No lo entiendo... ¿Quién es este? —pregunta Kai, aturdido.

—Soy su novio, gilipollas.

—¿Tu...? ¿Tu novio? —Kai le ignora por completo y solo mira a Gaby.

—Necesitaba más... Necesito alguien permanente, no sentirme como un polvo esporádico —empieza a decir, pero entonces él la corta, poniéndose cada vez más nervioso.

—¡Quiero darte más! ¡Venía a decirte que estaba dispuesto a mucho más!

—Tarde...

—Pero... Yo... Yo te...

—No te esfuerces, Kai... Ese que habla, no eres tú. Pero la culpa no es tuya. Siempre fuiste sincero y fiel a ti mismo. Pensaba que podría estar a tu lado con lo que me ofrecías, pero el tiempo ha servido para demostrarme que necesito más.

—Pero estamos bien juntos... Congeniamos y nos lo pasamos bien.

El tipo parece darles una tregua y ha dejado de empujar a Kai. De todos modos, poco estaba consiguiendo, ya que la diferencia de corpulencia es evidente y por más que lo intentara, Kai no se movía del sitio.

—Y es verdad... Pero necesito más. Quiero salir a cenar, ir al cine, pasear agarrados de la mano...

—¡Pero yo puedo darte eso!

—¿Ah, sí? Kai, ni siquiera me pediste nunca salir... ¿Cuántas veces me has llevado a cenar? ¿O me has invitado al cine? O dime simplemente un día en el que no hayamos acabado en la cama. Sí, nos vemos a menudo, pero tengo la sensación de que solo me buscas cuando te apetece follar.

—Gaby...

—Vete, Kai.

—Gaby, no...

—Lo siento.

—Escúchame. Sé que podemos hablarlo...

—¡¿Acaso eres sordo?! ¡Te ha pedido que te largues y yo no voy a ser tan educado al hacerlo!

El tío empieza a empujar de nuevo a Kai, y le habla de tan cerca que vuelve a escupirle. Gaby se da la vuelta y Kai da un paso atrás que el tipo interpreta como una victoria suya. Con fuerzas renovadas, se interpone en su campo de visión, impidiéndole ver a Gaby.

—¿Entiendes lo que decimos o eres retrasado? Gabriella ha dicho que necesita algo que tú no sabes darle, así que, si haces el favor... —dice señalando la puerta con una mano.

Sin pensárselo dos veces, dejando que la rabia se apodere de él, agarra al tipo del cuello de la camiseta con la mano izquierda y le da un fuerte derechazo en la nariz. Lejos de quedarse satisfecho, sin darle tiempo a que el tío se lleve las manos a la cara, vuelve a asestarle otro puñetazo. Cuando el tipo cae al suelo, Kai se sienta encima y Gaby empieza a gritar.

—¡Para, Kai! ¡Para! ¡Le vas a hacer daño!

Varios residentes aparecen por la puerta y se escuchan algunos gritos, pero nadie se atreve a intervenir. Mientras, Kai sigue cegado de rabia, cebándose sin control, golpeando al tipo a pesar de que este ya no es capaz de defenderse.

—¡Kai! ¡Te lo suplico! ¡Por favor, para! —llora Gaby, pero Kai es incapaz de escucharla.

Segundos después, aparecen unos agentes de seguridad del campus, que le agarran y consiguen separarle del tipo. Desde la distancia, puede ver el daño que le ha hecho y es plenamente consciente de la cara de terror de Gaby, que se agacha a su lado.

—¿George? ¿Estás bien? ¿Me escuchas? ¡Oh, Dios mío! ¿Qué has hecho, Kai?

Kai la mira, resoplando con fuerza por la boca,

apretando los dientes, mientras su pecho sube y baja con rapidez. Cuando siente que le esposan las manos a la espalda, se intenta revolver y los agentes le empotran contra una pared.

Kai está sentado en el suelo de la celda, con las piernas encogidas y los brazos apoyados en las rodillas. Mantiene la cabeza agachada y la vista fija en el suelo de cemento. No está asustado, sino decepcionado y muy cabreado, dándole vueltas una y otra vez a lo sucedido hace ya algunas noches.

El tipo, George, acabó en urgencias con la nariz y el pómulo fracturados y dos costillas fisuradas. Él, en comisaría, con una denuncia por agresión con lesiones. El abogado que su padre contrató, haciendo un enorme esfuerzo económico, consiguió rebajar la pena que dictaminó el juez, de un año a seis meses.

—¡O'Sullivan! ¡Tienes visita!

Se levanta y camina con pesadez al lado del guardia, con los brazos inertes a ambos lados del cuerpo y con la vista al frente, sin mirar a nada ni nadie. Desde que llegó hace casi una semana, siguiendo el consejo de su abogado, se ha mantenido al margen de todos para no llamar la atención. De ese modo, puede intentar conseguir otra rebaja de la pena por buen comportamiento.

—Tienes quince minutos —le dice el agente, haciéndole pasar a una habitación que le resulta familiar por haberla visto en las películas—. Al fondo.

Un enorme cristal separa la habitación en dos: su lado, el de los reclusos, y el otro, la libertad. Hay un teléfono en cada lado para poder comunicarse y, mientras camina hacia su cubículo, no puede evitar sentir cosas contradictorias. Por un lado, le apetece hablar con alguien pero, por otro, se avergüenza enormemente de lo que ha hecho. Cuando llega al lugar que le han asignado, se queda de pie, mirando a su padre, que está sentado al otro lado del cristal. En cuanto él le ve, lejos de parecer enfadado, se emociona y, con los ojos vidriosos, apoya una mano en el cristal mientras coge el auricular del teléfono con la otra. Kai se sienta lentamente en el taburete, agarra el auricular del teléfono de su lado, y mira a su padre con respeto.

—Kai, ¿cómo estás? —le pregunta muy preocupado, sin despegar la mano del cristal.
—Bien.
—Escúchame, ¿me estás haciendo caso? ¿Te estás manteniendo alejado de los problemas?
—Sí.
—Ya falta menos, ¿vale? Hazlo bien y estarás menos de seis meses.
—Vale.
—Hijo... ¿Estás bien, de verdad?
—Sí.

Donovan resopla y agacha la cabeza, resignado. Su mano resbala lentamente por el cristal, hasta que cae sobre la mesa. La cierra en un puño y aprieta con fuerza hasta que los nudillos se le vuelven blancos. Está lleno de rabia por ver a su hijo al otro lado del cristal y se culpa de ello. Para poder darles un techo bajo el que vivir, para poder darles de comer, para darles unos estudios, para poder comprarles los pocos caprichos que se pueden permitir, tiene que sacrificar el tiempo que pasa con ellos. Por culpa de ello, no ha podido prestarles toda la atención que él querría. Pasan demasiado tiempo solos. Seguro que si Beth estuviera viva, las cosas serían diferentes, y Kai no estaría en la cárcel.

Cuando levanta la vista hacia su hijo, sus ojos están bañados en lágrimas. Ve cómo entorna los ojos y como aprieta los labios hasta formar una fina línea, pero esa es toda su reacción. Cuando Kai gira la cabeza a un lado, Donovan sabe que no va a conseguir nada más de él, que no se va a abrir ni le va a contar nada. Desde la muerte de su madre, Kai se había vuelto algo insensible y cada vez más proclive a meterse en líos, pero nunca había llegado a estos extremos, así que sabe que no va a estar tranquilo hasta que consiga sacarle de allí.

—Prométemelo... Dime que te vas a mantener alejado de los problemas... —le pide con la cabeza agachada, aferrando el auricular del teléfono, que aprieta contra su oreja.

Kai le observa sin decir nada, aunque al verle tan derrotado, decide asentir con la cabeza. Cuando Donovan ve el gesto, asiente a la vez, antes de decir:

—Hijo, sé que quizá no te lo digo a menudo, tampoco es que se me dé muy bien hacerlo, pero te quiero mucho. Y no estás solo. No sé qué te ha pasado para llegar a lo del otro día... Dejaste a ese tío muy mal y... Si necesitas ayuda, si algún día te apetece hablar, puedes contar conmigo y con tus hermanos... Queremos ayudarte, ¿vale?

—Se acabó el tiempo —le dice un guardia a Kai, agarrándole del codo para obligarle a levantarse.

Él no opone siquiera resistencia. Deja caer el auricular del teléfono y continúa mirando a su padre a los ojos. Sabe que ya no le escucha, pero aun así, mueve los labios lentamente para que pueda entender lo que le dice:

—Lo siento...

—¡Tenéis media hora, capullos! —grita uno de los guardias, abriendo la puerta del patio.

La claridad ciega a Kai, que se ve obligado a entrecerrar los ojos y taparse parcialmente la cara con una mano. En cuanto logra enfocar la vista, descubre por primera vez el patio. Hay varios reclusos repartidos en diferentes grupos que les observan atentamente. Mirándoles de reojo, hace un barrido visual y descubre un par de canastas de baloncesto, unas barras de metal donde algunos hacen ejercicio e incluso un saco de boxeo y una pera, algo rudimentaria y maltrecha, donde poder practicar algunos golpes.

Está tentado de acercarse, pero la voz de su padre se repite en su cabeza una y otra vez, y decide mantenerse al margen de todos. Se sienta en unos bancos y observa a algunos tipos entrenar. Los que golpean el saco parecen todos hispanos y, aunque parecen duros por su aspecto y sus intimidantes tatuajes, no tienen una técnica demasiado depurada con los puños. Apostaría lo que fuera a que en una pelea confían más en las armas blancas que en sus propias manos.

Lleva unos minutos observándoles cuando uno de ellos empieza a golpear la pera y, al acercarse demasiado a ella, de forma imprudente, esta le golpea en la cara. Sin poderlo evitar, a pesar de intentar disimular mirando a otro lado, a Kai se le escapa la risa. Mantiene la cabeza girada hasta que por el rabillo del ojo ve que unos cuantos de esos hispanos se le plantan delante.

—¿Se puede saber de qué te ríes? —le pregunta uno de ellos con cara de mala leche.

Al momento, algunos de los reclusos sentados cerca de ellos, se levantan y se alejan. Kai les mira y, aunque sabe que la cosa pinta mal, intenta no mostrar ningún signo de flaqueza ni miedo.

—De lo mal que ese tipo golpea la pera —dice, señalando al tipo con descaro.

—Serás...

Uno de los hispanos se abalanza sobre él, pero Kai, sin pensárselo dos veces, se pone en pie y le asesta un puñetazo en la cara. El tipo cae al suelo, llevándose las manos a la nariz, mientras Kai se protege la cara alzando los puños. Mira uno a uno a todos los tipos, esperando una reacción por su parte, en guardia y preparado por si tiene que volver a utilizar los puños. Pero entonces el que parece el cabecilla, empieza a reír a carcajadas. El resto, al principio le miran extrañado, pero enseguida empiezan a imitarle.

—¡Menuda izquierda! ¿Cuántos años tienes?

—Veintitrés—responde Kai sin bajar los brazos, mirando con recelo cómo el tipo se acerca, le pasa un brazo por los hombros y le tiende un cigarrillo.

—Vamos, cógelo. Viene con sorpresa... —le dice, guiñándole un ojo.

Kai relaja los hombros y baja los brazos lentamente, cogiendo el cigarrillo y llevándoselo a los labios. Uno de los tipos acerca un mechero y Kai lo enciende dando una larga calada. Inhala el humo y luego lo expulsa mientras cierra un ojo y esboza una débil sonrisa de satisfacción.

—Soy Miguel, pero todos me llaman Buitre. Por mi afición a los muertos...

Lejos de asustarse o de impresionarse, Kai contesta:

—Kai. Sin más.

—¿Por qué estás aquí, Kai?

—Por asestarle a un tipo unos cuantos de esos... —le informa, señalando al tipo que ha recibido su puñetazo, que ahora ya está en pie y con la cabeza echada hacia atrás para intentar frenar la hemorragia.

—¿Y qué hizo? ¿O no necesitas ningún motivo para sacar a pasear a tus puños?

—Liarse con mi novia.

—¿Y no le mataste?

—Me separaron a tiempo.

—¿Cuánto te ha caído?

—Un año, pero mi abogado consiguió rebajar la pena a seis meses.

—Chico con suerte... —Kai le mira, sin atreverse a preguntarle, aunque no le hace falta hacerlo, porque Buitre le saca enseguida de dudas—. Digamos que a mí no me pararon a tiempo en cuatro ocasiones... Así que estaré por aquí un tiempo. En teoría, toda la vida. Pero oye, al menos no me sentarán en la silla, ni me pincharán. Y el naranja me queda bastante bien con mi tono de piel, ¿no crees?

Kai sonríe mientras le observa. El tipo puede haber hecho muchas cosas fuera de estas cuatro paredes pero, en lo que a él le concierne, puede ser su salvoconducto para hacer su estancia lo más llevadera posible. Y si encima tiene marihuana, ¿qué más puede pedir?

—Oye... Kai... ¿Quieres practicar un poco con

nosotros? —le pregunta, señalando las pesas y los aparatos con la cabeza.

Sopesa sus palabras durante un rato, dándole otra calada al cigarrillo y, después de soltar el humo con total desparpajo, adquirido durante años en las calles del Bronx, pregunta:

—¿Por qué alguien como tú querría a alguien como yo a su lado?

—¿Acaso no crees en mi altruismo?

—No. Para nada. Esto no es a cambio de nada —contesta sin miedo.

Buitre estalla en carcajadas mientras posa su brazo sobre los hombros de Kai, de forma amigable.

—Me encanta este tipo —le dice a sus colegas—. ¿Le habéis oído? Es listo. Y me gusta.

—Y tampoco tiene pinta de que dejéis que esos aparatos los toque cualquiera... —insiste Kai.

—Está bien, me has pillado. Digamos que has tumbado de un solo golpe a uno de mis mejores hombres, así que, como puedes adivinar, necesito a alguien que me proteja, aunque solo sean seis meses, en tu caso. ¿Qué me dices? Quid pro quo...

Los consejos de su padre retumban en su cabeza, pero algo le dice que para mantenerse alejado de los problemas, tendrá que vivir rodeado de ellos. Es casi como una alegoría de su propia vida.

Gaby fue mi punto de inflexión...

Estaba enamorado de ella, aunque nunca llegara a confesárselo. Estaba dispuesto a cambiar por ella, a abrirle mi corazón, a hacer las cosas bien de una vez por todas. Iba a ser alguien normal por ella. ¡Joder, incluso estaba dispuesto a llevarla al cine a ver alguna de estas películas sensibleras...!

Aunque, ahora que lo pienso, ella sí consiguió cambiarme de alguna manera... Desde entonces, quizá para que no volviera a pasarme lo mismo, como una forma de protegerme, empecé a ver a las mujeres como un simple instrumento para darme placer. Hacía con ellas lo que quería, cuando quería y dónde quería...

Al menos, hasta que conocí al amor de mi vida...

Capítulo 4

MELISSA

—¿Cuándo te volveré a ver? —le pregunta Melissa, bajándose la falda y colocándosela recta.

—No sé... Estoy algo liado... —le contesta Kai de forma despreocupada, aún de espaldas a ella, subiéndose los vaqueros.

—Vamos... No te hagas el interesante...

Melissa se acerca hasta él y, abrazándole por la espalda, rodea su cintura y le besa la piel. Pasea las yemas de los dedos por su pecho, ronroneando de forma sugerente, aunque sin conseguir el resultado que ella quería, porque Kai se deshace de su agarre y recoge su camiseta. Cuando se la pone y se da la vuelta, la descubre mordiéndose el labio inferior, haciéndole un repaso de arriba abajo.

—No me hago el interesante. Simplemente, tengo cosas que hacer.

—¿Cosas que hacer? ¿Qué cosas? —pregunta en tono desesperado.

Kai la mira levantando una ceja, con los brazos

cruzados y una sonrisa de superioridad dibujada en los labios. Le encanta ver como una mujer tan influyente, tan segura e independiente, y con un carácter tan fuerte como Melissa, capaz de llegar a directora general de una multinacional, puede perder el control e incluso la dignidad por un polvo.

—Tengo varios combates en las próximas semanas. Tengo que entrenar.

—Bueno... Conmigo haces ejercicio físico... —susurra de forma sugerente, intentando abrazarse a él de nuevo.

—Ya te llamaré —contesta Kai de forma escueta, caminando hacia la puerta.

—¡El sábado que viene se celebra una cena benéfica! —suelta de golpe Melissa, intentando retenerle durante algo más de tiempo.

—Genial —contesta él sin siquiera darse la vuelta, mientras una sonrisa empieza a dibujarse en la cara de ella, expresión que se ensombrece en cuanto Kai añade—: Que te diviertas.

Al salir, camina por el rellano hacia los ascensores, con las manos en los bolsillos. A esta hora, la mayoría de empleados han salido a comer y no se cruza con nadie que pueda llegar a preguntarse qué hace allí, aunque, al pasar frente al mostrador de recepción, escucha una voz femenina que le llama.

—¿Kai?

Se da la vuelta extrañado, mirándola con el ceño fruncido.

—Esto... Eh... Sí... —balbucea, intentando averiguar de qué la conoce.

—¡Vaya! ¡Menuda sorpresa! —dice la chica, saliendo de detrás del mostrador con una enorme sonrisa en la cara y los brazos extendidos para darle un abrazo.

—¡Sí! ¡Qué coincidencia...! —disimula él, abrazándola.

—¿Qué haces aquí?

—Pues... —Sin saber bien cómo actuar, señala con el dedo un punto al final del pasillo—. Venía a buscar a mi hermano, pero se debe de haber marchado a comer.

—¿Tienes un hermano que trabaja aquí?

—Sí... Evan... Es... En realidad, no sé qué hace. Algo con números. Creo.

—¿Evan O'Sullivan es tu hermano? ¿Ese chico con gafas? ¿Algo tímido aunque muy educado...?

—El mismo.

Es plenamente consciente de que se está metiendo en un berenjenal de los buenos.

—¡Vaya! No os parecéis en nada...

—Ya... —contesta, empezando a alejarse de espaldas.

—O sea... No quiero decir que no seas educado, pero está claro que tímido no eres. —Ríe ella de forma coqueta.

—Escucha, me tengo que ir —dice mirando hacia el final del pasillo, atento por si Melissa sale de su despacho y le destroza la coartada—. Nos vemos.

—Sí... Oye, a lo mejor nos vemos por la misma discoteca que la última vez...

—A lo mejor...

Le regala una sonrisa a modo de despedida y baja corriendo por las escaleras. A veces se plantea si merece la pena correr tantos riesgos por un polvo. Su número de conquistas es ya numeroso y el riesgo de volverse a encontrar con una amante despechada ha aumentado de forma exponencial.

—¿Cómo ves el combate de esta semana, hijo? —le pregunta su padre.
—Bien. Está controlado. Marty lo ha estudiado bien y cree que es una victoria segura. El que me preocupa más es el próximo. Es un peso pesado y tiene unos brazos como mis piernas.
—¿Crees que es seguro que pelees contra alguien de una categoría superior a la tuya?
—Es mucha pasta, papá.
—¿En serio merece la pena? Kai, ya has peleado alguna vez en algún combate así y, aparte de perder, te dejan hecho una mierda. Hijo, si necesitas dinero, sabes que puedes contar conmigo...
—O buscarte un trabajo decente —interviene Connor.
—Y tú una novia que te la chupe y te quite esa cara de amargado que llevas siempre —le contesta Kai.
—Que te follen —contesta Connor.
—Chicos... No empecemos... —les reprocha Donovan—. Tengamos la velada en paz.
—Empezó él —dice Kai.
—¡Oh, por favor! ¡Qué maduro! ¿Cuántos años tienes? ¿Diez? —vuelve a la carga Connor—. Me parece que todos los golpes que te llevas en la cabeza empiezan a hacer mella en tu ya de por sí escasa inteligencia.
Kai se levanta de la silla de la cocina de sopetón, con intención de agarrar a su hermano, pero su padre se interpone entre ellos.

—Parad los dos —dice poniendo una mano en el pecho de cada uno de sus hijos—. ¡Por el amor de Dios! ¿En serio creéis que esta es forma de comportarse? A veces me da la sensación de que el tiempo no pasa y seguís siendo unos adolescentes... Por favor, chicos, que tenéis treinta y algo...

—Papá, sabes que en el fondo no le voy a dar... Al menos no muy fuerte —dice Kai—. No quiero desgraciar esa cara de guapito que tiene.

—Dadme un respiro, ¿vale? —les pide Donovan—. Oye, ¿vuestro hermano viene? ¿Le esperamos?

—Me dijo que sí venía —contesta Connor.

En ese momento, la puerta principal se abre de golpe y Evan entra como una exhalación. Después de comprobar que no hay nadie en el salón, se dirige decidido hacia la cocina. En cuanto entra, con la cara totalmente encendida, los ojos saliéndose de las órbitas y la mandíbula apretada, se acerca hasta Kai y le amenaza con el dedo:

—¡¿Te has tirado a mi jefa?!

Kai le mira fijamente, apretando los labios, con la culpabilidad escrita en la cara, mientras Connor y Donovan miran a uno y a otro con la boca abierta.

—¿A tu jefa...? No sé quién es... —se excusa Kai.

—¡Vamos! ¡No me jodas! ¡No disimules que sé que te la has tirado hoy mismo!

—¿Cómo lo sabes?

—¡¿Que cómo lo sé?! ¡Porque en cuanto llegué de comer se encerró en mi despacho y me pidió que fuera a no sé qué cena benéfica!

—Ah, pues... de nada, supongo.

—¡Y que te llevara a ti como acompañante!

—¿A mí? Paso. Dile que no me van los tíos.
—¡Tienes que ir!
—¿Por qué?
—¡Porque, incomprensiblemente, se ha colgado por ti y ahora no puedes simplemente tirártela y olvidarte de ella como haces con todas las tías!
—¿Por qué?
—¡Porque pagará su frustración y su mal humor conmigo! ¡Te lo advertí! ¡Te pedí que no te acercaras a ella!
—Fue ella la que se acercó a mí en aquel pub... De hecho, fuiste tú quién nos presentó.
—¡Estaba siendo cortés! ¡Es mi jefa, por el amor de Dios! ¡¿Cómo iba yo a saber que ella se acabaría pillando por ti y que tú te comportarías como un desalmado que se la tiraría y la dejaría tirada como una puta colilla?!

Kai se encoge de hombros, moviendo la cabeza hacia los lados.

—Lo que a mí me sorprende es que te sorprenda. ¿Qué mujer en su sano juicio no se colgaría por mí?
—¿Desalmado es un insulto? —susurra Donovan en la oreja de Connor.
—No. Aunque para Evan, quizá sí.
—Es que es tan correcto siempre que no sé cuándo tengo que intervenir.
—Mejor mantente al margen, papá —vuelve a contestar Connor—. Hazme caso.
—¿Nos vamos, entonces?
—Ni se te ocurra moverte, que quiero saber cómo acaba esto.

Mientras, la discusión continúa. Evan se lleva las manos a la cabeza y se deja caer en una de las sillas de la cocina.

—Oh, joder... Estoy acabado... —asegura—. No sé ni cómo pude pensar que esta vez te comportarías como alguien normal... ¿Por qué diablos os presentaría? ¿Por qué no, simplemente, salí huyendo del pub?

—Vamos, Evan... Tranquilo... —interviene entonces Connor en tono conciliador—. Ella tiene que entender que lo que haga Kai no tiene nada que ver contigo...

—Si pensara así, ¿crees que habría venido a mi despacho para invitarme expresamente a ese evento? ¿A mí? ¿A un simple contable? ¿Por qué iba a hacerlo si no es porque este impresentable es mi hermano? Me rogó que le invitara, por Dios.

—Vale. Entonces solo le veo una salida a esto —interviene Donovan—. Kai, tienes que ir a esa cena con Evan.

—Ni hablar.

—¡Y tanto que lo harás!

—Sin que sirva de precedente, papá, estoy de acuerdo con Kai. ¿Y después qué? Estaremos en las mismas... —afirma Evan—. Se la volverá a tirar, y ella estará más o menos contenta. De acuerdo. ¿Y después? ¿La dejará tirada de nuevo y ella volverá a pedirme que interceda? ¿Y el día que le diga que no?

—¿Te rogó? ¿En serio? —pregunta Connor con escepticismo, haciendo una mueca con la boca.

—Para que te des cuenta de la leyenda que es tu hermano —se pavonea Kai.

—Doy por hecho que no tiene pareja... —dice Donovan.

—Supongo. Nunca hemos sido tan íntimos como

para que me cuente ese tipo de cosas —contesta Evan—. De hecho, dudo haber cruzado con ella más de dos palabras antes de que averiguara que el inconsciente al que se tira es mi hermano.

—Pues tu salvación pasa por que encuentre a alguien que le haga olvidarse de Kai —vuelve a decir su padre.

—Olvidarse de mí es complicado.

—¡Kai, no estás ayudando! ¡Cállate de una puñetera vez o te obligo a casarte con ella y serle fiel hasta el fin de tus días!

Los tres miran a su padre con los ojos muy abiertos, ya que no es habitual que pierda la compostura, y verle así es muy raro.

—Connor, ¿te interesa? —le pregunta Evan.

—¿Si me interesa el qué? ¿Tu jefa? —pregunta alucinado mientras su hermano asiente—. Ni hablar.

—Vamos... Tú eres más decente y formal... Y ella no está mal... Díselo, Kai.

—¿Ahora quieres mi ayuda?

—Díselo.

—Está buena. Si no, no me la hubiera tirado.

—¡Que no! Que no quiero liarme con nadie ni tener nada con nadie... Que no... Además, ¿por qué cojones os tengo que dar explicaciones acerca de mi vida?

—Oye, pues chuparla, la chupa bien —interviene Kai—. Quizá solucionaría tu...

—¡Kai! —le llama la atención su padre mientras él se da cuenta y se calla de inmediato.

—Está bien, está bien... Oye, mira Evan, voy a ir contigo a la mierda de cena esa. Si es necesario, me la vuelvo a tirar, pero después de eso, se acabó.

—Pues esa noche, ya puedes inventarte alguna razón para no volverla a llamar —le pide su padre.

—No tengo que inventarme nada. No quiero atarme a nadie y no suelo repetir con ninguna. Así que, en el fondo, se tiene que sentir incluso halagada...

—Vale, de acuerdo. Pero mejor, la segunda parte, te la guardas para ti —le dice Evan—. ¿No podrías contarle un cuento como que te marchas al extranjero? ¿O que tienes una enfermedad terminal?

Kai le dedica una mueca de asco, justo antes de volver a hablar.

—Y ya que estamos, Evan, ¿cómo se llama esa chica que tenéis en recepción...?

—¿Erika? ¡Ah, no, no! ¡Te lo advierto! ¡No puedes liarte con ella porque como se entere Melissa, es capaz de echarla!

—Erika... Erika... —susurra Kai para sí mismo, pensativo, hasta que una luz parece encenderse en su cabeza—. ¡Ah, joder! ¡Ahora caigo!

—No. No puede ser cierto. ¿Te la has tirado a ella también?

—Me temo que sí.

—Por Dios, Kai. Nueva York es muy grande. ¡Aléjate de mi círculo de amigos, conocidos y compañeros de trabajo!

—A mi favor diré que cuando me lié con Erika, no sabía que trabajaba contigo. Me he enterado hoy mismo. Pero no te preocupes, no volverá a pasar.

—De acuerdo, Kai. Debe de estar al llegar. ¿Ya has pensado qué le vas a decir para que no se haga ilusiones de... convertir lo vuestro en algo habitual?

—le pregunta Evan a su hermano mientras mira alrededor, haciendo un barrido visual y saludando con la mano alzada a un par de conocidos. Al ver que su hermano no le contesta, le mira y entonces se da cuenta de que tiene la vista fija en una mujer. Ella, con un vestido azul muy elegante, sostiene una copa y tampoco le quita ojo de encima, sonriendo de forma sugerente, aunque con algo de timidez.

—¡¿Se puede saber qué haces?! —le pregunta Evan interponiéndose en su campo de visión y agarrándole de la camisa.

—Nada, tío... Relájate un poco. Sé lo que me hago.

—¿En serio? No me relajo, porque te conozco. Kai, mírame —le pide, acercando su cara a la de su hermano y señalando los ojos de ambos con dos dedos—. Esta noche solo tienes un objetivo, y es Melissa. ¡Por el amor de Dios, si hasta me preguntó cuál era tu color favorito para asegurarse de que el vestido que se ha comprado para la ocasión sea completamente de tu agrado!

—¿Y qué le contestaste? —le pregunta Kai, casi a punto de estallar en carcajadas.

—¡Que no lo sabía...! ¡Me imaginé que mientras se lo acabe quitando, el color del vestido te importaría una mierda!

—Veo que me conoces a la perfección y que, además, empiezas a hablar como una persona normal. ¿Te has dado cuenta de que has dicho mierda?

Kai gesticula de forma exagerada, simulando que aplaude, mofándose claramente de Evan. Este le da un pequeño empujón que no consigue mover a su hermano ni un milímetro.

—La presión hace aflorar mi lado más burdo —dice.

—Vale. Ya veo que solo ha sido un espejismo. Ya vuelves a ser el mismo pedante de siempre.

—¡Calla y disimula! —le pide de repente Evan, hablando casi sin despegar los labios—. Ahí está. Arréglate esa corbata, ponte recto, sonríe...

—Calla, capullo. Y déjame a mí, que sé lo que me hago.

Lejos de hacerle caso, Kai se afloja aún más el nudo de la corbata, le guiña un ojo y, con gesto muy serio, sin sacar las manos de los bolsillos, se da la vuelta lentamente cuando ve por el rabillo del ojo que ella está muy cerca.

—¡Hola! —le saluda ella, acercándose para darle un par de besos.

Kai saca una mano del bolsillo del pantalón y la posa de forma delicada sobre su cadera.

—Hola —la saluda con muchísimo menos entusiasmo que ella.

—¡Vaya! Estás... —empieza a decir Melissa, mirándole de arriba abajo— impresionante.

—Gracias —contesta él, sonriendo con desgana.

Evan le mira expectante, con los ojos muy abiertos, esperando a que él le devuelva el cumplido, más aun sabiendo como sabe lo mucho que ella se ha preocupado por acertar en su vestimenta. Al ver que no llega, y que, incluso así, ella sonríe y le invita a una copa, aún se sorprende más. Está claro que a Melissa parece gustarle, y mucho, el estilo déspota y despreocupado con el que la trata Kai. ¿Será ese su secreto para tener tanto éxito entre las mujeres?

Cuando ambos se dan la vuelta, pasando de él olímpicamente, decide buscarse la vida por su cuenta. Se encoge de hombros, se coloca bien las gafas, se afloja el nudo de la corbata e, intentando dibujar una expresión de pasota en su cara, mira alrededor de la sala. A lo lejos ve como le saluda una compañera de trabajo y, después de pensarlo durante un buen rato, se decide a acercarse para entablar una conversación y quizá incluso invitarla a una copa. Pero cuando está a punto de llegar a ella, un tipo se le acerca por detrás y la agarra de la cintura. Se da la vuelta sonriente y se besan durante un buen rato. Evan intenta disimular su casi metedura de pata, y cambia el rumbo rápidamente, acercándose a la barra y apoyando los codos en ella, mirando fijamente al camarero y rezando para que la chica no se haya dado cuenta de nada.

—Tranquilo... No te ha visto. No se ha notado nada —oye que una voz le dice a su derecha.

Cuando gira la cabeza, se encuentra con una chica guapísima de ojos azules enormes y labios carnosos. Tiene el pelo moreno oscuro, casi negro, y muy liso, peinado por detrás de las orejas.

Evan se endereza de golpe y vuelve a intentar imitar la pose de Kai. Mete una mano en el bolsillo y esboza una sonrisa de medio lado que ella le devuelve enseguida. Entonces, aparecen unos hoyuelos muy graciosos en sus mejillas.

—Soy Julie —dice, tendiéndole una mano.
—Eh...

Se le traba la lengua, empieza a notar un sudor frío recorriendo su cuerpo y siente los latidos de su corazón retumbando en los oídos, echando así por tierra de un plumazo toda la convicción que tenía para interpretar el papel de duro seductor.

Al menos Julie sigue sonriendo y, lejos de salir corriendo asustada, se acerca a él y le coloca bien las gafas sobre el puente de la nariz.

—¿Me invitas a una copa? —le pregunta y, sin esperar respuesta, le hace una señal con la mano al camarero, que aparece rápidamente—. Un Cosmopolitan y...

Cuando Evan se da cuenta de que los dos le miran esperando su respuesta, logra reaccionar a tiempo y dice:

—Una Guinness.

El camarero le mira levantando una ceja, pero enseguida se da la vuelta para servirles.

—Debería haber pedido algo más sofisticado, ¿no?

—Puede, pero, si te sirve de consuelo, no creo que te escupa en ella.

Evan mira a Julie sonriendo. Entonces decide que intentar un acercamiento con sus propias armas seductoras... Son nulas, así que, si esta chica no sale huyendo en cinco minutos, puede que le pida matrimonio.

—¿Has venido sola? —le pregunta.

—Lo siento, no hablo con desconocidos.

Oh, mierda, piensa. Cagada. La respuesta le ha descolocado totalmente. Parecía que iba bien la cosa... Sonreía y no le miraba con una mueca extraña en la boca. Se pone muy tenso y se sonroja sin remedio, hasta que ve como ella ríe de nuevo.

—Entiéndeme, no me has dicho aún tu nombre. Creo que antes me lo ibas a decir, pero...

Evan se relaja de inmediato.

—Perdona... Estoy algo nervioso... No suelo hacer esto a menudo. Evan. Soy Evan.

—Encantada, Evan. Sí, he venido sola.

—¿No me sacas a bailar? —le pregunta Melissa.

—Claro. Si te apetece.

Kai, plenamente consciente de sus movimientos, la conduce hacia la pista de baile, poniendo una mano en la parte baja de la espalda de Melissa. Tan abajo, que con las yemas de los dedos le roza el trasero. Ella sonríe satisfecha y cuando llegan a la pista se pega a él, apoyando la cabeza en su pecho mientras Kai la estrecha entre sus musculados brazos.

La verdad es que Melissa es una mujer preciosa, además de muy inteligente, pero Kai no quiere atarse a nadie. No quiere que le vuelvan a hacer daño. Consciente de que sus dotes como bailarín tampoco pasan desapercibidas para ella, la mueve con maestría de un lado a otro, mientras Melissa se deja llevar. Recorre sus costados con ambas manos, acariciando la tela del vestido, hasta llegar a su trasero. Ella se remueve, levanta la cabeza y pasea la vista de los ojos a su boca. Se acerca y le muerde el labio inferior, tirando de él mientras Kai la observa detenidamente. Está realmente buena y sabe que lo de repetir con ella no es, para nada, una mala idea. Pero no pueden tener nada formal. Kai sabe que llegará el día en el que ella querrá algo más, algo que él no está dispuesto a ofrecerle, y ella se cansará y le dejará, rompiéndole el corazón.

Por eso prefiere ser el que haga daño primero. Aunque, quizá, no necesite hacer daño. Puede que solo, siendo totalmente sincero, consiga aclararlo.

—Escucha, Melissa... —dice muy serio, separándose de ella unos centímetros—. Yo no voy a darte más...

—¿Perdona?

—Que yo no me comprometo con nadie... No sé qué esperas de mí o hacia dónde quieres que se dirija lo nuestro... Pero yo no soy de esos...

—Espera, espera, espera... Frena el carro. No te entiendo.

—¿Qué quieres que haya entre nosotros? Porque para mí, lo nuestro es solo sexo...

—¿Y te piensas que yo te estoy pidiendo matrimonio?

—No, sé que no. Pero tampoco quiero que esperes que el viernes que viene te lleve al cine, y la siguiente semana a cenar, y el mes que viene vayamos a cenar a casa de tus padres... —dice mientras la cara de Melissa se va encendiendo por momentos y su expresión se va ensombreciendo—. De hecho, lo de hoy es de por sí algo excepcional, porque no suelo follar con la misma tía dos veces.

—¿Y a ti quién cojones te ha dicho que esta noche vamos a follar?

—¿Pretendes que me crea que le has insistido a mi hermano para que viniera, solo para tomarte una copa conmigo y para que te sacara a bailar?

Melissa se separa de él, empujándole, mientras le mira frunciendo el ceño y, dibujando una mueca de asco en sus labios, se da la vuelta y camina decidida hacia el exterior del recinto. Kai la observa durante unos segundos hasta que, encogiéndose de hombros con resignación, se acerca a una de las barras para pedirse otro whisky. En cuanto el camarero se lo sirve y él se dispone a llevarse el vaso a los labios, alguien se lo arrebata de las manos.

—¿Qué haces? —le pregunta Evan, mirándole con los ojos muy abiertos.

—Intentar beberme un whisky.

—¿Por qué parecía que se iba enfadada?

—Porque creo que se ha enfadado.

—¿Crees o se ha ido enfadada?

—Mmmm... Creo que estoy prácticamente seguro de que está bastante enfadada.

—¡No juegues conmigo, Kai! —le dice Evan, golpeándole el pecho con un dedo, mientras este le observa—. ¿Qué ha pasado?

—Pues que le he insinuado que no nos volveremos a ver...

—¡¿Qué?!

—¿Qué te piensas? ¿Que le voy a pedir matrimonio para que tú conserves tu trabajo o para que no te putee?

—¡No! Pero, ¿has sido así de brusco y directo? ¿Le has soltado que no la volverás a ver más?

—Más o menos...

—Oh, joder. ¿Más o menos?

Kai chasquea la lengua y recupera el vaso, justo antes de confesarle a su hermano toda la verdad acerca de lo sucedido.

—Le dije que no suelo follar dos veces con la misma tía, que lo de hoy era algo excepcional. Yo creo que, en el fondo, se lo debería haber tomado como un halago... —Kai se calla al ver la cara de pavor de su hermano—. ¿No?

—¿Me lo preguntas en serio? ¡¿A ti qué coño te pasa?!

Kai resopla con fuerza y niega con la cabeza, justo antes de apurar el whisky.

—Vale, a ver... ¿Quieres que vaya a buscarla e intente calmarla?

—Ya, claro. ¿Y cómo pretendes hacerlo? ¿Diciéndole que follártela esta noche es un halago?

—No sé —contesta encogiéndose de hombros—. Improvisaré.

—Oh, mierda. Estoy perdido.

—Deja de quejarte y vuelve con la chica esa con la que estabas hablando. Está buena, ¿eh? —dice Kai mirando a la chica, que espera a Evan a unos metros de distancia de ellos—. Parece jovencita... ¿Cómo se llama?

—¡Aléjate de ella! —le pide Evan, señalándole con un dedo.

—Pues vuelve con ella.

En cuanto Kai ve que Evan camina hacia la chica, mirándole de reojo cada ciertos pasos, se da la vuelta y va hacia el jardín, por donde ha perdido de vista a Melissa. Nada más salir, la ve y corre para alcanzarla, agarrándola del brazo y obligándola a detenerse.

—Melissa, espera.

En cuanto ella se da la vuelta, sin previo aviso ni darle tiempo a protegerse, le da un tremendo bofetón en la cara.

—¡Oye! —se queja él, frotándose la mejilla con la mano.

—¡Piérdete, gilipollas!

Kai mira alrededor, deseando que pocos hayan sido testigos de que una chica le haya agredido.

—Melissa, por favor, escúchame.

Ella parece no querer hacerlo, porque vuelve a

cargar el brazo para asestarle otro bofetón, pero justo cuando va a impactar contra la mejilla de Kai, él le detiene la mano, agarrándola de la muñeca con fuerza. La inmoviliza, poniéndole el brazo a la espalda, y se acerca hasta que su pecho roza el de ella.

—Aléjate... —le pide ella con un tono mucho menos convincente que antes.

—No quería... No pretendía hacerte enfadar.

—Hacerme enfadar no es la palabra adecuada para describir cómo me has hecho sentir.

—¿Puedo hacer algo para compensarte? Algo así como hacerte sentir algo más... placentero... —susurra casi en su oreja.

Melissa apoya la mano que tiene libre en su pecho e intenta apartarle, aunque con tan poca fuerza que no consigue mover a Kai ni un centímetro.

—Melissa, quiero ser sincero contigo. No estoy preparado para tener una relación estable con nadie, pero eso no quita que quiera pasármelo bien...

Ella le mira durante un buen rato, sopesando sus palabras. A pesar de haberla menospreciado, insinuando que debería echarse en sus brazos solo para disfrutar de una noche de sexo, y que debería estar agradecida porque él no suele repetir nunca con ninguna, no puede negar que tiene razón. Ha sido sincero. Nada de «ya te llamaré», «a ver si nos vemos» o «esto hay que repetirlo». Y en cuanto a pasárselo bien... Bueno, es indiscutible que Kai sabe cómo hacer disfrutar a una mujer.

—Y... ¿alguna vez estarás preparado? —le pregunta.

—No me veo... —responde él con sinceridad, encogiéndose de hombros—. Ya sabes... Eso de «felices para siempre» con una misma persona, simplemente, no me lo creo. Pero si quieres ser feliz conmigo durante un rato, aquí me tienes.

—Eres un capullo... —asegura Melissa sonriendo.

—Lo sé. Y, por favor, no lo olvides... El capullo soy yo, no mi hermano. Él es un buen tipo, el mejor, de hecho. Y trabajador, constante, fiel...

—¿Tu hermano? ¿Evan? ¿Qué pinta él en todo esto? Espera, ¿no estarás intentando liarme con tu hermano?

—¡No! Es solo que... Digamos que tiene la absurda idea de que, de alguna forma, que yo sea un capullo influirá en su puesto de trabajo...

—¡¿Perdona?! Tu hermano es demasiado bueno como para dejarle escapar por un desengaño amoroso contigo... Dile que te baje del pedestal en el que te tiene, que no eres para tanto.

Dicho eso, Melissa se da la vuelta y sigue caminando, adentrándose en los jardines de la parte de atrás del palacio de congresos donde se celebra la cena, dejando a Kai plantado en el sitio, totalmente descolocado por su comentario. Cuando consigue reaccionar, sonriendo a pesar del desplante, empieza a correr hacia ella y cuando la alcanza, la vuelve a agarrar del brazo y le da la vuelta sin mucha delicadeza. El cuerpo de ella choca contra el de él y, ni corto ni perezoso, la agarra de la nuca y mete la lengua en su boca. Melissa intenta revolverse, pero él impide que se aleje amarrándola con más fuerza, hasta que la oye jadear. Entonces, cuando los intentos de ella por escapar se convierten en intentos precipitados por quitarle la americana, Kai se separa varios centímetros. Sonríe de medio lado, entornando los ojos, disfrutando de la vista que se presenta ante él, una mujer que, aunque ha intentado demostrar lo contrario durante un buen rato, ahora mismo anhela sus besos y caricias.

—¿Qué haces? —le pregunta con la voz tomada—. ¿Por qué te detienes?

—¿Acaso importa? Total, no soy para tanto...

Sin intercambiar ninguna palabra más, Melissa vuelve a pegarse a él y le besa con premura, hundiendo sus dedos en el pelo de la nuca de Kai. Satisfecho por la reacción, consciente de que sus pasos les han llevado a una parte algo apartada del jardín, él empieza a subirle el vestido. Al principio lo hace con tiento, atento a la reacción de ella, pero cuando ve que le da completamente igual, se lo sube hasta la cintura y agarra sus piernas para ponérselas alrededor de la cintura. Mirando de reojo, busca un sitio que sea lo suficientemente cómodo como para tumbarse y alejado para pasar lo más desapercibidos posible. Pero los besos de Melissa se vuelven cada vez más impacientes y se frota de tal manera contra su entrepierna que decide que los arbustos de su derecha ya están lo suficientemente bien y se esconde detrás de ellos. La tiende de espaldas, boca arriba y, arrodillándose en el suelo, se baja los pantalones y los calzoncillos, se pone un preservativo y se hunde dentro de Melissa de una estocada.

—¡Oh, joder! No sé qué estoy haciendo... —jadea sin control—. Nos puede ver cualquiera...

Entonces Kai aumenta la fuerza de sus embestidas y ella empieza a gritar con fuerza, presa de las descargas de placer a las que se cuerpo se enfrenta.

—Shhhh... —le pide Kai, acercando sus labios a los de ella para intentar hacerla callar.

Entonces, Melissa le muerde el labio con fuerza y él se queja. Se separa un poco y se chupa el labio, sintiendo el sabor metálico de la sangre, mientras ella le mira con lascivia. Entonces, agarrándole de la nuca, acerca la cara a la de él y, con mucha delicadeza, lame el labio inferior de Kai hasta que consigue hacerle jadear y que vuelva a mover las caderas de nuevo.

—Kai... Joder... —empieza a susurrar ella al rato, al sentir que el orgasmo es inminente.

Él, sonriendo satisfecho, aumenta el ritmo hasta que siente como Melissa se aprieta alrededor de su erección y escucha sus gemidos de placer. Entonces, sale de ella y acerca la lengua a su vientre, dibujando un camino descendente desde su ombligo hacia su sexo y consigue hacerla estallar de nuevo. Solo cuando la ve exhausta y totalmente a su merced, la vuelve a penetrar, justo antes de liberarse él mismo.

—Bueno... Gracias por... la velada, en general —dice Melissa con una copa en la mano, mirando a Kai de reojo—. Dile a tu hermano que no se preocupe por su puesto de trabajo.

—Lo sé, lo he pillado. No soy para tanto.

—No es por eso... —Ríe ella—. Quizá antes te he menospreciado un poco... Pero, aun así, tu hermano sigue siendo muy bueno y por nada en el mundo querría perderle. Es un hacha con los números.

—Lo sé. Es bueno, ¿verdad? —dice Kai mientras mira a su hermano menor, que sigue hablando con la misma chica de antes, haciéndola reír, confiado y muy seguro de sí mismo—. Estoy muy orgulloso de él.

—Se te nota cuando le miras.

—Pero no se lo digas nunca, porque lo negaré todo.

—De acuerdo. Lo tendré en cuenta —le confirma, divertida.

En ese momento, un tipo se acerca a ellos y saluda a Melissa de forma efusiva. Tiene pinta de ser alguien importante, así que Kai se aparta un poco, dejándoles espacio. Evan le mira en ese momento, preguntándole cómo ha ido mediante un ligero movimiento de hombros. Kai levanta el pulgar y le sonríe para tranquilizarle, pero ver a Melissa hablando con otro hombre parece haberle puesto nervioso, así que empieza a caminar hacia él.

—Hola... Esto... ¿Todo bien? —le pregunta temeroso, sin poder evitar echar rápidos vistazos hacia su jefa.

—Muy bien. Tranquilo porque tu puesto de trabajo no peligra.

—¿Y tú cómo lo sabes? ¿Tanto confías en tus... aptitudes?

—Por supuesto, pero no lo sé solo por eso. Lo sé porque ella misma me lo ha dicho.

—¡¿Qué?! ¿Habéis hablado de mí? —pregunta desesperado mientras Kai asiente—. ¿Cuándo? ¿No habrás sido capaz de informarla de mi temor a que tus acciones tengan una relación intrínseca con el devenir de mi vida laboral en su empresa?

—Esto... ¿qué?

—Que si le has confesado que creía que me echaría a la puta calle si no te la follabas más.

—Ah. No. No del todo.

—Desarrolla un poco tu respuesta.

—Solo le he explicado que estabas cagado porque pensabas que si yo le decía que no quería una relación con ella, se cogería tal rebote que te pegaría una patada y te echaría a la calle.

—Mierda... —maldice, llevándose los dedos a la sien para masajeársela.

—Pero tranquilo, porque me ha dicho que, aunque yo soy demasiado bueno en lo mío y seré difícil de olvidar, tú tampoco eres malo con los números —añade Kai, minimizando el entusiasmo que Melissa ha manifestado por tener a su hermano pequeño en plantilla.

—¿En serio ha dicho eso?

—Más o menos...

—¡Vaya! ¡Genial, porque me encanta mi trabajo!

En ese momento, Melissa se despide del tipo con el que hablaba y se acerca de nuevo a Kai, saludando a Evan con un par de besos.

—¿Cómo estás? ¿Te lo estás pasando bien? —le pregunta.

—Sí, señora. Muy bien —contesta él con mucha educación.

—¡Ya ves si se lo pasa bien! Me parece que ha puesto el punto de mira en una tía, ¿no? —interviene Kai, pasando un brazo por encima de los hombros de su hermano, que agacha la cabeza, algo avergonzado.

—Bueno... No...

—Es muy guapa —dice Melissa, mirando disimuladamente hacia la chica.

—Gracias. Se llama Julie.

—Perfecto, pero, ¿habéis hecho algo más que hablar? —le pregunta Kai.

—Eh... No, bueno... Nos acabamos de conocer...

Kai y Melissa se ríen por su inocencia y timidez, y es entonces cuando Evan se da cuenta de que ella tiene algo de hierba en el pelo. Abre mucho los ojos y, rojo como un tomate, se da la vuelta hacia su hermano.

—Al menos, podríais disimular un poco... —le susurra aprovechando que ella está distraída saludando a otra pareja—. ¿Qué cojones ha pasado cuando has ido a buscarla? Tiene hierba en el pelo.

—¿No querías que le quitara el enfado? Pues lo he hecho de la mejor manera que sé.

Aquella noche, Evan conoció a la que, durante muchos años, él pensó que era el amor de su vida. Se equivocó.

Yo, por mi parte, volví a disfrutar al lado de Melissa, una mujer muy bella e interesante a la que dejé escapar porque le aseguré que no me veía siendo feliz para siempre al lado de la misma mujer. Me equivoqué.

Capítulo 5

Vanessa y «la pelirroja»

—A ver si me entero... ¿Estás así porque Sharon se larga a otro continente? ¿O estás así porque no te lo había dicho antes? ¿O porque por fin te has dado cuenta de que vuestra relación era algo que solo tú te creías?
—Vete a la mierda, Kai. En serio, no tengo ganas de aguantarte.
—A ver si lo entiendes de una vez, so capullo —insiste—. El único que está sufriendo, ¡eres tú! Ella se larga sin ningún cargo de conciencia. ¿Crees en serio que alguien que te quiere, haría eso?
—¿Se supone que me estás animando? Porque me estás hundiendo en la puta miseria, tío. Me siento como una mierda...
Connor se levanta y empieza a caminar por el jardín trasero de casa de su padre. Por inercia, se lleva a la boca la botella de cerveza, aunque entonces se da cuenta de que no cae líquido del interior. Como si no entendiera el porqué, mira la botella a contraluz, con la mirada algo desenfocada producto de todo el

alcohol que lleva ya en el cuerpo. Kai se levanta y, plantándose frente a él, se la quita de la mano y le coloca otra recién abierta. Entonces, poniendo ambas manos en los hombros de su hermano, le mira fijamente y le dice:

—No sé si te estoy animando o hundiendo en la mierda. Me preocupo por ti. Lo que pretendo es que abras los ojos, porque te mereces a alguien mucho mejor. Te mereces a alguien que se preocupe por ti lo mismo que tú lo haces por los demás.

—Pues empiezo a dudar de que exista ese alguien. Además, yo quiero a Sharon...

—Olvídate de Sharon porque ella ya lo ha hecho de ti. Mañana se larga, pasado se acaba de instalar y en menos de una semana se estará tirando a cualquier franchute refinado. Así que prepárate porque esta noche salimos.

—No tengo ganas.

—No te lo estoy preguntando, te estoy informando de ello. Y no voy a aceptar un no por respuesta.

—No.

—Buen intento, pero igualmente vamos a salir a emborracharnos y a tirarnos a alguna tía.

—No me voy a tirar a nadie y ya estoy lo suficientemente borracho.

—¿Ya? Pues entonces te saldrá barata la noche.

En ese momento, Evan asoma la cabeza y, al comprobar que están ahí, sale guardándose el teléfono en el bolsillo.

—Vale. Estoy listo —dice con una sonrisa en la cara.

—¿Ya le has pedido permiso a Julie? —le pregunta Kai.

—No necesito pedirle...

—Por favor, Evan. No sé a quién pretendes engañar —le mira levantando una ceja, hasta que vuelve a centrar su atención en Connor y, acercándose a él, le dice—: Vamos... No me puedes dejar solo con el calzonazos pedante... Tú eres de los míos... Sabes divertirte...

—¿Hola? Sigo aquí y, por muy bajo que hables, tu tono de voz... —Mientras su hermano pequeño habla, Kai y Connor se miran haciendo una mueca de resignación. Kai le suplica con la mirada y a Connor se le forma una sonrisa en los labios. Evan, por su parte, sigue hablando—. Es lo suficientemente alto y grave como para que mi perfecto sistema auditivo periférico sea capaz de...

Entonces, poniéndose de acuerdo sin necesidad de hablar, los dos cierran los ojos, echan la cabeza hacia atrás y hacen ver que roncan.

—¡Oh, vaya! ¡Cuánta madurez junta! —se queja mientras sus hermanos ríen a carcajadas.

—Evan, tu oído es cojonudo y el mío ha decidido dejar de escucharte en cuanto has pronunciado la primera palabra rarita... —le informa Kai—. ¿Qué me dices, Con? ¿Vienes con nosotros?

—Venga... Vamos a ver... ¿Qué tal ese grupo de allí? —le pregunta Kai.

Ambos están sentados en sendos taburetes, apoyados de espaldas a la barra, oteando un horizonte plagado de mujeres dispuestas a pasar un buen rato.

—Dos de ellas han mirado, por lo menos, tres veces hacia aquí. Todas entran en el rango de edad ideal, visten claramente al estilo furcia recatada...

—¿Furcia recatada? —pregunta Evan espantado, con una mueca de asco en la cara.

—Ya sabes... Enseñando la mercancía pero sin que se note... Como si fuera un accidente y no algo premeditado que ahora mismo le esté viendo el tanga a la que está sentada más a la derecha.

—Joder... ¡Eres un cerdo! No me extraña que no tengas pareja, no hay mujer que te aguante.

—Sí, sí. No veas la envidia que me dais los que estáis emparejados... No hay más que ver lo felices que sois —dice señalando a sus hermanos con ambas manos—. ¿Y bien, Con? ¿Qué me dices?

—Paso —contesta este, apurando su tercer whisky desde que han entrado en el local y levantando el vaso hacia el camarero para que le sirva otro.

—Connor, ¿no crees que ya has bebido...? —empieza a decir Evan, pero Kai le corta enseguida.

—Eh, eh, Con, mírame —le pide, agarrando la cabeza de su hermano para obligarle a levantar la vista hasta sus ojos—. No haces nada malo. Eres soltero de nuevo.

—Pero yo no...

—Connor, pasa de ella. Olvídala.

—¡Es que yo no quiero olvidarla, ¿vale?!

De repente, Connor le mira con rabia y con los ojos totalmente bañados en lágrimas, no sabe si producto del alcohol o de la sensación de abandono que siente. Entonces, como si las lágrimas hubieran abierto la veda, su lengua se suelta y empieza a balbucear.

—No me veo capaz de... de... olvidarla así sin más. ¡No quiero hacerlo! Y... y... mucho menos cuando aún ni se ha marchado... ¿Quién sabe si...? A lo mejor se lo piensa mejor y no se marcha y... y no me deja solo... Y se queda conmigo...

Estas últimas palabras las dice en un susurro, mientras los sollozos le entrecortan la respiración. Kai mira alrededor, esperanzado de que el estado de su hermano no haya llamado la atención. Se fija en la chica que se acaba de colocar a su lado para pedir una bebida. Ve que ella le mira de reojo y cómo entonces se fija en Connor. Arruga la frente mientras se humedece los labios. En ese momento, Kai se da cuenta de que, como suele ser habitual, Connor no ha pasado desapercibido para una mujer. Pone los ojos en blanco, haciéndose cruces de lo que Connor podría haber follado si se lo hubiera propuesto, aunque entonces piensa que puede revertir la situación en su favor.

—Buff... —resopla dándose la vuelta y colocándose de cara a la barra—. Pobre...

—¿Está bien? —le pregunta la chica, señalando a Connor.

—Bueno... Supongo que se recuperará, aunque estos momentos son muy duros...

—¿Qué le ha pasado?

—Le ha dejado su novio.

—¿Su...? ¿Novio? —pregunta mientras Kai asiente con solemnidad.

—Estaban muy enamorados... Él se ha ido a vivir a otro continente por trabajo, sin contar con la opinión de Connor. Supongo que el muy cabrón no estaba tan enamorado como él —dice señalando a su hermano mientras agacha la cabeza, haciéndose el afectado—. La vida es una mierda...

—Lo siento mucho... —dice ella, mordiéndose el labio inferior—. Soy Vanessa, por cierto.

—Kai —contesta sin más, sin acercarse a ella—. Soy su hermano, heterosexual.

—Ah...

De repente, Kai ha conseguido captar la atención total de la chica, que le mira de arriba abajo con descaro. Cuando el camarero se acerca, antes de que ella pueda sacar el billete para pagar, él se adelanta y la invita.

—Gracias...

—De nada. Creo que mi hermano ya tiene suficiente alcohol en el cuerpo, así que puedo emplear el dinero en ti. ¿Vienes sola?

—Eh... No... Vengo con unas amigas... —dice señalando hacia el grupo en el que se habían fijado antes, y donde aún le puede ver el tanga a la chica esa—. La verdad es que llevábamos un rato mirándoos...

—¿Ah, sí? —pregunta, haciéndose el sorprendido.

—Sí... De hecho, hasta os habíamos puntuado.

—¿Puntuado? No entiendo... —dice haciéndose el tonto, aunque pensando por dentro que, al fin y al cabo, los hombres y las mujeres no son tan diferentes.

—Sí. El chico de las gafas es un seis sobre diez. O sea, es mono, pero demasiado estirado. Un NVPNL.

—¿NVPNL?

—No Válido Para una Noche Loca. Ya sabes... Demasiado encorsetado. Demasiado... amigo para toda la vida. No sé si me entiendes —contesta mientras Kai ríe a carcajadas—. Tu... hermano, es un nueve sobre diez.

—¡Joder! ¿Un nueve sobre diez? ¿Y qué le ha hecho perder un punto?

—Ser gay.
—Pero eso lo sabes ahora... ¿Quiere decir eso que...? ¡Espera! ¿Era un diez sobre diez? —Vanessa asiente, incapaz de contener la risa—. ¿Y yo? Estoy hasta nervioso, ¿eh?
—Un ocho sobre diez.
—¡¿Qué?! ¡¿Menos puntos que mi hermano, el llorica?!
—Estás muy bueno y tienes un buen cuerpo, pero tienes pinta de ser algo... aprovechado. De esos que deja un reguero de corazones rotos a su paso. Y no todas están dispuestas a derramar alguna lágrima por un tío.
—Espera, espera... ¿Me estás diciendo que, a pesar de ser gay, os lo tirarías antes que a mí?
—Bueno, puede que ahora que te conozco algo más, le proponga a las chicas subirte un punto más.
Vanessa ríe a carcajadas mientras Kai sonríe, consciente de que se la está metiendo en el bolsillo, sin importar la puntuación que sus amigas le den.
—Eso está mejor —asegura, aunque sorprendido de que le hayan calado tan bien desde lejos y sin conocerle.
—Oye... ¿Quieres...? ¿Te apetece bailar? —le pregunta ella con timidez, mordiéndose el labio inferior mientras señala hacia la pista de baile con un dedo.
—Eh... Sí. Bueno, vale... —contesta él, intentando disimular su satisfacción e, interpretando aún el papel de hermano protector, añade—: Espera, que voy a decírselo a Connor para que no se preocupe.
—Vale... Yo voy a avisar a mis amigas...
En cuanto se acerca a ellos, dándole la espalda a Vanessa, sonríe mordiéndose el labio inferior, mo-

viendo las cejas arriba y abajo, mirando a sus hermanos.

—¿Os puedo dejar solos? —les pregunta, acercándose a Connor y pasando un brazo sobre sus hombros, de forma cariñosa, para hacer ver que realmente se preocupa por él cuando, en realidad, lo único en lo que puede pensar es en restregarse contra Vanessa en la pista y luego llevársela a algún sitio más íntimo.

—¿Qué cojones haces? —le pregunta Connor receloso.

—Gracias, tío. Gracias —dice Kai, abrazándose a él mientras le susurra al oído—: Me parece que, a partir de ahora, te voy a llevar conmigo a todas partes.

—Lárgate, empalagoso —se queja Connor, apartándole.

—No le pierdas de vista, Evan. No dejes que se largue de aquí. Ah, y por cierto, si te apetece intentar algo con cualquiera de las chicas del grupo en el que nos hemos fijado antes, que sepas que eres un nueve sobre diez... —Connor le mira con el ceño fruncido y pánico en los ojos—. Yo de ti, aprovechaba la ocasión.

—Piérdete, Kai.

—¿Diez sobre diez de qué? —pregunta Evan, totalmente confundido—. No entiendo ese baremo...

—Cosas de mayores, Evan —le contesta Kai, caminando ya de espaldas y guiñándole un ojo mientras se acerca hasta Vanessa, que le espera impaciente cerca de la pista, a medio camino entre él y sus amigas.

Sus dos hermanos le observan y se dan cuenta de que se está comportando como un caballero con esa chica. La acompaña hasta la pista poniendo una mano en su espalda, sin propasarse. La escucha atentamente mientras ella acerca la boca a su oreja. Deja una distancia prudencial entre sus cuerpos, algo nada habitual en Kai.

—¿Qué le pasa? —le pregunta Evan a su hermano, mientras este, incapaz casi de hablar, se limita a encogerse de hombros mientras apura de nuevo el vaso.

—Algo trama.

Evan no deja de observarles mientras bailan, maravillándose de la facilidad que tiene Kai para relacionarse, sobre todo con el sexo femenino. Connor también podría tener el mismo éxito, pero él es más comedido y muy fiel.

—Creo que si yo me separara de Julie, me quedaría solo hasta el fin de mis días.

—¿Eh? ¿Decías algo? —balbucea Connor con otro whisky en la mano.

—Nada. Hablaba solo... ¿Cuántos llevas ya?

—Ni puta idea —contesta, empezando a tener serios problemas para mantener la verticalidad—. Ve a divertirte, si quieres.

—¿Y dejarte solo? Ni hablar.

Kai está haciendo verdaderos esfuerzos por no agarrar a Vanessa por la cintura, pegarse a su espalda y mostrarle lo que sus movimientos insinuantes y la imaginación de él mismo, han provocado en su entrepierna. Se retiene porque ella no ha mostrado ningún indicio de que quiera que este tonteo inocente pase a mayores, y tiene la esperanza de que el papel de chico educado y respetuoso acabe decantando la balanza a su favor.

Sabe que sus amigas están atentas a lo que ocurre en la pista, además de no quitarle ojo a Connor, que sigue apoyado en la barra, cada vez más borracho, aunque bien custodiado por Evan. Hace una mueca de preocupación al ver como su hermano mediano se tambalea incluso estando sentado en el taburete, librándose de caer al suelo solo porque Evan le ha agarrado a tiempo, y una ráfaga de remordimiento pasa por su cabeza. Está pensando en dejar pasar la oportunidad con Vanessa y llevar a Connor a casa, pero entonces ella pega su espalda a su pecho, llamando así su atención. Cuando la mira, la ve con los brazos en alto, contoneándose con descaro, y no puede evitar imaginársela atada al cabecero de una cama, moviéndose de igual forma bajo su cuerpo.

—Te voy a tener que bajar de nuevo el punto que te he sumado antes... —le susurra al oído cuando se da la vuelta, bajando la mano hasta la entrepierna de Kai y tocando su erección a través del pantalón—. Aunque, por suerte, veo que mi baile ha surtido el efecto que yo deseaba...

Kai la mira a los ojos y, sonriendo de medio lado, la agarra del codo y tira de ella con brusquedad, conduciéndola hacia los baños. Cuando entra en el de mujeres, después de convertirse en el centro de atención de las chicas que hay en el interior, golpea todos los cubículos hasta que una de las puertas se abre y se meten dentro. Kai cierra la puerta y pone el pestillo, agarrando luego a Vanessa con fuerza de los brazos y empujándola contra ella. Tira del bajo del vestido de ella hacia arriba, sin cuidado, hasta dejarlo a la altura de la cintura. Saca un preservativo, se lo pone y, sin molestarse en bajarse el vaquero del todo, la coge en volandas y le coloca las piernas alrededor de su cintura, embistiéndola de una sola estocada. Observa su reacción con atención, apretando los dientes, viendo como echa la cabeza hacia atrás. Entrelaza los dedos con los de ella y coloca sus brazos contra la puerta, apretándolos contra la madera con cada estocada, haciendo tambalear el cubículo entero. Se empiezan a escuchar algunas risas y vítores al otro lado de la puerta que solo sirven para engordar el enorme ego de Kai. Vanessa empieza a gritar de placer y él entonces coloca las manos en su cintura para agarrarla con firmeza y poder clavarse dentro de ella hasta el fondo. Unos minutos después, los dos se corren a la vez, boca contra boca, bebiéndose los jadeos del otro.

Al rato, ella apoya los pies en el suelo y empieza a colocarse bien el vestido, aún con las mejillas encendidas y la respiración entrecortada. Mientras, él se quita el preservativo, le hace un nudo y lo tira dentro de la basura situada al lado del inodoro. Luego se sube los calzoncillos y los pantalones y la observa sonriendo.

—Sal tú primero mientras yo acabo de arreglarme... —susurra ella en voz baja.

—Creo que después de lo que hemos armado —dice él imitando su tono de voz, hablándole en la oreja—, es una gilipollez que hablemos así, pero tú misma.

Antes de salir, le guiña un ojo y luego sale del cubículo peinándose el pelo con los dedos. Todas las mujeres presentes le miran de arriba abajo, sonriendo mientras él inclina la cabeza como un caballero.

—Señoras...

Al llegar al lavamanos, ve a una pelirroja sentada en el mármol con las piernas cruzadas, mirándole descaradamente, como si le estuviera desnudando. Él, sin inmutarse, se coloca a su lado, abre el grifo, y se moja la cara y el pelo.

—Esos gritos de ahí dentro, ¿los has provocado tú?

—Eso parece.

—Vaya... Lástima que haya llegado tarde... —dice ella, peinándose el pelo con las manos mientras cruza las piernas de nuevo, mostrando más trozo de piel que la que esconde bajo el vestido—. Allí fuera no hay nadie que merezca la pena, excepto un tío que dicen que es gay...

—¿Rubio de ojos azules? —pregunta Kai mientras ella asiente—. Maricón perdido, te lo digo yo que le conozco.

—Pues eso... Parece que tú eras mi única oportunidad de pasar un buen rato esta noche y... —dice señalando con la mano hacia el cubículo del que él acaba de salir.

Kai mira hacia allí, y comprueba que la puerta sigue cerrada. Ha pasado un buen rato con ella, eso es innegable, pero ya no le debe nada, no hace falta que siga aparentando ser un buen tipo, un tío con escrúpulos. Así pues, vuelve a mirar a la pelirroja y, apretando los labios, entorna los ojos y camina lentamente hacia ella. Abre las piernas y él aprovecha para colocarse en el hueco que queda entre ellas. La agarra del culo y la atrae hacia él. Sin necesidad de decir nada más, ella enrosca las piernas alrededor de la cintura de Kai y rodea su cuello con los brazos, besándole con prisa. Camina con ella a cuestas hacia otro cubículo, justo en el momento en el que Vanessa sale y les pilla de lleno. Se le borra la sonrisa de golpe, ya que, aunque no se había hecho ilusiones de que este escarceo llegara mucho más allá, no esperaba haber significado tan poco para él.

—¡Serás gilipollas! —le grita con la cara encendida y los ojos llenos de lágrimas, llamando entonces la atención de ambos, que se detienen de golpe.

La pelirroja apoya los pies en el suelo e intenta separarse un poco, aunque sin soltar a Kai. Este mira a Vanessa, algo descolocado. Incluso él mismo se da cuenta de que lo que está haciendo está mal, pero tampoco es que le haya jurado amor eterno, ¿no?

—Vamos, ha sido un polvo, ¿no? Tú lo querías, yo también...

Sin dejarle hablar más, Vanessa le da un tortazo en la cara con todas sus fuerzas, saliendo a toda prisa del baño. La pelirroja se interpone en su campo de visión y se desabrocha un botón de la camisa, dejando a la vista parte de la tela de encaje del sujetador. Kai sonríe y, como si no hubiera pasado nada, vuelve a pegarse a ella y hunde la lengua en su boca, arrastrándola hacia uno de los cubículos y cerrando la puerta a su espalda. Esta vez, la pelirroja lleva la voz cantante, liberando su erección, sentándole en la taza del váter de un empujón y colocándose sobre él, a horcajadas. Kai se limita a echar la cabeza hacia atrás, resoplando con fuerza por la boca, mientras se deja hacer.

—¿Esa no es la chica que se ha ido antes con Kai? —le pregunta Evan a Connor, que hace un verdadero esfuerzo por enfocar la vista y mirar hacia donde le señala su hermano—. Parece disgustada...

Los dos observan como la chica se acerca a la pista, donde ellos se han visto arrastrados por las amigas de la pobre incauta. En realidad, no se puede decir que ninguno de los dos esté bailando, Evan porque tiene un nulo sentido del ritmo, y Connor porque, aparte de odiarlo y que se le da fatal, su nivel de alcohol en sangre es tan elevado que a duras penas puede caminar y respirar a la vez, no digamos ya bailar. De todos modos, deja que las chicas se froten contra él y le hagan confidencias al oído, mostrándose muy simpáticas y abiertas, como si se conocieran desde hace tiempo.

—Tu hermano es un gilipollas... —grita Vanessa entre sollozos cuando llega a ellos, dirigiéndose a Connor.

—Estamos de acuerdo —contesta él con la voz pastosa.

—¿Qué ha pasado? —le pregunta una de sus amigas.

—Se está tirando a otra —balbucea ella, secándose las lágrimas con un pañuelo, intentando hacerse entender a pesar del volumen de la música y de su respiración entrecortada—. No habían pasado ni cinco minutos de estar conmigo... Y ya estaba morreándose con otra.

—¡¿Qué?! —gritan sus amigas—. ¡Será imbécil!

Sin poderlo evitar, miran a Evan y a Connor, como si de algún modo, fueran en parte responsables del comportamiento de su hermano.

—Sentimos mucho el comportamiento de Kai... —se ve obligado a decir Evan—. Si podemos hacer algo para compensarte de alguna manera...

—Evan... —intenta cortarle Connor, acercándose a él.

—Seguro que él no quería hacerte daño...

—Ya, claro... —responde Vanessa—. De verdad, no intentéis justificarle...

—Evan... —insiste Connor.

—Pero él no piensa que sus actos te puedan molestar... De hecho, creo que si tú ahora decidieras liarte con algún otro hombre, no le importaría en absoluto...

—Evan, por favor... Me encuentro muy mal —dice Connor, agarrándose a la camisa de su hermano—. Me quiero ir a casa...

—Vale... Esto... Nos tenemos que ir...

Evan empieza a caminar de espaldas, agarrando a su hermano para que no se caiga, llevándoselo de nuevo hacia la barra y sentándole en uno de los taburetes.

—Quédate aquí. Voy a buscar a Kai.

Connor tiene que hacer verdaderos esfuerzos para aguantarse las ganas de vomitar, mientras cierra los ojos para intentar que la sala deje de dar vueltas a su alrededor. Pierde la noción del tiempo, hasta que siente como le zarandean y se ve obligado a abrir los ojos de nuevo.

—Eh... Me ha dicho Evan que quieres irte ya.

—Sí... —consigue decir con mucho esfuerzo mientras todo vuelve a girar alrededor, agarrándose con fuerza a la camiseta de Kai—. Siento haberte jodido el plan...

—¿Bromeas? Me he tirado a dos en el baño. Ha sido una noche más que provechosa. Así que, venga, vámonos de aquí.

En cuanto salen al exterior, Kai, con el brazo de Connor por encima de sus hombros y agarrándole de la cintura, mira a Evan y le dice:

—Evan, para a un taxi. Vamos a llevar a Connor a casa.

—Espera. Estoy avisando a Julie de que salgo para allá.

—Joder —contesta Kai dejando a Connor sentado en un banco—. Eres un puto pelele. Ya lo hago yo.

Connor resbala por el respaldo del banco y cae inevitablemente al suelo. Se golpea la cara contra la acera y se queda allí tirado, boca abajo, hasta que Kai consigue parar un taxi y Evan acaba de escribir el mensaje a su mujer.

—Vamos, colega, que ya tenemos taxi.

Le lanzan dentro del vehículo sin muchos miramientos, y apoyan su cabeza contra la ventanilla de la puerta izquierda, mientras Evan se sienta a su lado y Kai delante, junto al taxista.

—¡Eh! ¡Esperad, esperad! No podéis entrar en este taxi —dice entonces una voz femenina.

—¡Vaya! —dice Kai, dándose cuenta entonces de que el taxista ha resultado ser una mujer, y además muy guapa—. ¡Hola!

—Fuera de mi taxi —repite ella, mirando nerviosa por el espejo interior.

—¿Por?

—Porque vuestro amigo va muy borracho y acabará vomitando aquí dentro —responde, señalando a Connor.

—Perdona, ¿tienes un cartel reservando el derecho de admisión? —le replica Kai—. ¿Recuerdas el lema de Stevie Wonder? Si bebes no conduzcas. Pues eso estamos haciendo, hemos bebido, así que no conducimos. Tú no has bebido, o al menos eso espero, así que tú conduces. ¿O tengo que apuntar tu número de licencia y hacer una llamadita a la central de taxis para quejarme?

Ella le mira fijamente, fulminándole con los ojos, pero parece que finalmente claudica.

—¿No te puedes sentar detrás con tus amiguitos y dejarme tranquila? ¿O voy a tener que disfrutar de tu compañía todo el trayecto?

—Es que aquí estoy más ancho, y ahora que sé que tú conduces y vas a estar a mi lado todo el trayecto, de aquí no me mueve ni Dios —contesta, haciéndole un repaso de arriba abajo a la chica.

Definitivamente, esta es su noche de suerte, piensa observándola detenidamente. Tiene un estilo algo marimacho al vestir, pero bajo esa camisa de cuadros abierta, lleva una camiseta de tirantes que deja entrever una delantera de escándalo. Además, tiene un pico de oro, y no se amedrenta ante él, haciendo volar su imaginación perversa, imaginándosela como una tigresa de armas tomar.

—Qué suerte la mía —asegura ella—. Poneos los cinturones.

—Yo por ti me ato lo que haga falta. Y si llevas unas esposas, me las pongo también.

—Uy, qué gracioso, por favor. No te pienses que no me ha hecho gracia, es que soy muy tímida y estoy llorando de la risa por dentro —contesta ella en tono de burla, sin perder de vista a Connor—. Pero tú dame motivos, que verás tu sueño realizado y acabarás la noche esposado.

—Qué carácter... Me gusta.

—¿Y a tu amigo qué le pasa? ¿Es sordo? ¡Eh! ¡Tú! —grita dirigiéndose a Connor que, aunque la oye, es incapaz de mover más que las pupilas de los ojos—. Ponte el cinturón.

—No insistas. Ya no está entre nosotros. Siente, pero no padece. Te escucha, pero no va a moverse. Dale un poco de tregua... —dice Kai bajando un poco el tono de voz—. Le ha dejado el novio y está de bajón.

—Kai, corta ya el rollo —interviene entonces Evan.

—Vale, vale... Le ha dejado la novia, no el novio —aclara Kai, poniendo los ojos en blanco—. ¿Qué quieres? No me quiero cerrar ninguna puerta...

—Definitivamente, esta va a ser una noche de mierda... ¡Que te pongas el cinturón! —grita ella como una loca girando un poco la cabeza mientras inicia la marcha.

Kai y Evan se echan a reír ante el histerismo de la pobre taxista. Connor intenta abrir los ojos para fijarse en quién le grita. Cuando reúne las fuerzas necesarias y consigue abrirlos, ella aprieta con fuerza el pedal del freno y su cuerpo se abalanza hacia delante de forma brusca. Su cabeza choca con fuerza contra el cristal protector que separa los asientos posteriores de los delanteros.

—¡Eh! ¡¿Estás loca o qué?! —grita Kai.

—¡Connor...! —grita Evan, agarrando a Connor y esta vez, poniéndole el cinturón—. ¡Tía loca! ¡Le has hecho una brecha en la nariz a mi hermano!

—Hace unos minutos estabas demasiado ocupado con el teléfono como para prestarle atención y ponerle el cinturón, así que técnicamente, la culpa es tuya. Yo os he advertido.

El movimiento brusco no ha hecho más que empeorar el mareo de Connor, así que pocos segundos después, vuelven las náuseas, esta vez con más fuerza, y vomita inclinándose hacia delante.

—Se acabó. Aquí acaba vuestro trayecto. Buscad otro pardillo dispuesto a ganar diez pavos y a gastarse otros veinte en limpiar su taxi.

—¡Pero no nos puedes dejar aquí! —grita Evan.

—¿No? Mírame —contesta ella deteniendo el coche mientras le mira fijamente a través del espejo, desafiándole.

—Déjala. Desde aquí llegamos rápidamente a mi coche. Ya os llevo yo.

—¿Tú? ¿En tu estado?

—Como quieras. Me llevo a Connor a su casa. Tú vete caminando si lo prefieres.

Evan chasquea la lengua y parece claudicar, mientras Kai abre la puerta del taxi para recoger a su hermano.

—Oh, joder tío —dice este, haciendo una mueca de asco con la boca—. Qué asco por favor.

—¿Y esto, quién me lo paga a mí? —se queja la taxista.

—Evan, dale veinte pavos, haz el favor.

—Lo siento... —balbucea Connor mientras Kai le sostiene en brazos y Evan le tiende un billete que saca del bolsillo.

Hace un verdadero esfuerzo para levantar la cabeza y mirar a la chica, totalmente avergonzado por lo sucedido. Cuando sus ojos se encuentran por primera vez, Kai parece intuir un destello de sorpresa en el rostro de ella, y no puede evitar sonreír. Connor ha vuelto a obrar su magia, y otra vez sin pretenderlo.

Al ver que él se ha dado cuenta, sonrojada, la taxista le quita el billete de la mano a Evan, se apresura a meterse de nuevo en el taxi y arranca chirriando las ruedas contra el asfalto.

—Como sé que mañana no te acordarás de nada de esto, te voy a confesar unas cuantas cosas —le susurra Kai al oído a Connor—. Que sepas que me he visto obligado a decirles a algunas chicas de la discoteca que eras marica y que estabas jodido porque te había dejado tu novio. Gracias a eso me he tirado a dos tías esta noche, así que estoy en deuda contigo... No sé cómo ni cuándo, pero te prometo que te recompensaré.

Aquella fue una gran noche, aunque, a pesar de lo que yo creyera entonces, no lo fue porque me tirara a un par de tías, sino porque Connor tuvo el primer contacto con el amor de su vida.

¿Quién se podía imaginar que, a pesar de haber empezado con mal pie, acabarían amándose incondicionalmente?

Así que, al fin y al cabo, parece que cumplí mi promesa muy pronto, porque gracias a mí sus caminos se cruzaron y lo volverían a hacer poco después.

Capítulo 6

SARAH

Kai se mueve por el cuadrilátero, esquivando los golpes del *sparring* con el que está entrenando para el próximo combate.

—¡Vamos, Kai! Si te limitas solo a moverte por la lona como una puta bailarina, tu rival te va a hacer papilla en un par de asaltos.

Envalentonado por las palabras de Marty, el otro tipo endurece sus ataques, hasta ahora algo comedidos, llegando a golpear a Kai en el mentón en un par de ocasiones y en el pómulo con un directo de izquierda.

Marty hace sonar la campana y Kai se acerca a su rincón, cabizbajo.

—¿Se puede saber qué cojones te pasa? —le pregunta, limpiando con una toalla el corte de debajo del ojo y aplicándole el pegamento para sellarlo y evitar que siga saliendo sangre.

—No lo sé... Supongo que estoy algo mosca con lo de mi padre...

—Y lo entiendo, pero precisamente por él tienes que ganar los combates. Esto es lo que él siempre quiso hacer... Y lo sabes... Sabes lo orgulloso que está de ti cuando te ve aquí arriba peleando... Pero peleando, no bailando como una damisela, ni limitándote a esquivar los golpes como un cobarde. Así que, hazlo por él. Sabes que no se pierde ninguno de tus combates, y, ahora más que nunca, tiene que verte ganar. ¿Estamos de acuerdo? —le arenga Marty para subirle el ánimo mientras le coloca el protector bucal de nuevo.

En cuanto vuelve a sonar la campana y empieza el siguiente asalto, Kai salta a la lona con fuerzas renovadas y poco más de tres minutos después, su rival cae a plomo después de recibir varios golpes certeros de Kai.

—¡Eso es! —grita Marty—. ¡Ese es mi chico! Ahora sí estás listo para el combate.

Una hora después, Kai sube de un salto los tres escalones del porche delantero de casa de su padre. Antes de abrir la puerta, de siquiera agarrar el tirador, se detiene en seco. Se pregunta por qué motivo ha corrido tanto para llegar cuando, en realidad, tiene mucho miedo de escuchar lo que seguramente les explique la asistenta social que Connor ha contratado. Siempre ha visto a su padre como el modelo a seguir, el tipo grande y fuerte que les sacó adelante, el hombre que nunca enfermaba con tal de no perder ni un día de salario, así que no sabe si está preparado para verle debilitarse sin remedio. Finalmente, hace de tripas corazón y, tras resoplar con fuerza, se deshace de una expresión de preocupación nada habitual en él y abre la puerta decidido.

—¿Papá?

—Kai, estamos en la cocina —escucha que le informa Connor.

—¡Hombre, Connor! —grita Kai de camino a la cocina—. ¿Ayer qué? ¿Te tiraste a la rubita? Porque he hablado con Evan y el muy idiota no intentó nada con la otra. Dime al menos que tú dejaste el pabellón bien alto. Dime que aún puedo confiar en ti.

Justo en el momento en el que Kai hace su aparición en la cocina, a pesar de que hay más personas en la estancia, él solo se fija en la mujer que está a su lado. Con la sonrisa congelada y petrificado al lado de la puerta, observa su piel pálida, sus enormes ojos marrones, su pelo castaño recogido en un despreocupado moño y, sobre todo, su sincera sonrisa.

—Kai, te presento a Sarah Collins. Es la trabajadora social que te comenté anoche que vendría a ayudar a papá —le dice Connor y, mirando a Sarah, añade—: Sarah, este es mi hermano mayor, Kai.

—Encantada —dice ella, levantándose y acercándose a él.

Para asombro de todos, Kai no aprovecha la situación para acercarse a ella, al contrario, se queda quieto y con la boca abierta. En lugar de rodear la cintura de Sarah con los brazos y arrimar su cuerpo al de ella, aún petrificado en el sitio, levanta el brazo entre los dos para tenderle la mano. Sarah, arruga la frente, extrañada por el gesto brusco, pero se la estrecha y se vuelve a sentar al lado de Donovan, retomando su conversación con él.

Connor, extrañado también, se levanta y se acerca hasta Kai mientras su padre y Sarah conversan de forma animada.

—¿Estás bien? Pareces... nervioso —le susurra, sorprendido por su actitud frente a Sarah.

—¿Yo? ¿Nervioso? ¡Qué va! —contesta este, dándose la vuelta para abrir la nevera y sacar una cerveza.

—¿Y entonces a qué ha venido eso de estrecharle la mano?

—Me ha parecido lo correcto —contesta Kai de forma esquiva.

—¿Lo correcto? ¿Tú que aprovechas la mínima oportunidad para rozarte con una tía?

—Bueno, es igual. —Da un sorbo a la cerveza e intenta cambiar de tema—. ¿Te tiraste a la rubia o no?

—Vale, ahora sí te pareces más a mi hermano. Empezaba a asustarme —contesta Connor—. Y no, no pasó nada entre Zoe y yo. Creo que es muy pronto. Solo hace... muy poco que nos conocemos. Así que venga, suelta todo lo que tengas que decir que me tengo que volver a trabajar. Estoy listo para recibir mi castigo. Métete conmigo.

Connor abre los brazos, resignado y expectante a que el repertorio de burlas de su hermano empiece, pero este ya no le escucha, porque está distraído mirando fijamente a Sarah, distraída aún con Donovan. Connor arruga la frente al verle en ese estado y al ser consciente de que, además, se lo ha provocado una mujer.

—Hola... —llama su atención, pasando una mano por delante de su cara, siguiendo la dirección hacia la que apuntan los ojos de Kai, Sarah.

—Así que no te la tiraste... —insiste Kai, distraído, pero intentando centrar su atención en Connor.
—Déjalo. Pareces tener la cabeza en otras cosas. —Da un par de palmadas en el hombro de Kai, justo antes de guiñarle un ojo—. Para tu interés, está divorciada, tiene una hija adolescente y ha perdido la fe en encontrar a su príncipe azul.

Connor se acerca a su padre para despedirse de él. Se agacha a su lado y charla con él y con Sarah durante unos minutos. Kai aprieta con fuerza la botella de cerveza, como si quisiera estrangularla, incapaz de despegar los ojos de esa mujer que está llenando de luz toda la estancia con su sola presencia. De repente, ella gira la cabeza y clava la vista en Kai, sonriendo abiertamente. Rápidamente, intenta disimular y se da la vuelta, dándole la espalda.

—Qué idiota... —se maldice a sí mismo—. Peor que un puto adolescente.

—Así que has vuelto a ver a la chica esa... Zoe se llamaba, ¿verdad? —escucha que Donovan le pregunta a su hermano, ante la mirada de asombro de Connor—. No me mires así, que aún me acuerdo de muchas cosas.

—Sí. Estuvimos tomando algo anoche en el pub.
—¿Y?
—¿Y qué?
—Por Dios. Dime que no tengo que intervenir de nuevo... Dime que no tengo que llamarla para que me lleve en su taxi y pedirle que te invite al cine. Dime que...

—¡Vale, vale! Hemos quedado otra vez esta tarde —le corta Connor para que su padre se calle y deje de ponerle en ridículo delante de Sarah.

—Ese es mi chico. —Sonríe, estrechándole la mano con cariño—. Acuérdate que el sábado que viene toca partido contra los Blazers, pero si has quedado con Zoe, no pasa nada.

—Papá, hemos quedado esta tarde. Nadie ha dicho nada del sábado que viene. Además, ya sabes que los partidos son sagrados.

—Puedes invitarla si quieres.

—Papá...

—Y eso va también por ti, Kai. Si alguna vez te interesa traer a alguna chica a ver el partido, puedes hacerlo. Sarah, ¿a ti te gusta el baloncesto?

—Papá...

Kai intenta llamarle la atención, pero a Sarah parece no importarle contestar a todas las preguntas que el descarado de su padre le haga.

—Me encanta.

—Bien —dice Donovan, dándole unas suaves palmadas en el brazo—. ¿Y te gusta algún otro deporte? Porque Kai es boxeador...

—¡Papá!

Connor pone los ojos en blanco y se acerca a su hermano.

—Suerte con Zoe —le dice este al oído.

—Suerte con papá —contesta Connor guiñándole un ojo—. Y con Sarah...

Kai observa a su hermano hasta que le ve salir por la puerta. Luego, enseguida vuelve a centrar su atención en Sarah, aunque aún no sabe exactamente por qué. Lo único que sabe es que ella ha conseguido nublar su entendimiento, volviéndolo un lelo incapaz de comportarse como una persona normal y quitándole incluso hasta el habla, solo con una simple sonrisa y habiendo intercambiado un simple saludo.

—Entonces, ¿qué me dices, Sarah? ¿Te gusta el boxeo? —insiste Donovan, haciendo caso omiso de las quejas de sus hijos.

—Pues... La verdad es que no —contesta ella, apoyándose en la encimera de espaldas—. Me parece un poco... violento.

—Puede, pero a la vez es muy noble. Gana siempre el que mejor lo hace, sin ayudas externas. O pegas o te pegan. O ganas o te ganan.

—Eso es cierto. Pero aun así, no le veo ningún sentido a un deporte que consiste en hacer daño al contrario. —Sarah gira la cara hacia Kai—. ¿No sientes ningún remordimiento cuando pegas al rival?

Durante unos segundos, no solo es incapaz de hablar, sino que incluso tiene serios problemas para respirar con normalidad.

—¿Eres consciente de que tus golpes pueden dañar seriamente al rival? Un golpe mal dado, puede matar... —insiste ella al ver que Kai no responde.

Entonces, al ver la mueca de desaprobación dibujada en el rostro de Sarah, Kai, herido en su orgullo, reacciona por fin.

—Si dudo un solo segundo, mi rival lo aprovechará para darme un puñetazo. Llámame egoísta, pero prefiero pegar a que me peguen. Y no, no he matado a nadie, pero lo repito, se trata de supervivencia —contesta, con gesto serio.

—Pero recibir golpes de forma habitual puede dejar secuelas irreversibles. Y más aún en la cabeza. Es decir, aun ganando todos los combates de tu carrera profesional, podrías llegar a retirarte con graves problemas. Incluso con daños cerebrales permanentes.

—¿Te parece que tengo algún tipo de daño cerebral? ¿Tengo pinta de ser un puto subnormal? —dice Kai con rabia al escuchar el menosprecio en el tono de voz de Sarah.

—Kai... —le intenta recriminar su padre.

—No estoy diciendo eso —se disculpa ella—. Pero es algo que suele detectarse en muchos boxeadores al retirarse.

—¿Y tú cómo lo sabes? Pensaba que el boxeo no era lo tuyo... No entiendo entonces por qué estás tan puesta en lesiones derivadas del boxeo...

—No es que me interese, es algo que he leído que suele ocurrir... Y te puede pasar a ti...

—¡Qué bonito! —dice Kai poniendo su mano en el pecho, encima del corazón—. Me emociona ver que te preocupas tanto por mí.

—A mí me da igual... —replica Sarah a la defensiva al ver el tono que está tomando la conversación—. Es tu vida.

—Entonces, será mejor que no me vengas a ver a ningún combate. No quiero que derrames lágrimas innecesarias por mí.

Kai ni siquiera sabe por qué ha dicho esto. ¿Acaso le gustaría que ella fuera a verle boxear alguna noche? Tal cual está yendo la conversación, duda mucho que quiera compartir nada con él.

—No tengo ni la más mínima intención de ir a verte. De hecho, no tengo ni el más mínimo interés en hablar contigo. Si tengo suerte, quizá ni me cruce contigo...

Justo después de escuchar eso, Kai siente un dolor

muy fuerte en el pecho. Es algo indescriptible, como una punzada, aunque no es un dolor físico, es más como... ¿desilusión? Un enorme nudo se forma en su garganta y, al verse incapaz de responderle algo ingenioso y propio de él, se da media vuelta y camina hacia la puerta. Mientras lo hace, escucha a su padre llamarle, aunque más que para intentar que se quede y calmarle, parece que le esté reprochando su actitud, como casi siempre.

Para el deleite de Sarah, estuvieron varios días sin cruzarse. Kai se sentía incapaz de enfrentarse a ella de nuevo, aunque eso no quería decir que no pensara en ella constantemente, rememorando su especie de combate dialéctico una y otra vez. Soñaba con sus labios carnosos, su melena castaña y esas gafas que le daban ese aire de empollona que siempre odió pero que a ella le hacía parecer de lo más sexy.

Durante los primeros días después de su «charla», Kai visitaba a su padre a horas en las que sabía que era imposible toparse con ella. A pesar de eso, antes de entrar, siempre se permitía unos segundos para, agarrando el pomo de la puerta, respirar profundamente y prepararse mentalmente para enfrentarse a ella.

Pero pronto se dio cuenta de que necesitaba verla de nuevo, así que, plantado en el porche de su padre, respira profundamente un par de veces y abre la puerta con decisión. Le sorprende el silencio que reina en toda la planta baja, así que se dirige a la cocina, donde encuentra a Connor sentado alrededor de la mesa, con un periódico entre las manos.

—¿Qué haces aquí? —le pregunta Connor.

—Pues supongo que lo mismo que tú.

—Lo sé, pero creía que tú hacías todo lo posible por rehuir a Sarah.

Kai se queda mudo durante unos segundos. ¿Tan evidente es? Y, si Connor se ha dado cuenta, ¿lo habrá hecho Sarah también?

—¿Y por qué no te tiraste a la rubia? —pregunta, cambiando de tema radicalmente para que su hermano no note su desconcierto y no darle ningún indicio de que, efectivamente, tiene razón. Como casi siempre, en realidad, aunque eso no se lo confesará en la vida.

—Porque no quiero hacer así las cosas.

—¿Así, cómo? ¿Como las hace todo el mundo?

—Kai, no confundas «tu» mundo con «todo» el mundo —contesta Connor, enfatizando sus palabras mientras gesticula con las manos—. Que tú hagas las cosas de una manera, no quiere decir que el resto de la población mundial actúe igual. Apostaría incluso a que la mayoría de toda esa gente, ni siquiera lo vería normal...

—No, claro. En cambio, esa mayoría sí vería normal lo que tú haces: lamerle el culo a una tía durante más de un año para que te use de felpudo, que luego te pegue la patada largándose a miles de kilómetros, que te avise de casualidad, y que, además, tú no intentes rehacer tu vida porque quieres guardarle amor eterno. —Kai chasquea los dedos delante de los ojos de Connor—. Despierta, hermanito.

—Yo no estoy diciendo que no vaya a seguir adelante con mi vida. Solo que... es como si mi relación con Sharon no hubiera acabado...

—Claro, Connor, porque no se puede acabar algo que no ha existido nunca.

—¡Joder, Kai! ¡Siempre estás igual! ¡Vete a tomar por culo! —grita poniéndose en pie—. Dile a papá que he venido a verle y que luego le llamo.

—¡Connor! ¡Connor, espera! —le pide Kai, siguiéndole hasta la puerta principal para intentar detenerle.

—¡Déjame! —grita Connor en cuanto su hermano le alcanza y le agarra, ya en el recibidor, frente a la puerta principal.

—Vamos, Connor. Es por tu bien. Para que reacciones y abras los ojos.

—¡¿Y tú crees ser el indicado para darme consejos?!

En ese momento, la puerta se abre y aparecen Donovan y Sarah, cargados con bolsas de la compra. Los cuatro se quedan entonces callados, mirándose unos a otros, hasta que Connor, con un tono mucho más comedido, añade:

—A veces me vendría bien que no me machacaras constantemente.

—¿Qué ha pasado? —les pregunta su padre.

—Nada —contesta en seguida Connor, dando un tirón con el brazo para soltarse del agarre de Kai—. Deja que os ayude con las bolsas.

—Kai, ¿qué está pasando? —vuelve a insistir Donovan cuando Connor se marcha hacia la cocina.

—Nada, papá. Solo estábamos hablando —contesta Kai, agachando la cabeza para evitar cruzar su mirada con la de Sarah.

—Pues a mí me ha parecido que estabais discutiendo. ¿Por qué las cosas siempre acaban de igual manera contigo, Kai?

—Espera, espera... Yo no...

—¡Kai, basta! —le interrumpe Donovan mientras Sarah agacha la cabeza, incómoda por ser testigo de todo el espectáculo—. Tienes la mala costumbre de meterte constantemente con tus hermanos y llevarles al límite de su paciencia. Te aprovechas de tu fortaleza física. Siempre lo has hecho. Pero algún día se cansarán y no quiero una batalla campal entre vosotros.

—Perfecto. Siempre es lo mismo. Soy el malo de la película, haga lo que haga.

—No te hagas el mártir porque sabes perfectamente que tengo razón.

Kai se queda callado mientras su padre se dirige a la cocina. Se pasa las manos por el pelo y luego las deja apoyadas en la nuca. Se queda quieto, pensativo, hasta que chasquea la lengua y se da la vuelta con intención de largarse. Pero entonces descubre a Sarah plantada frente a él, y se ve obligado a enfrentarse a su mirada llena de reproche.

—¿Qué miras? —le pregunta Kai con brusquedad, arrugando la frente y mirándola de soslayo, sin atreverse a aguantarle la mirada.

—¿Te vas a ir así? ¿Sin arreglar las cosas con tu padre ni pedirle perdón a tu hermano?

—¿Y por qué das por hecho que soy yo el que tiene que pedir perdón? ¡No me conoces! ¡No sabes nada de mí! Vienes aquí a... psicoanalizar a mi padre y te piensas que lo sabes todo, pero no sabes nada.

—Te equivocas. Tengo experiencia tratando a gente como tú. De hecho, convivo con una de ellas —Kai arruga la frente confundido, así que Sarah aclara sus palabras—. Madura Kai, madura, porque te comportas como un adolescente enfadado con el mundo. Te olvidas de que la gente que está en esa cocina es la que más te quiere en el mundo, y no se merecen que los trates de esta manera.

Sarah sigue hablando un rato más, pero Kai ha desconectado. Solo es capaz de mirarla de reojo y verla gesticular, segura de sí misma. De nuevo, le está dando una paliza dialéctica, dejándole fuera de combate y, por alguna razón que se le escapa, él solo es capaz de dejarse golpear por ella.

Toca noche de partido en casa de su padre, y este se las ha ingeniado para montar una pequeña fiesta improvisada en la que ha invitado a Sarah. Así que Kai llega consciente de que va a ser golpeado de nuevo por ella, obligado a hacer ver que sus batallas dialécticas o sus miradas de reproche le divierten cuando, en realidad, le dejan agotado y triste.

Por suerte para él, tiene otra cosa de la que preocuparse, porque Zoe, la nueva amiga de Connor, también está invitada a la velada. Según su hermano, no es una cita, pero es innegable que hay tensión sexual no resuelta entre ellos. Se está retrasando, y Connor está muy nervioso. Kai le observa, deseando que el retraso se deba a una falta de puntualidad o al terrorífico tráfico de la ciudad, porque no está convencido de que su hermano pueda soportar otro desengaño amoroso después de que Sharon le dejara tirado y cambiara incluso de continente con tal de perderle de vista. Se acerca a él con una cerveza en la mano. Se la tiende y golpea con su hombro el de su hermano de forma cómplice.

—Connor, vendrá, seguro que sí —le dice, intentando infundirle confianza.

—Empiezo a dudarlo... Aunque, si lo que quiere es divertirse a mi costa y provocarme un ataque al corazón, lo está consiguiendo... —se confiesa—. Kai, ¿y si la llamo?

—No te precipites. Aún no son las ocho. Ya sabes cómo son las mujeres, tardan horas en arreglarse.

Connor mira a Sarah, que ha llegado hace más de media hora, lista y arreglada, y Kai, sin pensarlo demasiado, con la única intención de convencer a su hermano, suelta:

—No es lo mismo. Ella no se ha pasado media hora decidiendo qué ponerse porque no tiene intención de ligar con nadie. Zoe querrá impresionarte, quiere que te fijes en ella.

—Pero ya lo hago, vista como vista.

—Ya. Pero las mujeres son así —asegura, encogiéndose de hombros—. Ve fuera si quieres. Que te dé el aire. Pero cuando llegue, disimula un poco tu entusiasmo y alivio. Intenta hacerte el duro por una vez en tu vida.

—Vale —claudica Connor, resoplando con fuerza.

Al verle salir, Kai se da la vuelta y, como pasó el día anterior, Sarah está plantada frente a él, con los brazos cruzados sobre el pecho y mirándole con una ceja levantada.

—¡Joder! —Kai se lleva una mano al corazón—. Tienes que dejar de darme estos sustos.

—¿Tienes alguna queja acerca de mi vestuario de esta noche?

—¿Qué? Ah... ¿Lo dices por lo que le he dicho a Connor...? Era solo para animarle. No es que vayas mal... De hecho, ni siquiera sé lo que has tardado en arreglarte... Y tampoco me fijo en lo que llevas puesto y... En realidad, lo decía por decir... No... Yo no...

—Además, ¿tú qué sabes si he quedado con alguien luego? Que no quiera ligar con nadie aquí, no quiere decir que no lo vaya a hacer luego.

—¿Has quedado con alguien luego? —se descubre preguntando, con el ceño fruncido, realmente interesado en saber la respuesta y cruzando los dedos para que la respuesta sea negativa.

—Tal vez —empieza a decir Sarah. Kai siente como si el mundo le cayera encima de golpe. De repente, siente un gran peso en los hombros que intenta hundirle. Pero segundos después, ella prosigue—: O tal vez no.

El aire vuelve a entrar de repente en los pulmones de Kai. Preso de una euforia repentina que le cuesta verdadero esfuerzo reprimir, se maldice por la facilidad que tiene Sarah para manejar su estado de animo a su antojo, y encima sin ser consciente de ello.

Sarah le quita la botella de cerveza de la mano y se la queda, sentándose además en el sitio habitual que Kai ocupa en el sofá. Él la observa atónito y totalmente descolocado al darse cuenta de que es la única persona capaz de dejarle sin palabras ni argumentos.

Finalmente, Zoe llega y a Connor se le ve exultante. No puede disimular lo calzonazos que es. Es un defecto genético que tienen sus dos hermanos. En realidad, todos parecen estar de muy buen humor, e incluso su padre parece estar en plenitud de condiciones a pesar del avance de la enfermedad.

Kai, por su parte, no pierde de vista a Sarah, memorizando sus gestos, sus reacciones, el sonido de su risa, sus palabras. Ni siquiera las bromas que sus hermanos hacen a su costa consiguen tumbarle, y parece haber recuperado su descaro habitual.

—Me encanta esto —dice Connor, señalando unos trozos de carne de la cena que se ha encargado Zoe de traer.

—Esto es el famoso *Kaeng Kari Kai* —le informa ella.

—Kai, ¿te das cuenta de que tienes nombre de pollo tailandés? —apunta Evan mientras todos ríen.

—Si lo piensas —añade Connor a su vez—, se parecen bastante. El tamaño de su cerebro debe de ser incluso similar.

—¡Pero qué graciosos sois todos! —interviene Kai—. Tened cuidado, que creo que las especies de la comida se os están subiendo a la cabeza.

—Pues está buenísimo —dice Sarah sin pensar, señalando su plato con el tenedor.

—¿Yo o el pollo? —le pregunta Kai acercándose a ella hasta que sus hombros se tocan.

—¿Qué? —pregunta Sarah, levantando la cabeza del plato y percatándose entonces de que se ha convertido en el centro de atención. Todos la observan callados, e incluso sonriendo de forma divertida.

—¿Que quién está buenísimo, el pollo o yo? —insiste Kai con mucho menos descaro que antes, temiendo que la respuesta que ella dé no sea la que el espera.

—Pues estoy indecisa porque, aunque tú no estás mal, este pollo está de rechupete y tiene la boquita cerrada, y eso es un punto muy grande a su favor.

Sin ella saberlo, las palabras «tú no estás mal» resuenan en su cabeza una y otra vez durante el resto del partido, distrayéndole de lo que pasa alrededor, haciéndole actuar por inercia e imitación, sin voluntad propia, insultando al televisor cuando los demás lo hacen o poniéndose en pie con el resto, aunque sin dejar de observarla ni por un solo minuto.

Por eso, cuando el partido acaba, lo único que quiere es alargar la noche lo máximo posible, y propone ir a tomar una copa para celebrar la victoria de los Knicks, con la única esperanza de que ella se una.

Después de un buen rato intentando convencer a todos sin parecer un desesperado ni descubrir sus verdaderas intenciones, consigue reunirlos a todos en el pub, ella incluida. Zoe habla con su amiga Hayley, mientras que Evan lo hace con Connor. Sarah mira alrededor mientras sostiene su copa, algo descolocada, claramente fuera de su zona de control. Antes le ha comentado a Connor que hacía mucho tiempo que no salía y él la ha convencido para venir diciéndole algo así como que quizá encontraría a alguien dispuesto a acampar en su jardín. No entendió a qué venía ese comentario, y puede que sintiera algo de celos de Connor por la confianza y buena sintonía que parecía tener con Sarah, pero, desde ese momento no deja de plantearse algo ridículo: que él estaría dispuesto a acampar durante años en su jardín, y eso le asusta. Mucho.

—Creo que yo voy a ser tu cita de esta noche —se atreve a decirle cuando se decide a acercarse a ella, intentando romper el hielo.

—Cierto. Parece que al final sí me tenía que haber esforzado un poco más en elegir mi vestuario.

—Estás perfecta —susurra Kai agachando la cabeza, tragando la cerveza con mucho esfuerzo.

—Vaya... Gracias... —contesta ella esbozando una gran sonrisa que provoca que el estómago de Kai dé un salto mortal—. Aunque no sé cómo tomármelo viniendo de alguien como tú...

—¿Alguien...? ¿Alguien como yo? —pregunta Kai, muy confundido.

—Sí, claro. Teniendo en cuenta que tienes fama de acostarte con infinidad de mujeres, doy por hecho que no debes de tener el gusto muy definido...

Kai frunce el ceño, y siente como su corazón se rompe dentro de su pecho. Incapaz de contestarle, se aleja de ella muy cabreado, sobre todo consigo mismo. ¿Cómo ha conseguido que sus desplantes le duelan tanto? ¿Por qué sus palabras consiguen que su corazón se acelere o se detenga sin remedio? ¿Cómo ha permitido que esta mierda suceda de nuevo? Ya le hicieron daño una vez, y no está dispuesto a permitir que vuelva a suceder, nunca más.

Mientras camina sin rumbo, se topa con una rubia. Ella le mira de arriba abajo con descaro, como si le hiciera una radiografía para desnudarle. Al momento, Kai ve en ella la oportunidad de olvidar a Sarah, así que la lleva a un aparte, cerca de los lavabos, y la acorrala contra una pared. La mira detenidamente, arrugando la frente y, sin mediar palabra, hunde la lengua en la boca de ella. Siente las manos de la rubia recorriendo sus costados, palpando con descaro su pecho y enredándose en el pelo de su nuca.

Su mente le juega una mala pasada y empieza a imaginarse cómo sería besar a Sarah. ¿A qué sabrían sus labios? ¿Cómo olería su piel? ¿Cómo jadearía por sus caricias? ¿Sería de las que gritan o de las que se muerden el labio cuando se corren?

—Vamos a un sitio más íntimo —susurra entonces la rubia, rescatándole de la tortura a la que su mente había decidido someterle.

Definitivamente, la rubia está dispuesta a sumarse a la infinita lista de conquistas de Kai. El problema es que él no está tan seguro de querer seguir añadiendo nombres a esa lista... Bueno, en realidad, sí quiere añadir uno más, pero no precisamente el de esa chica, sea cual sea su nombre.

—No, no, no...

—¿Qué? ¿Por qué dices que no? ¿Qué pasa?

—Ah... Eh... Esto...

Kai no sabe qué decir, ni siquiera es consciente de haber estado balbuceando en voz alta. Da un par de pasos hacia atrás, separándose de ella mientras se agarra la cabeza con ambas manos. Entonces, al darse la vuelta, ve cómo sus hermanos se largan del pub. No es algo extraño, es como una especie de pacto que tienen: llegan juntos al pub, beben unas copas mientras Kai elige a su siguiente víctima y, cuando la encuentra, sus caminos se separan y no saben nada los unos de los otros hasta el día siguiente, cuando se escriben varios mensajes alardeando de sus conquistas. El problema es que Sarah se va con ellos y mañana, Kai no tendrá ninguna conquista de la que fardar.

Kai se despierta con un terrible dolor de cabeza, producto de la infinidad de cervezas que se tomó después de verse obligado a dar esquinazo a la rubia. Obligado por esa borde empollona y sabelotodo se ha convertido en la dueña de todos y cada uno de sus pensamientos.

Después de darse la vuelta hacia la ventana y de encogerse cual vampiro por culpa de la cantidad de luz que entra a través de ella, consigue abrir los ojos para comprobar la hora en el reloj despertador. Al ver que es más de mediodía, resopla y abre los brazos en forma de cruz, fijando la vista en un punto cualquiera del techo. Intenta dejar la mente en blanco y no pensar en nada, porque teme que el alcohol no haya conseguido borrar todo lo que pasó anoche. Cuando la imagen de Sarah empieza a formarse en su cabeza, decide ponerse en pie de un salto y mantenerse ocupado. Coge el teléfono de la mesita y entonces ve una llamada perdida y se da cuenta de que tiene un mensaje en el buzón de voz.

–Kai, soy Sarah. Tu padre está teniendo una crisis y... Escucha, es igual. Está claro que no me puedes ayudar. No sé para qué me molesto... Ya llamo a Connor. Lo siento.

Cinco minutos después, corre desesperado hacia casa de su padre vestido con lo primero que ha encontrado tirado en el suelo, seguramente la misma ropa de anoche. El dolor de cabeza y el cansancio no han desaparecido, pero en lo único que piensa es en la voz de Sarah. Necesitaba ayuda, y él no fue capaz de dársela. Estaba asustada, y él no fue capaz de tranquilizarla. El primer impulso de ella fue llamarle, antes que a nadie. Pensó en él a pesar de lo que había pasado la noche anterior. Era su oportunidad para haberse comportado como debería, como ella se merecía. Hacerla sentir segura y protegida. Pero él estaba demasiado borracho como para contestar al teléfono.

—¡¿Sarah?! —grita nada más entrar en casa de su padre—. ¡Sarah!

—En la cocina —escucha la voz de Connor.

—¡¿Qué pasa?! —pregunta cuando llega, mirando preocupado a todos alrededor.

—Papá no se acordaba de Sarah y se asustó al verla en casa. Se pensaba que quería hacerle daño e intentó atacarla con un cuchillo. Ya está controlado. Al rato de llegar nosotros, volvió en sí y... —Connor deja la frase a medias, frotándose la cara con una mano. Zoe, de forma cariñosa, acerca su silla a la de él y le abraza.

Entonces Kai ve a su padre deambulando por el jardín, como ausente.

—Dios mío. ¿Estás bien? —le pregunta a Sarah, mirándola de arriba abajo para comprobar su estado.

—Sí —responde ella con frialdad.

—Lo siento... Yo no... No escuché tu llamada...

—Da igual. —Sarah se encoge de hombros, resignada—. Te llamé porque eres el que vive más cerca, pero debí imaginarme que estarías demasiado ocupado tirándote al maniquí de anoche como para hacerte cargo de tu familia.

—¡¿Y a ti qué coño te importa a quién me tire?!

—¿A mí? Nada. Pero quizá deberías empezar a pensar más en tu familia y menos en ti. Tu padre te necesita, y lo hará cada vez más, y no puedes pretender que Connor cargue siempre con todo.

—Esto es increíble... —Kai camina de un lado a otro, llevándose las manos a la cabeza, intentando buscar las palabras con las que expresar el desconcierto que siente en su interior—. ¿Qué cojones te he hecho yo? Está bien, anoche no estaba en condiciones, pero he venido en cuanto he escuchado tu mensaje, corriendo como un desesperado. Estaba preocupado por ti, y lo único que eres capaz de hacer cuando te pregunto, es echarme en cara lo primero que se te pasa por la cabeza. No tienes ni puta idea de lo que hice anoche.

—Créeme, tengo una ligera idea después de verte frotarte con ella cerca de los baños.

—¡No me la tiré! ¡¿Contenta?! ¡No pasó nada más! ¡Ahí se acabó todo! Joder... ¿Qué cojones hago? ¿Por qué te estoy dando explicaciones?

—No te pido explicaciones y no tienes por qué dármelas, tienes razón. Simplemente intento hacerte abrir los ojos. Todo lo que haces y dices, tiene sus consecuencias.

—¡Lo de anoche lo hice porque estaba cabreado contigo!

—¿Cómo?

—Besé a esa tía porque estaba cabreado contigo, pero a la vez no me la tiré por el mismo motivo. —Kai se acerca a ella, quedándose a escasos centímetros de su cuerpo—. Te dije que estabas preciosa y tú me... pisoteaste. Tus palabras también duelen, ¿sabes?

Mientras, ajenos a la discusión pero como testigos excepcionales, Connor y Zoe se miran con los ojos muy abiertos. Una parte de ellos siente que tienen que alejarse de la cocina y darles intimidad, pero otra les impide despegar los pies del suelo. Así que, al ver que ni a Kai ni a Sarah parece importarles su presencia, o puede que incluso se hayan olvidado de ellos, se quedan inmóviles, disfrutando del espectáculo.

—Porque... me pusiste nerviosa —le confiesa entonces ella, empezando a abrirle su corazón.

—¿Nerviosa? ¿Tú? ¿Y yo? ¡No sé cómo actuar

contigo! ¡No sé qué esperas de mí! ¡Te enfadas conmigo haga lo que haga! Intento... Intento hacer las cosas de otra manera, ser diferente contigo, pero me tratas a patadas.

—Me puse nerviosa porque no esperaba que me echaras un piropo... —le aclara Sarah, casi susurrando.

—¿No? ¿Por qué no? ¿Acaso no se nota que...? Creía que era evidente que... Joder, yo... Te diría que te fueras acostumbrando a los piropos, porque... Porque...

—¿Por qué...?

El pecho de Kai sube y baja con rapidez, casi rozando el cuerpo de Sarah. Se miran a los ojos sin pestañear, desafiándose el uno al otro, hasta que Kai se abalanza sobre Sarah. Le agarra la cara con ambas manos y la besa con ansia. Introduce la lengua en la boca de ella con rudeza, como si con ese gesto intentara hacerla entrar en razón. Sarah se agarra con fuerza a los bíceps de Kai, sin oponer ninguna resistencia al asedio al que él la somete. Cuando el cosquilleo que recorre su cuerpo se instala en su estómago y empieza a descender peligrosamente hacia abajo, Sarah, asustada, apoya las palmas de las manos en el pecho de Kai y le aparta con fuerza.

Los dos se miran con la respiración entrecortada. Ella se lleva la mano a los labios y se los acaricia mientras retrocede sin dejar de mirarle. Totalmente confundida, empieza a dar vueltas sobre sí misma. Es entonces cuando se da cuenta de la presencia de Connor y Zoe que, apoyados contra la encimera de mármol, la saludan con una mano y con una mueca de circunstancias dibujada en el rostro.

—Yo... Tengo que... Debería... —balbucea Sarah avergonzada, antes de salir a toda prisa de la cocina.

En cuanto lo hace, Connor mira a Kai sonriendo.

—¿Qué miras? Yo no... Esto... Creo que...

—Vaya... Parece como si, de repente, los dos hayáis perdido la capacidad de hablar —se burla Connor, mientras Kai, resignado, deja caer los brazos a ambos lados del cuerpo.

—¿Crees que la he cagado? —le pregunta Kai, totalmente derrotado.

—Para nada. De hecho, creo que deberías haberlo hecho antes, anoche quizá, y que deberías volver a hacerlo.

—Pero ella... Se ha apartado y se ha... marchado.

—Créeme, no te preocupes por eso —interviene entonces Zoe—. No creo que huya porque no le haya gustado. Apostaría a que huye por todo lo contrario.

Kai arruga la frente, confundido, y agacha la cabeza, intentando ordenar todos sus pensamientos. Con Sarah, todo parece funcionar al revés. Si la piropea, se enfada. Si la besa, se aleja. Pero ser el Kai de siempre tampoco ha funcionado hasta ahora.

—Me he dejado el bolso. —Sarah vuelve a irrumpir en la cocina, caminando de un lado a otro, evitando mirar a Kai—. Aquí está.

Cuando está a punto de salir de nuevo de la cocina, Connor le hace una señal a Kai con las manos, apremiándole a que se decida a hacer algo, así que él, movido más por un impulso del corazón que de la razón, la agarra con delicadeza para retenerla.

—Sarah, espera —le pide.

—Dime... —contesta ella, colocándose algunos

mechones de pelo detrás de las orejas de forma compulsiva, aun rehuyendo su mirada.

—Esta noche tengo un combate... —Kai hace una pausa, esperando a que eso haya servido para que Sarah interprete sus intenciones, pero, al ver su cara de confusión, resopla con fuerza y pasándose la mano por el pelo, añade—: Me preguntaba si tú... Si quieres venir. Vendrán todos y... me gustaría que vinieras.

—El boxeo no es lo mío...

—Vale, lo entiendo. No pasa nada. De verdad. —Kai carraspea varias veces antes de dirigirse a su hermano—. Connor, voy a ir a casa a buscar algo de ropa y algunas cosas más. Me mudaré aquí por un tiempo para poder cuidar de papá por las noches.

Antes siquiera de que su hermano pueda contestar, Kai ya ha salido de la cocina e incluso de la casa, avergonzado al pensar que se ha vuelto a equivocar. Ha malinterpretado las palabras y gestos de Sarah. Está claro que está muy por encima de él. Sarah puede aspirar a alguien mucho mejor que él. Ella es una mujer muy hermosa, madura, inteligente, independiente, muy segura de sí misma, valiente...

Y él... Él solo es Kai.

Di ese paso para acercarme a ella sin temer a las posibles consecuencias. Prefería que ella me rechazara y quedar en ridículo a quedarme con las ganas de probar sus labios.

Puede que no fuera el gesto más romántico del mundo. Seguramente, el primer beso ideal de muchas parejas no sea un beso robado ni precipitado, pero, en aquel momento, era todo lo que le podía ofrecer.

Fue la primera vez en mi vida en la que hice caso a lo que me dictaba el corazón. Me olvidé de mis inseguridades y de mi miedo a quedar como un idiota, a parecer vulnerable.

Y, aunque es cierto que ella no me rechazó, su respuesta no me dio pie a ser demasiado optimista con lo nuestro.

Afortunadamente, nunca he sido de los que se rinden fácilmente.

Capítulo 7

Es ella, Sarah

Cuando suena la campana para dar comienzo al combate, Kai la mira una vez más antes de dirigirse al centro del *ring*. No puede creer que finalmente haya aparecido. Nunca creyó que aceptara su invitación y ahora que la ve ahí sentada, no sabe bien qué sentir.

Por un lado, es jodidamente feliz. Que esté ahí, es toda una declaración de intenciones por su parte. Quiere decir que ese beso sí significó algo para ella. Puede que despertara su curiosidad, que incluso removiera sentimientos que tenía enterrados en el fondo de su corazón y que nunca imaginó volver a sentir. Sea como fuere, ahí está, mirándole con una mezcla de curiosidad, miedo y... ¿puede que... deseo?

Por otro lado, ahora sí siente la necesidad de ganar el combate, pero no para premiar a su ego, ni para contentar a su entrenador ni para hacer felices a su familia y amigos. Quiere ganar por ella. Necesita ganar para que no le vea débil.

El sonido de la campana le pilla algo desprevenido. Por suerte, los primeros golpes de ambos son vagos, más para tantear al adversario que para causar daño, aunque algunos llegan a impactar en el cuerpo del rival.

Kai tiene muy presentes las palabras de Sarah acerca del boxeo. Por eso, para comprobar sus primeras reacciones a los primeros golpes, gira la cabeza para mirarla. Es entonces cuando el contrincante de Kai aprovecha para asestarle un puñetazo en la zona de las costillas que obliga a este a doblarse, seguido de un gancho de izquierdas en la mandíbula que le hace caer a la lona. El árbitro empieza a contar, pero Kai, en lugar de preocuparse por levantarse, busca a Sarah con la mirada. Cuando la encuentra, algo que le lleva algo más de tiempo del normal debido al aturdimiento, ve que no le quita ojo de encima, tapándose la boca con ambas manos, con el cuerpo tensionado. Pero lo que más le preocupa es el miedo que se refleja en sus ojos, y eso le da fuerzas para continuar y demostrarle que no tiene nada que temer, que es capaz de ganar este combate. Con ese único pensamiento en la cabeza, se levanta antes de que el árbitro cuente hasta diez. Cuando este se le pone delante, tapándole la visión de Sarah, y le pregunta si puede continuar, Kai asiente solo para que desaparezca de su vista y poder así acercarse a ella por su propio pie y susurrarle que no se preocupe, que todo va a salir bien. Sumido en ese único pensamiento, ni siquiera ve venir el siguiente golpe. Cae de nuevo boca abajo y empieza a notar el sabor metálico de la sangre en su boca. Sacude la cabeza repetidas veces hasta conseguir enfocar la vista de nuevo y empezar a ponerse en pie de nuevo. Cuando por fin lo logra, da tumbos de un lado a otro del *ring*, totalmente desorientado. Su rival decide aprovecharlo para golpearle sin compasión. Lo único que Kai puede hacer es protegerse la cara con los brazos, dejando que algún puñetazo le golpee en las costillas.

Afortunadamente para él, la campana suena y el árbitro se acerca enseguida para separarles. En cuanto se sienta en el taburete de su esquina, el entrenador de Kai le quita el protector bucal y le echa agua en la cara.

—¡¿Se puede saber qué cojones te pasa?! —le grita—. ¡A ese tío te lo meriendas cuando quieras!

Pero Kai no le presta atención. Su única obsesión es la misma que durante todo el primer asalto: encontrar a Sarah y comprobar que está bien.

Connor se da cuenta y se pone en pie para dirigirse hasta su hermano.

—Kai, soy yo, Connor —le dice, llamando su atención, mientras el entrenador le aplica una pomada en el pómulo para cortar la hemorragia de sangre que le ha provocado un corte.

—¿Está bien? —le pregunta Kai.

Connor gira la cabeza hacia Sarah, que les observa fijamente, aún muy asustada.

—Pues no parece estar pasándolo muy bien, la verdad.

—¿Por qué?

—Hombre, tú dirás. Parece bastante evidente que se preocupa por ti, y no le debe de hacer mucha gracia ver cómo te apalean.

—No tendría que haber venido...

—Pues quizá deberías habértelo pensado mejor antes de invitarla.

—Pero yo solo quería... estar con ella. No pensaba que me... distraería tanto...

—Tendrías que haberla invitado a algo más tranquilo. Pero ya está hecho, así que, por Dios, pelea como sabes e intenta que te dé lo menos posible. ¿De acuerdo?

Kai asiente mientras le choca el puño a su hermano y su entrenador le vuelve a introducir el protector bucal dentro de la boca. Suena la campana y se levanta de un salto, decidido a seguir el consejo de Connor y no dar opción alguna a su rival. Enseguida encuentra la opción de asestarle varios puñetazos que impactan directamente en el pómulo y mentón de su contrincante. Sigue pegándole con todas sus fuerzas hasta que este cae a la lona. El árbitro se pone entre los dos y empieza a contar. Kai retrocede y se gira con la intención de echarle a Sarah una mirada triunfal. Pero cuando la encuentra, se le congela la sonrisa al ver que sigue asustada y se está secando algunas lágrimas de las mejillas. Camina hacia ella con la frente arrugada, intentando comprender el porqué de su reacción. Está tan preocupado y centrado en ella que, llegado el momento, no oye cómo el árbitro reanuda el combate ni se percata de la proximidad de su rival, que le asesta un derechazo que le hace trastabillar. Una lluvia de golpes se suceden a continuación, golpes certeros que no puede evitar ni siquiera cubriéndose con los brazos y que acaban por noquearle.

El público se pone en pie, consciente de que esos golpes pueden haber sido los definitivos. Evan, Connor y los demás, hacen lo mismo, aunque en su caso, más preocupados por el estado de Kai que por el resultado del combate.

—¡Vamos, Kai! —grita Evan.

—¡Kai! ¡Vamos! —le arenga a su vez Connor.

En un acto inconsciente, Sarah agarra con fuerza la mano de Zoe, sin apartar la mirada de la lona, donde Kai yace inmóvil con toda la cara ensangrentada. Al contrario que los demás, es incapaz de gritar nada. Se limita a permanecer en tensión, esperando que él mueva un solo músculo de su cuerpo para saber que está bien. Está nerviosa, triste, muerta de miedo y muy cabreada. ¿Cómo alguien es capaz de hacerse eso a sí mismo? ¿Acaso le importa tan poco su vida?

—No puedo soportarlo más, Zoe —dice cuando ya no puede más, colgándose el bolso del hombro—. Me voy.

—Pero, Kai... Sarah, ¿estás bien?

—No puedo ver cómo destroza su vida de esa manera...

—¿Quieres que te acompañe? —le pregunta Zoe.

—No te preocupes... Nos vemos mañana —dice, marchándose con la cara bañada en lágrimas, antes de que Zoe pueda añadir nada más.

El árbitro da por finalizado el combate poco después, otorgando la victoria al rival de Kai. El entrenador le lleva hasta su esquina y le sienta en el taburete mientras le intenta reanimar haciéndole oler un puñado de sal volátil metida en un saquito. Cuando recobra un poco el sentido, le lleva al vestuario ayudado por Connor y Evan, y le estiran en una camilla. Le miran expectantes, esperando una reacción por su parte, pero Kai se limita a mover la cabeza de un lado a otro, aún con los ojos cerrados.

—Kai —Su entrenador intenta espabilarle echándole agua en la cara—. Vamos, reacciona.

—Hijo —interviene entonces Donovan, con semblante preocupado mientras le limpia la cara con una toalla—, ¿estás bien?

—Sarah... —balbucea Kai, abriendo por fin los ojos—. ¿Dónde está...?

—¡Me cago en la puta! ¡Deja de preocuparte por una tía y explícame qué cojones te ha pasado allí fuera! —le grita el entrenador—. ¡Como me digas que todo esto es por una tía, te juro que tiro la toalla! ¡Tú no eres así, joder!

—Kai. Eh, Kai. Soy yo. —Connor se planta frente a él, hablándole de forma lenta y relajada, ayudándole a incorporarse lentamente.

—Connor... ¿Dónde está...? —insiste Kai.

—Se ha marchado.

—¿Se ha ido? —pregunta frotándose la frente—. ¿Cuándo...? Joder...

—Cuando has perdido el conocimiento. Aunque, la verdad es que viendo la cara que tenía desde el principio del combate, me ha sorprendido que aguantara tanto...

—Pero... —Kai se mira las manos, aún algo aturdido—, entonces, ¿por qué...? Yo no creía que viniera... No debí invitarla...

—Está claro que vino y se fue por ti... —contesta Connor.

—Se marchó bastante afectada... —añade Evan—. Le dijo a Zoe que no podía soportarlo más, que no podía seguir viendo cómo destrozabas tu vida...

Kai se pone en pie de inmediato y se empieza a vestir a toda prisa. Se calza las zapatillas de deporte y, justo antes de salir por la puerta, se detiene y se acerca a sus hermanos.

—¿Podréis...? —pregunta mirando a su padre.
—Vete. Ya me encargo yo —contesta Connor mientras escribe algo en el brazo de Kai.
—¿Qué haces?
—Sin su dirección, poco podrás hacer...
—Gracias —contesta, abrazándole de repente.
—De nada. Hazlo bien, ¿vale?

Kai asiente con timidez, separándose unos pocos centímetros de su hermano.

—¿Voy muy mal para ir a buscarla? —le pregunta.

—Ahora mismo no eres un derroche de limpieza, ni de buen olor, e incluso vas manchado de sangre, pero creo que Sarah se conformará con verte en pie de una pieza, frente a la puerta de su casa.

—Ella solo quiere a alguien capaz de plantarse en el jardín de su casa...

—¿Qué? —pregunta Kai, algo confundido.
—Nada. Déjalo. Cosas nuestras. Corre a por ella.

Kai corre a lo largo de la calle que le ha apuntado Connor en el brazo, buscando desesperado el número cuarenta y dos, mientras las gotas de lluvia golpean su rostro. Han empezado a caer poco después de salir del pabellón, calándole la ropa por completo, haciendo de su aspecto una estampa aún más lamentable si cabe. Una persona supersticiosa habría pensado que era un mal augurio, pero Kai no está dispuesto a rendirse tan fácilmente.

Se detiene en seco frente a la fachada del número cuarenta y dos. Es una casa apareada, estrecha y algo vieja, como el resto de casas de la calle. La fachada es de ladrillo rojo, algo sucio, como las demás. Hay una escalera que sube hasta la puerta principal, como las demás casas de la calle, y una barandilla de hierro forjado algo oxidada en algún punto, idéntica a la de sus vecinas.

Pero si Kai no hubiera sabido en qué casa de la calle vivía Sarah, lo habría averiguado echando un simple vistazo a las fachadas. Porque la casa, como la dueña, no es para nada como las demás.

La puerta principal está pintada de un llamativo y vivo amarillo y en todas las ventanas hay unos maceteros de madera llenos de preciosas flores. Además, junto a la puerta, hay un par de bicicletas azules con un cesto en el manillar. Kai puede imaginarse a Sarah montada en una de ellas un sábado por la mañana, pedaleando con una sonrisa de oreja a oreja, con la cesta llena de comida comprada en el mercadillo del barrio. ¿Lo mejor de todo eso? Que se imagina pedaleando detrás, siguiéndola, muy feliz. Jodidamente feliz. Más que nunca en su vida.

Qué extraño es sentirse tan lleno por el simple hecho de haber imaginado estar con alguien...

Sin pensarlo demasiado, se acerca hasta la puerta y llama repetidamente al timbre. Apoya las manos a ambos lados del marco de la puerta mientras intenta recuperar el aliento después de la carrera que se acaba de pegar desde el pabellón. Para colmo, las heridas de la pelea empiezan a hincharse y siente la cara algo entumecida.

Al no obtener respuesta, lejos de rendirse, golpea la puerta de madera con las palmas de las manos.

—¡Sarah! —la llama a gritos.

Se separa de la puerta y mira hacia las ventanas

superiores de la casa, buscando luz para saber si hay alguien en casa. Entonces se ilumina la entrada y se abre la puerta levemente. Kai se queda inmóvil, totalmente paralizado. Ha corrido hasta aquí, decidido, pero no había planeado qué hacer a partir del momento en el que ella abriera la puerta. ¿Qué se supone que le va a decir? ¿Tiene intención de hacer algo?

—¿Kai? ¿Qué haces aquí? —le pregunta Sarah, algo nerviosa, peinándose el pelo con los dedos justo antes de cruzar los brazos sobre el pecho.

Él se toma un tiempo para responder mientras la observa de arriba abajo. Va vestida con un simple pantalón de pijama largo y una camiseta de tirantes blanca. Se ha puesto una fina chaqueta de punto para protegerse de la brisa y tiene el pelo recogido en una coleta, con algunos mechones sueltos. Lleva las gafas puestas y sujeta un libro contra el pecho. Kai es consciente de que esa imagen de Sarah se quedará grabada en su memoria para siempre porque está, sencillamente, preciosa. A pesar de sus esfuerzos por recogerse un poco el pelo, de sus vistazos incómodos hacia la calle, ella es su sueño hecho realidad.

—Estaba preocupado... —consigue responder al rato, aún plantado en mitad de la acera, inmóvil, mientras la lluvia sigue golpeando su cabeza y sus hombros—. Me han dicho que te fuiste llorando... ¿Estás bien?

—¿Y has venido hasta aquí solo para preguntarme eso? ¿No podías, simplemente, enviarme un mensaje para preguntármelo?

—No... Yo... —balbucea Kai sin saber bien realmente qué responder. Finalmente, deja caer los brazos a ambos lados del cuerpo y, resignado, empieza a darse la vuelta para irse—. Lo siento. Ni siquiera yo mismo sé qué hago aquí...

Sarah le observa caminar calle abajo mientras se empieza a librar una batalla en su interior. Su cabeza le dice que Kai no le conviene y que debe mantener las distancias con él, alejarse antes de que sea demasiado tarde. Pero su corazón late con una fuerza excesiva cuando él está cerca y en estos momentos le implora para que le haga caso y busque cualquier excusa para retenerle a su lado.

—¡Kai, espera! —grita sin pensar.

Cuando él se detiene y se da la vuelta, ella aún está decidiendo qué decir y hacer a continuación. Entonces, al verle las heridas, se le ocurre la excusa perfecta.

—Tienes sangre en la cara.

Kai se toca el pómulo y luego se mira los dedos en los que, efectivamente, hay sangre.

—Entra para que le eche un vistazo, te la limpie y, al menos, te ponga una tirita.

—No te preocupes. No hace falta. Estoy bien —contesta él, dándose la vuelta de nuevo.

Sarah corre a su encuentro, encogiendo el cuerpo por culpa del frío y la lluvia.

—¡Kai! —Sarah le agarra por el codo y consigue detenerle—. No seas tonto, por favor. Ven conmigo.

—Te estás mojando... —afirma Kai sin moverse ni un milímetro del sitio.

—Me da igual.

—Será mejor que me marche y tú entres en casa.

—No pienso moverme de aquí.

—¿Quieres que entre o que me vaya?

—Te acabo de pedir que entres...

—Si no quieres que me vaya, ¿por qué no dejas de... empujarme...? No sé qué quieres de mí. Y no me refiero solo a ahora. Estoy... confundido. No sé cómo comportarme contigo porque, haga lo que haga, todo parece molestarte. No sé si ser amable contigo, o... —Kai se encoge de hombros, justo antes de continuar—: Así que no tengo claro si me quieres cerca o, por el contrario, prefieres que me aleje. Yo quiero acercarme a ti, quiero... ya sabes... Creo que tú sabes lo que yo quiero. ¿Tienes claro lo que quieres tú?

Durante unos segundos, Sarah le mira a los ojos, en los que a duras penas se intuye el color azul. Esa pregunta que le acaba de formular Kai es la que lleva haciéndose ella misma desde ese beso que desató unos sentimientos que intentaba enterrar en el fondo de su corazón. Él llamó su atención desde el mismo instante en el que le vio y su curiosidad fue en aumento incluso cuando eran incapaces de cruzar un par de frases sin pelearse. Y entonces vino ese beso, esa declaración de intenciones por parte de Kai, y también aparecieron las dudas de Sarah.

La última vez que abrió su corazón de par en par a alguien, la cosa no salió demasiado bien. De repente, estaba embarazada de Vicky, sola y asustada. Por ese motivo no deja de hacerse esa misma pregunta...

Pero entonces, mientras su cabeza aún sigue dándole vueltas a todo, parece que su corazón ha tomado las riendas de la situación y obliga a sus manos a tirar de Kai, conduciéndole hacia la casa sin dejar de mirarle. Él la sigue con el ceño fruncido, tragando saliva cada poco rato. Una vez dentro, sin soltarle la mano, sube las escaleras y entran en el baño.

—Espérame un momento, que voy a cambiarme el pijama, que está mojado —le pide Sarah mientras Kai asiente con la cabeza—. No tengo nada de tu talla para prestarte, pero sí tengo secadora. Si te quieres quitar la ropa...

Avergonzada, con la cara roja como un tomate, prácticamente le lanza una toalla y sale del baño a toda prisa, cerrando la puerta de un portazo.

Kai se desviste lentamente. Nunca antes había estado en casa de una tía y se había quitado la ropa con tanto miedo. Cuando acaba, se anuda alrededor de la cintura la toalla que Sarah le ha lanzado y hace un ovillo con su ropa mojada.

Cuando ella vuelve a entrar poco después y se fija en su torso desnudo, agacha la vista al suelo de golpe. Se forma un tenso e incómodo silencio entre los dos, ocupando todos los rincones de la habitación.

—¿Dónde pongo...? —empieza a decir Kai, mostrándole el fajo de ropa empapada.

Ella se la arrebata de las manos y se vuelve a ir. Esta vez tarda bastante rato más, así que Kai, preocupado, abre la puerta del baño. Justo al otro lado, agarrada al marco de la puerta, se topa con Sarah, que abre los ojos de golpe al ser descubierta. Parecía estar conjurándose para entrar, cogiendo fuerzas para enfrentarse a la situación.

Kai no la culpa por ello. Al menos, piensa, los dos parecen estar igual de nerviosos y confundidos.

Con decisión, Sarah apoya una mano en el pecho de él y le obliga a entrar y sentarse en la taza del váter. Entonces, se deshace la coleta, coge una toalla y se seca el pelo con ella. Una vez listo, vuelve a recogérselo en una especie de moño alto. Kai no pierde detalle de cada uno de sus movimientos, observándola totalmente embelesado.

Luego, rebusca entre los cajones del mueble del lavamanos hasta encontrar gasas, yodo y algunas tiritas. Está muy nerviosa, y por ello tarda un poco en dar con todo lo necesario, abriendo y cerrando cajones de forma acelerada.

—Mierda... Qué horror... —maldice entre susurros.

—Sarah, ¿quieres que me vaya? —le pregunta entonces Kai, posando su mano en el antebrazo de ella, dejándola totalmente descolocada.

Sarah le mira a los ojos por primera vez desde que le ha hecho entrar en casa. Parece realmente preocupado y dispuesto a complacerla. De repente siente que no tiene nada que temer, que Kai no pretende hacerle daño.

—No —niega, moviendo la cabeza a la vez.

Sin dejar de mirarle, se coloca en el hueco que queda entre las piernas de Kai y se acerca para observar bien las heridas. Cuando acaba de limpiar la sangre del pómulo, vierte un poco de yodo en otra gasa y la aplica con cuidado sobre el corte. Se dibuja una leve mueca de dolor en la expresión de Kai y Sarah, sin pensarlo, sopla con cariño sobre el corte para aliviar el escozor.

—Perdona —dice ella al darse cuenta de su gesto—. Cuando le limpiaba alguna herida a Vicky, me obligaba a soplarle para aliviar el picor. Lo he hecho sin pensar...

—No pasa nada. Mi madre también lo hacía...

Sarah le mira sonriendo con ternura y él imita su gesto. De repente, el ambiente entre ellos ha cambiado. Parecen estar empezando a confiar el uno en el otro, convencidos por fin de darse una oportunidad, de dejar de pelear y de estar a la defensiva.

—¿Siempre acabas así? —le pregunta Sarah.

—No. Aunque no te lo creas, suelo ganar la mayoría de los combates.

Sarah acaba de aplicar el yodo y se detiene unos segundos para admirar su trabajo, muy concentrada. Kai la observa detenidamente, totalmente hipnotizado por esos labios y esos enormes ojos castaños.

—Pues creo que te has librado de los puntos de puro milagro.

—¿Por qué llorabas? —le pregunta de repente Kai.

—Porque no soporto el boxeo...

La respuesta de ella no suena muy convincente, y ella es consciente de ello, porque enseguida le da la espalda, haciendo ver que busca una de las tiritas.

—Yo tampoco soporto el ballet, pero no creo que me pusiera a llorar si asistiera a una función.

—Claro, porque viene a ser lo mismo... —contesta ella, convirtiendo las palmas de sus manos en una balanza—. Un combate entre dos tíos pegándose o El Lago de los Cisnes en un teatro de Broadway. Prácticamente lo mismo.

—Ya sabes a qué me refiero —insiste él.

—Me temo que no puedo hacer nada con el corte del labio. Será mejor que te lo vea un médico.

De repente, algo ha cambiado. Ella vuelve a mostrarse nerviosa, guardando todas las cosas en el cajón de malas maneras y saliendo del baño casi a la carrera.

—Sarah. Eh, Sarah —la llama él, saliendo tras ella, agarrándose la toalla con una mano para que no se le caiga—. Espera, Sarah, por favor.

—¡Suéltame! —le pide ella a gritos cuando él la agarra del brazo, ya en el pasillo.

—¿Por qué? ¿Qué ha cambiado en cuestión de segundos? ¿A qué le tienes miedo?

—¿Quieres saber por qué lloraba? —dice finalmente ella, mirándole fijamente, con los ojos bañados en lágrimas—. Porque no soporto ver cómo te pegan. Porque no puedo ver cómo te provocas un daño que quizá resulte irreversible. Porque me preocupo por ti. Porque no he conocido nunca a nadie que me ponga tan nerviosa. Porque sueño contigo desde el día en que te conocí. Porque me paso todo el rato en casa de tu padre esperando a que se abra la puerta y tú aparezcas por ella. Porque desde esta mañana soy incapaz de pensar en otra cosa que no sea en ese beso. Porque...

Antes de que Sarah diga nada más, Kai se abalanza contra ella y le sella la boca con sus labios. Sin esperar a que le dé permiso, saquea su boca sin contemplaciones mientras hunde los dedos de una mano en su pelo y le aprieta el trasero con la otra. Al principio, Sarah parece sorprendida, abrumada por la multitud de sensaciones que invaden su cuerpo, pero poco después decide hacer caso al dictado de su corazón, que late tan fuerte que parece que se le vaya a salir del pecho, y enreda las piernas alrededor de la cintura de él. Kai camina sin rumbo hasta que la espalda de ella choca contra la pared del pasillo, descolgando una foto, que cae al suelo sin remedio.

—Es igual. No pasa nada —asegura ella cuando los labios de Kai dibujan una mueca de culpabilidad.

Al instante, él vuelve a la carga y aprieta su cuerpo contra el de ella. Sarah no puede evitar soltar un jadeo cuando nota la erección de Kai contra su sexo y su corazón se acelera aún más cuando siente como las manos de él se deslizan hacia arriba, arrastrando a su vez la camiseta, desnudándola de cintura para arriba. Kai hunde la cara en el cuello de Sarah y le da pequeños mordiscos mientras amasa uno de sus pechos y tortura dulcemente el pezón con los dedos. El torbellino de sensaciones que invaden el cuerpo de Sarah la desinhiben por completo y busca de forma precipitada el bajo de la camiseta de Kai. Cuando se la quita, recorre su espalda con los dedos, sintiendo como los músculos de los hombros se tensan con cada movimiento que él hace para sostenerla en brazos. Las manos de él se agarran al trasero de ella y la aprieta contra su entrepierna.

Cuando Sarah clava las uñas en sus hombros, él apoya la frente en la de ella y se miran a los ojos fijamente durante un rato que se mantienen inmóviles. El aliento de ambos sale de sus bocas, colándose en la del otro, mientras sus pechos se rozan con cada respiración.

Kai siente que ella le ha dado permiso, así que, demasiado ocupado manteniendo sus cinco sentidos concentrados en Sarah, busca a ciegas el dormitorio. Por el camino, le da una patada a un pequeño mueble que se tambalea considerablemente por la embestida. Por el rabillo del ojo divisa una puerta, así que, sin dejar de besar a Sarah, busca a tientas el pomo y la abre. Se precipita sobre la cama y la estira en ella, tumbándose encima.

—Kai. Espera. Kai. Un momento —le pide ella entre beso y beso—. Esta es la habitación de Vicky.

—Mierda —contesta él volviéndola a cargar en

brazos mientras ella ríe a carcajadas—. Me podías haber avisado un poco antes, que me ha llevado un rato abrir la puerta.

—Usted perdone, caballero, pero estaba algo ocupada. Y ahora calla, camina y bésame.

Vuelven a salir al pasillo y, tras dar dos pasos, Kai se queda parado, esperando instrucciones.

—Última habitación del pasillo —le informa ella, señalando hacia atrás con el dedo.

En cuanto abre la última puerta, repite la acción de antes y cuando se estira encima, apoyando el peso del cuerpo en sus antebrazos, la observa detenidamente mientras la besa, apartándole el pelo de la cara.

—¿Qué haces? —le pregunta ella risueña al sentirse observada.

—Mirarte —le contesta, y es una verdad a medias porque, además de observarla, no deja de preguntarse qué demonios ha visto ella en él.

Y es una sensación agridulce, porque, así como se permite ser realmente feliz, es consciente de que una mujer como ella no suele fijarse en hombres como él. Alguien como él no puede aspirar a una mujer como Sarah, guapa, independiente, inteligente. Nunca ha sido así y nunca lo será. Por eso tiene cierto temor a que llegue el día en el que él no sepa darle más y ella le deje.

Agacha la vista y mira detenidamente el cuerpo de Sarah. Su pecho sube y baja, su vientre se contrae y se tensa, sus pechos parecen esperar impacientes a que alguien les dé unas dosis de caricias. Así pues, decide olvidarse de sus miedos y preocupaciones y permitirse ser feliz durante un rato.

Sus cuerpos se retuercen entre las sábanas, siempre tocándose, sin dejar de abrazarse ni besarse. Kai dibuja un reguero de besos sobre el vientre sudoroso de Sarah mientras ella le agarra con fuerza del pelo.

Cambian de postura varias veces, moviéndose con una coreografía perfecta, conectando a la perfección. Parecen haber llegado a un acuerdo mudo en el que ambos han decidido tomárselo con calma, hacerlo lentamente para disfrutar el más tiempo posible. Como si ambos supieran que, al acabar, la magia se romperá.

Quizá por eso, cuando los dos llegan al orgasmo prácticamente a la vez, ella se deja caer sobre el pecho de Kai y él la abraza con fuerza, estrechándola contra su cuerpo. Mientras recuperan el aliento y sus corazones vuelven al ritmo normal, permanecen callados, escuchando sus respiraciones. El pelo de Sarah cae sobre la cara de Kai y apoya la boca en el hombro de él. Al rato, cuando siente los dedos de Kai acariciando su espalda, ella se atreve a juntar los labios y darle un beso.

Sarah empieza a removerse de forma perezosa. Cuando consigue abrir un ojo descubre que aún está estirada sobre Kai, y que él la sigue abrazando con fuerza. Al verle dormir, se permite el lujo de observarle sin reparo. Su boca está ligeramente entreabierta, dejando escapar un leve ronquido. Su expresión es relajada, muy diferente a la habitual, cuando parece estar siempre en guardia.

Cuando Kai abre un ojo y la pilla mirándole, ella se sonroja y se despega de él, estirándose al lado.

Kai se gira y se coloca de lado, mirándola. Ambos se observan sin decirse nada, quizá conscientes de que ha llegado el momento de dar un paso más. Seguramente que indecisos si darlo hacia delante o hacia atrás.

—Te sangra de nuevo el corte... —susurra Sarah al cabo de un buen rato.

Kai se lleva los dedos al pómulo y los descubre manchados.

—Lo siento —insiste ella al ver que él no se decide a hablar.

—No es culpa tuya.

—¿Quieres que vaya a por el yodo de nuevo?

—No te preocupes. Me lo curaré en un rato, cuando llegue a casa.

Nada más decirlo, Kai se da cuenta de su error. Sarah le mira como decepcionada.

—¿Quiere decir eso que te largas? —le pregunta ella.

Su humor parece haber cambiado levemente.

—¿Quieres que me quede?

—No me has respondido.

—Tú a mí tampoco.

—¿Qué pasará a partir de ahora? ¿Vamos a hacer ver que no nos soportamos? ¿Vamos a negar lo que hemos sentido esta noche? Porque ha sido increíble, y sé que a ti también te lo ha parecido.

—Está bien. Me quedo.

—Tu entusiasmo me abruma. No hace falta que lo hagas para hacerme un favor, como si me estuvieras perdonando la vida. Largo de mi casa.

—¿En qué quedamos?

Sarah se baja de la cama y se enrolla la sábana alrededor del cuerpo, como si de repente le diera pudor que Kai la viera desnuda.

—¡Vete! —le grita ella, intentando retener las lágrimas en sus ojos.

Kai empieza a vestirse lentamente. Con el pantalón ya puesto, da vueltas sobre sí mismo, buscando la camiseta.

—En el pasillo —le informa ella.

—Sarah, yo...

Valora qué decir durante un rato, hasta que Sarah, cansada, da por zanjada la conversación.

—Largo de mi vida. Ya.

—No... No me eches de tu vida... Por favor... Échame de tu cama, pero no de tu vida...

—Solo hago lo que tú quieres que haga.

—No es verdad.

—Sí lo es. Parece que quieres huir constantemente cuando las cosas se ponen algo más serias. Así que te ahorraré el mal trago.

—No quiero perderte.

Al ver que Sarah no parece dar su brazo a torcer, Kai arrastra los pies por el pasillo. Coge su camiseta y se la empieza a poner mientras baja las escaleras. Siente la presencia de ella a su espalda, así que, con la puerta principal ya abierta, se gira para mirarla.

Ha dejado de llover, pero la temperatura ha bajado varios grados, casi tantos como su relación. Una fría ráfaga de aire irrumpe en la casa, obligando a Sarah a encogerse dentro de la sábana con la que cubre su cuerpo.

Finalmente, resignado, Kai sale y cierra la puerta a su espalda. Se queda inmóvil, consciente de no haber dicho todo lo que debería, pero creyendo haber hecho lo correcto. Algo en su interior le dice que es demasiado buena para él, y que tarde o temprano se cansará y le dejará. No pone en duda que se sienta atraída por él, eso no es extraño, ya que no suele pasar desapercibido a las mujeres. El problema es que él no solo se siente atraído por ella, sino que sabe que la quiere con toda su alma. Quizá no debería haber ido para no colgarse más de ella. Quizá esto ha sido un error, un maravilloso error.

—Te quiero —susurra dándose la vuelta para volver a mirar la puerta.

En el interior de la casa, la luz del salón se apaga.

Sarah vino a verme pelear esa noche, haciéndome perder el control y el combate. Me dieron una buena paliza, hecho que ella afortunadamente no llegó a presenciar porque se marchó antes de acabar el combate, muy afectada.

Volví a correr tras ella, descubrí que sus dotes como enfermera eran pésimas, pero que nuestra conexión en la cama era brutal.

Y, aunque me costó un tiempo convencerme de que nuestras diferencias podían ser un aliciente en nuestra relación más que una traba, me volví vulnerable por segunda vez en mi vida, apretando los dientes y cerrando los ojos, temiendo el momento en que ella me rompería el corazón.

Por eso salí huyendo de nuevo. Había cometido un error yendo a su casa, porque desde esa noche, todo cambió entre nosotros.

Capítulo 8

SARAH Y VICKY

Kai llega a casa de su padre y camina receloso, casi conteniendo la respiración mientras mira a un lado y a otro, hasta llegar a la cocina. Una vez allí, descubre a Donovan en el jardín, podando unas plantas.

—Hola, papá —le saluda nada más salir, haciendo un repaso visual a todo el jardín.

—Hola, Kai. —Su padre, a pesar de que la enfermedad avanza a un ritmo irrefrenable, parece tener hoy un día lúcido. Demasiado quizá—. ¿Cómo ha ido el entrenamiento?

—Bien... —contesta distraído.

—Estas rodillas me van a fallar de un momento a otro... —se queja cuando se intenta poner en pie. Mientras Donovan habla, se da cuenta de que Kai no deja de mirar alrededor—. ¿Buscas a alguien?

—¿Yo? No. ¿Por qué lo dices?

—Por nada. Quizá hayan sido imaginaciones mías...

—¿Y por qué realizas tantos esfuerzos? —le pregunta Kai, intentando cambiar de tema—. Si quieres arreglar el jardín, llámanos a nosotros. Y, sobre todo, hazlo cuando haya más luz, no ahora, que está anocheciendo.

Kai coge las tijeras de podar y se deja guiar por su padre mientras este le indica qué tallos cortar.

—La enfermedad me postrará en una cama en menos de lo que nos imaginamos. Quiero aprovechar el tiempo mientras aún me pueda valer por mí mismo. Esta mañana me sentía algo torpe, pero ahora estoy mejor.

—Cabezota... —susurra Kai—. Y, oye... ¿Estás solo?

—No... Estoy contigo...

—Ya me entiendes.

—No sé yo... Creo que sé lo que en realidad quieres saber, pero soy un pobre viejo que a veces desvaría, así que me gustaría escucharlo de tu propia boca.

—Estás disfrutando con esto, ¿verdad? —Kai niega con la cabeza, resignado, mientras su padre ríe a carcajadas—. ¿Se puede saber qué te hace tanta gracia?

—Lo tonto que eres, hijo mío —responde su padre con la bolsa de basura en las manos, cogiendo las ramas cortadas que Kai le tiende—. ¿Por qué intentas negar la evidencia? ¿Por qué te sigues haciendo el duro cuando todos sabemos lo que sientes por Sarah?

—Yo no... Yo no intento...

—Sigue cortando —le pide su padre señalando la tijera quieta en la mano de su hijo.

—Yo... —empieza de nuevo mientras agarra otra rama—. Yo no niego que ella me guste...

—¿Y por qué narices pretendes ser alguien que no

eres? ¿Por qué con ella, o delante de ella, te comportas como un auténtico capullo? Quiero decir, más de lo habitual...

—Porque... Porque yo no debería gustarle. No podemos estar juntos porque... Es complicado, papá.

—Llámame iluso, pero me parece a mí que los dos ya sentís algo el uno por el otro... ¿No es un poco tarde ya para decidir que no os podéis gustar?

—Podemos sentir algo, pero no nos podemos enamorar. Por eso debemos mantener las distancias.

—De nuevo, me repito. Para eso también es algo tarde, porque te conozco, Kai, y tú estás enamorado de esa mujer.

—Puede —reconoce entre dientes—, pero ella no se puede enamorar de alguien como yo.

—¿Alguien como tú? ¿Qué te pasa?

Kai se pone en pie, por fin, y se planta frente a su padre con los brazos abiertos.

—Mírame —le pide.

—¿Por qué te infravaloras tanto, Kai? ¿Por qué no ves en ti lo que los demás vemos?

—¿Y qué veis? ¿Qué tengo, papá? ¡¿Dime qué cojones sé hacer aparte de pegarme de puñetazos con los demás?! ¿Acaso crees que ella va a querer estar con alguien como yo?

—Pero...

—No, ahora déjame hablar a mí. Porque parece que ninguno de vosotros es capaz de ver lo obvio. Sarah es la mujer más impresionante que he conocido en mi vida. Es lista, es independiente, segura de sí misma, trabajadora, valiente, además de increíblemente guapa... ¿Y qué le puedo ofrecer yo? ¡Nada! Solo sé pegar, papá... No sé hacer otra cosa...

—Kai...

—¿Qué pinto yo a su lado, papá? —le pregunta, interrumpiéndole de nuevo, totalmente derrotado—. Lo nuestro no puede ser.

—¿Por eso huiste de su casa la otra noche? —Kai se queda mudo de repente, mirando a su padre con el ceño fruncido—. Ella me lo contó. No me mires así. La noté muy triste una mañana y me interesé por ella. Pensé que habría tenido problemas con Vicky. Nunca me imaginé que el causante de su tristeza fuera mi propio hijo.

Kai deja caer las tijeras de podar sobre la hierba y, resoplando agotado, se aleja hacia el porche. Se sienta en los escalones, apoyando los codos en las rodillas, agarrándose la cabeza y tirando de su pelo.

Donovan no parece querer rendirse fácilmente, y sigue a su hijo, sentándose a su lado con torpeza. Pasa un brazo por encima de sus hombros y acerca su boca a la oreja de Kai.

—Sabes que puedes hablar conmigo, ¿no? Soy tu padre, y no me voy a escandalizar por saber lo que haces en la cama con las mujeres. Solo te pido una cosa: no las cabrees demasiado. Sobre todo cuando una de ellas resulta ser mi cuidadora. ¿Te imaginas que se vuelve loca y me intenta envenenar?

Kai esboza una tímida sonrisa de medio lado, mientras su padre le revuelve el pelo de forma cariñosa.

—Ahora en serio —insiste—. Sarah merece ser feliz.

—Lo sé —contesta Kai con la voz tomada por la emoción—. Por eso me fui...

—¿Y quién te dice a ti que ella no será feliz a tu lado?

Poco después de cenar, cuando ambos están sentados en el sofá viendo la televisión, el teléfono de Kai empieza a sonar. Saca el móvil del bolsillo y palidece al ver quién le llama.

—¿Kai, estás bien? —se interesa su padre al verle la cara.

—Es... Es Sarah —contesta, enseñándole la pantalla del teléfono.

—Pues cógelo, tonto.

Donovan está exultante de felicidad, dando incluso palmas con las manos.

—Pero...

—¡Que lo cojas!

—Vale, vale —Kai descuelga con un dedo tembloroso y contesta intentando aparentar serenidad—. ¿Hola, Sarah...?

—¡Kai! ¡Siento...! —grita ella, muy nerviosa—. Joder, no quería molestarte, pero no sé qué hacer ni a quién recurrir...

—Sarah, tranquila —le pide él, poniéndose en pie de un salto—. ¿Qué pasa?

—Vicky no está...

—¿Cómo que no está?

—Que cuando he llegado a casa, no estaba y aún no ha vuelto. Hoy me había pedido salir con unos amigos, pero le dije que no y... Fíjate la hora que es ya...

—Vale... pero...

—No sé qué hacer. La he llamado varias veces,

pero no sé si salir a buscarla o esperarla en casa. He llamado a la policía, pero prácticamente se han reído en mi cara.

—¿Y qué quieres que haga yo...? —le pregunta con mucho tiento.

Sarah se queda callada, y Kai solo es capaz de escuchar su respiración errática y sus sollozos. Mientras, Donovan gesticula de forma exagerada con las manos para intentar hacer espabilar a su hijo.

—En realidad, no sé por qué te he llamado... Supongo que necesitaba contárselo a alguien y... a pesar de todo... eres el primero en el que he pensado...

A pesar de todo... A pesar de haberme comportado como un idiota, querrá decir. A pesar de haber huido y haberla hecho llorar. A pesar de haber parecido que mi única intención era follármela.

—¿Estás en tu casa? —Se atreve a preguntar entonces Kai, ante la satisfacción de su padre, que asiente de forma enérgica.

—Sí...

—¿Quieres que me acerque...?

Sin saber qué le ha contestado Sarah, Donovan empieza a empujar a su hijo hacia la puerta, demostrando una fuerza inusitada.

—No... Sí... Joder... No lo sé... No quiero que pienses que... Pero necesito un amigo, Kai...

—Dame quince minutos y estoy en tu casa.

Cuando cuelgan, Kai se queda con el móvil en la mano, pensativo mientras mira a su padre fijamente.

—Papá, córtate un poco, por favor. No sé si te alegras más por mí o por quedarte solo. Y hablando de eso, voy a avisar a Connor, para que esté atento por si acaso.

—¡Ni se te ocurra! Dejemos de joder a tu hermano ya... Deja que haga su vida con Zoe, porque al final, esa chica nos va a odiar. Ve con Sarah. Ella te necesita más que yo ahora.

Ocho minutos después, sin haber respetado ni un solo semáforo, Kai llama a la puerta de la pequeña casa de Sarah. En cuanto ella abre la puerta, puede ver la preocupación reflejada en su rostro. Enseguida se lanza a sus brazos y empieza a llorar. Kai la abraza con fuerza, enterrando la cara en su cuello.

—Tranquila... —susurra mientras da un par de pasos con ella a cuestas, cerrando la puerta con el pie.

—Gracias por venir —responde ella, secándose las lágrimas.

—No pasa nada... ¿Cuánto hace que se fue?

—Cuando volví de casa de tu padre, ya no estaba. Pensé que había quedado con alguna amiga para pasar la tarde y no quise hacerme pesada... Pero conforme pasaban las horas, me fui poniendo más nerviosa. Esta mañana me ha pedido que la dejara salir con unos amigos, que querían ir a no sé qué local en el Meatpacking District... Le he dicho que no... Porque tiene solo dieciséis años, Kai. Sé qué pasa en esos locales, y no creo que tenga edad para pisarlos aún...

—A mí no me tienes que dar explicaciones. Es tu hija. Tú decides.

—No recuerdo el nombre del local...

—¿Acaso pretendías plantarte allí si lo supieras?

—¿Y qué quieres que haga entonces?

—Bueno... Quizá... —titubea—. Podrías confiar en ella.

—Confío en ella, pero no en los demás. Es una niña aún. No sé si voy a poder quedarme aquí a esperar hasta que decida volver...

—Puedo esperar contigo, si tú quieres... ¿Tienes cerveza? Charlamos un poco y antes de que te des cuenta, ella estará de vuelta.

Sarah asiente, empieza a caminar hacia la cocina y saca un par de botellas de la nevera. Las abre y le tiende una a Kai, que se lo agradece con una sonrisa arrebatadora, de esas que la llevan de cabeza.

—No sé si seré una gran conversadora... No dejo de pensar qué estará haciendo y...

—Divirtiéndose, seguro. ¿Nos sentamos...? —le pregunta, señalando el sofá del salón con un dedo.

Se sientan uno en cada punta del sofá, manteniendo las distancias de forma premeditada. Los dos miran al frente, algo incómodos. Kai mira alrededor, fijándose por primera vez en la estancia. Es cierto que no es la primera vez que pisa esta casa, pero la vez anterior tenía otro propósito bien distinto y no tuvo tiempo ni ganas de fijarse en pequeños detalles como la decoración de la casa de Sarah.

—¿De verdad has estado en alguno de los locales del Meatpacking?

—Claro que he ido. ¿Tanto te sorprende?

—No te tenía por alguien que frecuentara esos sitios —afirma, encogiendo los hombros y sonriendo levemente.

—Bueno, quizá hace un tiempo que no los piso, pero yo también he sido adolescente.

—Me sorprende que los pisaras incluso entonces.

—¿Qué concepto tienes de mí?

Kai se encoge de hombros de nuevo, valorando su respuesta.

—Supongo que ambos somos prototipos clásicos... A mí me ha costado creer que hubieras pisado alguna vez un local de esos y seguro que a ti no te sorprende que fuera un cliente habitual... ¿Me equivoco?

Sarah le mira fijamente, hasta que se dibuja una sonrisa en sus labios. Encoge las piernas sobre el sofá, agarrándose las rodillas con un brazo mientras hunde los dedos de su otra mano en su pelo, peinándoselo. Parece haberse relajado por fin, y eso se nota incluso en el ambiente.

—En el colegio era lo que tipos como tú llamaríais una empollona. Una de esas niñas como las que tipos como tú se metían constantemente. De esas a las que nunca invitabais al baile de fin de curso. Un bicho raro con aparato dental incluido y gafas enormes que fue incluso capitana del equipo de deletreo del colegio. —Kai se descubre mirándola embobado, con los ojos abiertos como platos, apoyado de costado en el sofá—. No te rías, por favor...

—Dios me libre —asegura, mostrándole las palmas de las manos.

—La suerte es que la ortodoncia no es para toda la vida y en el instituto ya lucía una dentadura perfecta. Además, afortunadamente, la moda convirtió las gafas en un complemento de lo más moderno, así que las empollonas nos volvemos más o menos normales con el paso del tiempo. En mi caso, cuando eso pasó, el capitán del equipo de fútbol se fijó en mí, yo caí en sus redes como una tonta y nueve meses después nació Vicky. Evidentemente, él se desentendió y prácticamente huyó del país por miedo a que yo le pidiera algo a cambio. Afortunadamente para ambos, decidí hacerme cargo de todo sola. Me saqué la carrera con mucho esfuerzo, trabajando para poder pagar canguros que cuidaran de Vicky y sin descansar por las noches porque no durmió una noche entera hasta casi los tres años. Pero lo logré, y empecé a trabajar en algo que me apasiona y aquí estoy ahora, preocupada porque mi hija no cometa los mismos errores que yo.

Kai aprieta los labios e, incapaz de mantenerle la mirada a Sarah, centra su atención en la botella, a la que le pega un largo sorbo. La escucha suspirar y por el rabillo del ojo ve cómo apoya la cabeza en el respaldo del sofá y mira el techo, dejando al descubierto el largo cuello. Kai daría ahora mismo todo su dinero por acercarse y besarlo, hundir su nariz y acurrucarse contra ella.

—¿Y ahora? —se atreve a preguntar Kai después de verse obligado a carraspear varias veces para aclarar su voz—. ¿Sales alguna noche a...? Eso.

—La noche que salí contigo y tus hermanos fue la primera en...

—¡Vaya...! Si te lo tienes que pensar tanto...

—Dieciséis años y nueve meses de embarazo, más o menos.

Kai no puede disimular su sorpresa, mientras Sarah ríe a carcajadas.

—Quizá haya exagerado un poco, pero tampoco es que sea un ave nocturna.

—Y... desde el padre de Vicky no... ¿sales con alguien?

—Supongo que con alguien te refieres a un hombre —pregunta mientras Kai asiente tímidamente con la cabeza—. Ni me acuerdo de la última vez que tuve una cita... Mis amigas me habían preparado alguna encerrona alguna vez, pero enseguida me di cuenta de que los hombres solteros de mi edad, distan mucho de ser los capitanes del equipo de fútbol, así que prefiero estar sola que mal acompañada.

Los dos dan un sorbo a su cerveza, sin perderse de vista en ningún momento, dándose cuenta de que son capaces de mantener una conversación sin pelearse y sintiéndose muy a gusto con ello.

—¿Y qué me dices de ti?

—¿Yo, qué?

—No te hagas el despistado. ¿No sales con nadie? Déjalo. En realidad, creo conocer la respuesta.

—¿Ah sí?

—Tu fama te precede, querido. De hecho, lo vi con mis propios ojos la noche que salimos... Y que conste que no te estoy juzgando.

—Ni me acuerdo de cómo se llamaba.

—Eso no habla muy de ti, que digamos...

—Solía salir a menudo y divertirme, sin ataduras.

—¿Solías? ¿Ahora ya no?

—No —le contesta Kai, tajante, aguantándole la mirada a Sarah para intentar demostrarle sus intenciones, pero ella sonríe, negando con la cabeza, incrédula.

—¿Alguna vez has tenido una relación seria?

—Mi relación más larga creo que ha sido de... dos o tres noches.

—¡Venga ya! —Kai se encoge de hombros, nada orgulloso de su «hazaña»—. ¿Siempre? ¿Ni siquiera en el instituto? ¿En la adolescencia también eras el típico ligón?

—Bueno, nunca fui capitán del equipo de fútbol, ni dejé embarazada a ninguna chica...

—Y ahora me dirás que has salido alguna vez con la empollona de turno...

—Depende. —Sarah levanta las cejas, confundida por la respuesta—. ¿Lo de la otra noche se considera salir?

Sarah se recoge el pelo detrás de las orejas y da un sorbo a su cerveza. Se abraza las piernas y sonríe negando con la cabeza.

—Creo que nuestro problema no es lo que pasó la otra noche, si no cómo vamos a actuar a partir de ahí... —se atreve a decir ella, levantando la cabeza para mirar a Kai a los ojos—. Creo que los dos tenemos claro que lo que pasó fue...

—Increíble —concluyen entonces los dos a la vez.

Los dos sonríen, y Sarah prosigue:

—Desde mi punto de vista, los dos buscamos cosas distintas.

—No. Ya no. Quiero lo mismo que tú. Quiero... estar contigo. Quiero tener esto, quiero hacer esto cada día contigo. Necesito verte cada día, despertar a tu lado...

—¿Y por qué tendría que creerte?

—Tendrás que confiar en mí. Estoy dispuesto a hacer lo que sea para que me creas. Podemos... empezar desde el principio.

Sarah sonríe con timidez, agachando la cabeza. Entonces se fija en la hora que marca el reloj de su muñeca y la preocupación vuelve a asomar en su rostro.

—Sarah, ¿quieres que coja el coche y vaya a dar una vuelta por el Meatpacking? Puedo dar una vuelta por algunos locales que conozco...

—¿Harías eso...?

—No te prometo nada, pero puedo intentar buscarla...

—Bueno, en realidad —empieza a decir, muy incómoda—, es bastante más fácil que simplemente... salir a buscar. Verás, es que, le instalé un programa localizador en el teléfono, así que...

—Es broma.

—No lo he usado nunca, que conste. Y sé que es algo horrible, pero podría usarlo ahora para encontrarla...

—Envíame un mensaje con la dirección —resopla Kai, poniéndose en pie mientras niega con la cabeza.

—No tienes derecho a juzgarme. No eres padre y no sabes lo que se sufre.

—No te estoy juzgando.

—Lo haces, con la mirada.

—No voy a discutir contigo. ¿Lo ves? Ya estoy cambiando —dice Kai, con una expresión de burla en su rostro—. Mándame un mensaje con la dirección.

—¿No prefieres que vaya contigo?

—Si te ve aparecer por ahí, va a querer que se la trague la tierra de la vergüenza...

—¿Y qué vas a hacer? ¿La traerás a casa? ¿Cómo lo vas a hacer?

—Haré lo que tú me digas. ¿Quieres que la traiga a casa? ¿O simplemente veo dónde está y en el estado en el que está? —Sarah se muerde una uña, indecisa—. Es tu hija y tiene dieciséis años, Sarah. Lo que decidas, será lo correcto. No tengas miedo de tomar una decisión, aunque sepas que a ella no le va a gustar.

Sarah le mira fijamente a través de sus gafas, mordiéndose la carne de la mejilla.

—Tráela a casa —contesta finalmente.

—Vale.

Según la dirección que le ha mandado Sarah, Vicky no parece estar en ningún local, sino en un callejón apartado muy cerca de los muelles, una zona poco recomendable, sobre todo para una niña de dieciséis años. Aparca el coche a unas calles de distancia y camina hasta escuchar el murmullo de las voces de un grupo de chicos y chicas. Conforme se va acercando con sigilo, comprueba que son cinco, dos chicas y tres chicos, y que ninguno de ellos parece tener la mayoría de edad. Todos están fumando, algunos de ellos marihuana, y están rodeados de botellas de cerveza. Uno de los chicos está de pie, manteniendo la verticalidad a duras penas, explicándoles una historia a los demás, que ríen a carcajadas. Después de observarles un rato, decide dar por terminada su pequeña fiesta y, chasqueando la lengua, se acerca a ellos. Mete su mano en el bolsillo del pantalón y saca su cartera. Los chicos se dan cuenta de su presencia y tiran los porros a un lado, haciendo aspavientos con las manos para apartar el humo.

—Agente, no estamos haciendo nada malo —dice enseguida uno de los chicos.

Kai intenta disimular la sonrisa al darse cuenta de que han caído en su trampa. No ha hecho falta siquiera abrir la cartera y fingir que lleva placa. Así pues, reprime la risa y pone cara de póquer.

—¿Tú crees? Cuento como unas quince botellas, así que eso da una media de tres cervezas por cabeza.

—Yo solo me he bebido una —empieza a excusarse uno de los chicos señalando a una chica—. Vicky se bebió las mías.

Así que esa chica es Vicky, piensa Kai, mirándola detenidamente aunque con disimulo. La verdad es que se parece mucho a su madre, con el mismo color de pelo y los labios carnosos, aunque con unos ojos claros que debe de haber heredado de su padre. Lo que sí ve en ellos, es la misma seguridad y desparpajo de Sarah.

—Cállate, imbécil —le reprocha a su colega, dibujando una mueca de asco en su cara.

—Además... —vuelve a decir Kai, acercándose a Vicky y quitándole el cigarrillo de los dedos para darle una larga calada. Cuando expulsa el humo, añade—: Esto estaría prohibido a vuestra edad si fuera tabaco, pero resulta que es marihuana, con lo que además, es ilegal.

—Ilegal incluso para usted —añade Vicky con arrogancia, entornando los ojos.

—Agente, por favor, no nos detenga —empieza a implorarle la otra chica.

—Oh, por favor, Noah, conserva la dignidad —la increpa de nuevo Vicky—. Además, no puede hacernos nada.

—¿Y cómo lo sabes? —le pregunta entonces uno de los chicos, el que se había mantenido callado hasta el momento.

—Pues porque con la de delincuentes que hay en esta ciudad, no se van a preocupar por unos adolescentes que beben cerveza y fuman unos porros sin meterse en líos. No les interesa lo que hagamos.

Los cinco pares de ojos se fijan entonces en Kai, que sonríe de medio lado ante el descaro de Vicky, que tanto le recuerda al de su madre.

—Parece que lo sabes todo... —dice, agachándose en cuclillas para quedar a la altura de Vicky—. Pero te equivocas. A mí me interesa desde el mismo momento en que sé que sois menores y estáis haciendo algo ilegal. Además, creo que vuestros padres también deben de estar preocupados y no les hará mucha gracia saber lo que estáis haciendo...

—Agente, ha sido solo una tontería... —implora uno de los chicos—. Por favor, deje que nos vayamos a casa y prometemos no hacerlo nunca más.

—¿Estáis bien como para ir a casa por vuestro propio pie? —pregunta mirándoles a todos, y señalando a uno de ellos, añade—: Al menos él no parece estar en disposición de encontrar su casa...

—Le acompaño yo, señor —se apresura a añadir otro de ellos.

—Pues no habrá gente metiéndose en líos y cometiendo algún crimen ahora mismo como para tener que perder el tiempo con nosotros. ¿Nos tienes manía o qué, capullo?

—Vicky... —le reprochan los demás, implorándole que se calle con la mirada.

—¿Es que no os dais cuenta? Somos demasiado insignificantes como para que nos hagan nada. No le hagáis caso y sigamos a lo nuestro.

—Agente —vuelve a exculparse el mismo chico miedica de antes—, no compartimos ninguna de sus palabras.

—Ya veo... Tenemos a una rebelde sin causa... —dice Kai.

—Chupa-pollas... —le insulta Vicky, girando la cara.

—Señorita, me temo que me va a tener que acompañar...

—Te lo dije, Vicky —le dice la otra chica—. Tenías que haberte callado la boca.

—Y vosotros marchaos antes de que me arrepienta y os lleve también a comisaría conmigo.

Los chicos se van a toda prisa, llevándose a su amigo indispuesto a cuestas, mientras la chica retrocede mirando a Vicky y disculpándose con la mirada.

—¡Vete, Noah! —le grita ella—. No me va a pasar nada. Luego te escribo.

Cuando se quedan solos, Kai se incorpora y le tiende la mano a Vicky para ayudarla a levantarse, gesto que ella ignora a propósito. Kai sonríe mientras niega con la cabeza ante su testarudez.

—Vale, ¿dónde está el coche patrulla? —le pregunta, con los brazos cruzados encima del pecho.

—Por allí —señala con el dedo, sin perderla de vista.

Vicky empieza a caminar escoltada de cerca por Kai. Recorren en silencio las dos calles que les separan del coche, hasta que, cuando él acciona el mando a distancia para abrir las puertas, ella se detiene en seco.

—Eso no es un coche patrulla. ¿Vas de incógnito o algo por el estilo?

—Algo por el estilo —responde él con una sonrisa de medio lado—. Sube.

—Espera... ¿No serás una especie de violador...?

—Sube —repite Kai, resignado.

—No. De pequeña me enseñaron a no irme con extraños...

—Tu madre estará contenta. Al menos, parece que sí vas a hacer caso a algunos de sus consejos...

Kai sube al coche y espera a que Vicky lo haga para arrancar el motor. Ella en cambio, se queda quieta, cogida a la puerta del coche, valorando qué hacer. Sabe que no es policía, lo presiente, pero, por alguna razón, se fía de él. Kai baja la ventanilla y se agacha para mirarla a través de ella.

—¿Subes o qué?

—¿A dónde me llevas? Porque no creo que sea a la comisaría... —responde, aún sin abrir la puerta.

—A tu casa —claudica Kai al final mientras envía un mensaje a Sarah para informarla de todo.

Vicky arruga la frente con la mano ya en el tirador de la puerta. Finalmente, la abre y se sienta en el asiento al lado de Kai, aunque se cruza de brazos y le sigue mirando recelosa.

—Ponte el cinturón —le exige Kai, poniendo en marcha el motor.

—No eres mi padre.

—Afortunadamente para ambos.

—¿Eres poli?

—No.

—¿Y por qué nos dices que eres poli?

—Yo no os lo he dicho. Lo habéis supuesto vosotros. Sobre todo tu amigo, don «por favor agente, no nos detenga» —dice, imitando el tono de voz asustado del amigo de Vicky, a la cual se le empieza a escapar la risa a pesar de hacerse la dura con todas sus fuerzas—. Madre mía, en el Bronx no hubierais durado ni dos noches...

—¿Eres de el Bronx?

—Ajá.

—¿Cómo te llamas?

—Kai.

—¿Qué clase de nombre es Kai?

—El que me puso mi madre.

—Ahora en serio, ¿me vas a secuestrar o algo por el estilo?

—No sé si estoy tan loco como para querer aguantarte durante mucho tiempo... —contesta mientras Vicky ríe, demostrando que se lo está pasando en grande con este intercambio ágil de palabras—. Soy un amigo de tu madre.

—¿Un amigo de mi madre? Mi madre no tiene amigos... Se pasa el día trabajando y luego cuidando a un viejo...

—Ese viejo es mi padre, y si te hubiera escuchado llamarle así, habría descargado toda su ira contra ti, hasta el punto de que hubieras preferido un mes entero de castigo de tu madre.

—Lo siento, no lo decía en tono despectivo...

—No te preocupes.

—Entonces, ¿en serio eres amigo de mi madre?

—En serio. ¿Tan raro te parece?

—¿Amigo de qué tipo? —le pregunta, entornando los ojos de nuevo.

—De los que traen de vuelta a adolescentes rebeldes que se escapan de casa.

—Y además de joderme los planes, ¿también la jodes a ella? —Kai la mira muy serio, frunciendo el ceño—. De acuerdo. Lo pillo. No me vas a contestar. A ver esta: ¿está muy enfadada?

—Yo diría que más preocupada que enfadada —Vicky resopla, quizá algo aliviada—. Pero del castigo no creo que te libres.

—¿Y tú no podrías hablar en mi favor? No opuse

resistencia en la detención... —dice poniéndole cara de pena—. No mucha, al menos.

—No creo que tenga tanto poder sobre ella.

—¿Y si en cuanto lleguemos, la agarras de la cintura y le das un beso de esos que derriten bragas, mientras yo me escabullo hacia mi habitación? —Kai gira la cabeza y mira a Vicky con una ceja levantada, mientras ella le muestra una enorme sonrisa—. ¿No cuela? Pero no soy tonta. Mi madre te mola, ¿verdad? O sea, quiero decir, ¿qué hacías en mi casa? ¿Estabas con ella ya, o te llamó en plan damisela en apuros y corriste hacia ella cual caballero salvador?

—Se te va la pinza, ¿no? Esas películas tipo Crepúsculo os están friendo el cerebro.

—Lo que tú digas, pero no me has contestado. Nadie hace esto sin obtener nada a cambio.

—Me llamó muy preocupada —decide responder Kai a la pregunta anterior para intentar escapar de la siguiente, mucho más comprometida.

—Y tú corriste a estrecharla entre tus brazos y a consolarla. ¿A que sí? —pregunta, encogiendo las piernas sobre el asiento y abrazándoselas.

—No.

—¿No corriste o no la estrechaste entre tus brazos?

El cauce que está tomando la conversación está poniendo nervioso a Kai, que, con la excusa de centrarse en el tráfico, fija la mirada en el asfalto, evitando las preguntas de Vicky.

—Vamos Kai. No me ignores. Solo quiero ver a mi madre feliz y me da en la nariz que tú podrías ser un firme candidato a ello. Mi madre necesita salir a divertirse, centrarse en su vida y no tanto en la de los demás. Calo muy rápido a la gente y creo que puedes darle todo eso que necesita.

—Con lo que has bebido y fumado, ¿no tienes sueño, bonita?

—No, no me afecta demasiado. Tengo mucho más aguante que la mayoría.

—Qué suerte la mía... —resopla Kai.

—¿Entonces, qué? No me puedes negar que mi madre es guapísima.

—No lo niego.

—Entonces, ¿estáis saliendo o solo sois amigos con derecho a roce? ¿O te gusta pero no ha surgido la ocasión? ¿O...?

—No es eso —la corta Kai, sorprendido de haber abierto la boca.

Lejos de conformarse con esa respuesta, Vicky le interroga con la mirada durante un buen rato. Kai la mira entornando los ojos hasta que, al ver que no se da por vencida, chasquea la lengua y dice:

—Tu madre me gusta, mucho además. Y creo que yo a ella también. Llevamos un tiempo huyendo el uno del otro, pero hoy me he sincerado del todo. He puesto las cartas sobre la mesa... Pero sé que en las cabezas de ambos suenan las alarmas, advirtiéndonos de que esto es un error. Y no dejo de tener la sensación de que no tenemos nada en común. Creo que ella se merece a alguien mejor que yo. Alguien con más estudios, con una profesión normal, con una vida estructurada, planes de futuro, o con un nivel de ingresos estable.

—¿Alguien como mi padre, por ejemplo? Porque le acabas de describir perfectamente, y parece que la cosa no les fue muy bien, ¿no crees?

En ese momento, llegan a casa de Sarah y Kai para el coche en doble fila. Apaga el motor y los dos se quedan sentados en sus asientos, él mirando su regazo, pensativo, y ella esperando que la conversación continúe. Pero la puerta de la casa se abre de golpe y Sarah aparece por ella. Se queda parada, abrazándose el cuerpo con los brazos, con la vista clavada en el coche.

—Será mejor que bajes y vayas con tu madre —le dice Kai.

Vicky le hace caso y camina con la cabeza agachada, temerosa. Sarah, en cambio, corre hacia su hija.

—Lo siento, mamá. No debí...

—¡No debiste hacer muchas cosas, sí! ¡Y vas a estar castigada hasta el fin de los días para que no me vuelvas a dar un susto como este en tu vida! —la corta, abrazándola con todas sus fuerzas.

—Lo sé... Perdón... —consigue decir a duras penas.

—¿Has bebido? —le pregunta, agarrándola de los hombros y separándose de ella unos centímetros para comprobar su estado.

—Un poco, no te voy a engañar. Pero voy bien, mamá.

—¿Y drogas? ¿Has tomado algo? —le pregunta mientras olfatea su camiseta como si fuera un perro policía.

—Sarah... —interviene entonces Kai, apareciendo a su lado.

Vicky le mira agradecida durante unos segundos, gesto que no pasa desapercibido para Sarah.

—Hemos estado hablando todo el trayecto y parece estar en plenitud de facultades.

—¿Te pones de su lado? —le pregunta Sarah, sin soltar a su hija.

—No. Sé que ha hecho mal, y ella seguro que también. Pero todos hemos cometido locuras de estas alguna vez, ¿no?

Kai le guiña un ojo de forma cómplice, y Sarah, muy a su pesar, sonríe como una boba.

—Anda, sube y mañana hablamos —le dice finalmente a su hija, aún sin dejar de sonreír.

Antes de hacer caso a su madre, Vicky se gira hacia Kai.

—Gracias por venir a rescatarme, gentil caballero.

—Un placer, señorita —contesta él, haciéndole una teatral reverencia.

—Oye mamá, mañana podríamos ir al cine. Kai, ¿por qué no te vienes con nosotras?

—Eh... Bueno no... —balbucea él, encogiéndose de hombros, hasta que Sarah sale a su rescate.

—Estás castigada, listilla.

—Bueno, pues si yo no puedo ir, os vais vosotros dos solos.

—Señorita, a tu cuarto —la corta Sarah, indicándole el camino con un dedo.

—Adiós, Kai —se despide de nuevo, guiñándole un ojo, mientras a este se le escapa la risa.

—Adiós, Vicky.

Cuando se quedan solos, después de asegurarse de que Vicky ha subido hacia su habitación, se forma un incómodo silencio entre ellos.

—Gracias. No sé qué habría hecho sin ti —dice finalmente Sarah.

—Habría vuelto a casa igual. Es una chica muy lista. Se parece mucho a ti.

—Lo sé... Esto... ¿Quieres pasar? Puedo hacer café.

—No creo que sea una buena idea. —Kai se arrepiente al instante del tono de sus palabras. Pero lo hace aún más cuando ve los ojos llorosos de Sarah—. Sarah, yo...

—No, no. Tienes razón. Perdona —dice, girándose hacia el interior de su casa.

—Sarah. Por favor —Kai entra tras ella—. Sarah, espera. No me malinterpretes...

—Demasiado tarde —le dice subiendo las escaleras—. Vete, Kai.

Kai la sigue escaleras arriba, pero la puerta del dormitorio de Sarah se cierra en sus narices.

—¿Sarah? —la llama sin querer levantar demasiado el tono de voz, apoyando las palmas de las manos en la madera lacada en blanco de la puerta—. Ábreme un momento, por favor.

—Vete.

—Lo siento. Escucha..., mañana te llamo y hablamos, ¿vale?

—No creo que sea una buena idea —le contesta ella, imitando sus palabras de antes.

Kai mira hacia la puerta de Vicky, consciente de que estará escuchando atentamente para no perderse nada. Apoya la frente en la puerta del dormitorio de Sarah y cierra los ojos, apretando los párpados con fuerza.

—Perdóname, por favor —susurra antes de bajar las escaleras arrastrando los pies.

Cuando se escucha la puerta principal cerrarse, Vicky sale de su dormitorio y se dirige hacia el de su madre. Golpea suavemente con los nudillos mientras la llama.

—Mamá, soy yo. Voy a entrar —la informa antes de abrir la puerta.

La encuentra en el baño, de cara al espejo, con las manos apoyadas en el mueble y los ojos llenos de lágrimas.

—Mamá... —dice, apoyando una mano en su espalda.

Al momento, Sarah se da la vuelta y abraza a su hija con fuerza. Vicky aguanta paciente hasta que su madre parece calmarse un poco. Entonces la lleva hasta la cama y las dos se sientan en ella.

—Me cae bien —dice, ya cuando su madre ha dejado de llorar—. Y le gustas un montón.

—No lo suficiente —contesta Sarah estirándose boca arriba en la cama.

—Al contrario. —Vicky se estira al lado de su madre—. Le gustas tanto que cree que no está a tu altura y que te mereces a alguien mejor que él. Solo quiere que seas feliz.

—¿Y todo eso cómo lo sabes? ¿Te lo ha dicho él? —le pregunta mientras ella asiente con la cabeza—. ¿En serio habéis hablado de eso?

—Sí.

—No lo puedo creer. ¿Por qué le ha costado tanto hablar conmigo y de repente contigo...? —Sarah se tapa la cara con las manos, antes de hundir los dedos en su pelo alborotado—. Hace un rato, se ha sincerado y... aunque me di cuenta de que los dos teníamos los mismos miedos, me convenció para intentarlo. Y ahora... parece como si quisiera echarse atrás. ¿En qué quedamos? ¿Quiere intentarlo o no?

—Tenéis que dejar atrás todas esas dudas... los

dos. Me ha dicho que te mereces a alguien con un trabajo más normal que el suyo. ¿De qué trabaja?

—Es boxeador.

Vicky se queda callada de golpe, mirando a su madre con los ojos muy abiertos y llevándose una mano al pecho.

—¿En serio? —Sarah asiente con la cabeza—. ¡Joder, qué sexy!

—¡Vicky, esa boca!

—Perdón. Y, ¿le has visto boxear?

—Sí...

—¡Pero si tú no soportas el boxeo!

—Lo sé.

—¿Y? ¿Qué te pareció?

—Horroroso. Además, le dieron una paliza por mi culpa.

—¿Por tu culpa?

—Dice que le desconcentré, que no esperaba verme allí, y que como me veía pasarlo mal, estuvo más pendiente de mí que del combate.

—Por favor... Qué romántico, mamá... Te gusta, ¿verdad?

—Esta mañana incluso me creía capaz de asistir a todos sus combates. ¿Te contesta eso a tu pregunta?

Vicky aplaude con una enorme sonrisa en la cara.

—Entonces, ¿vamos mañana al cine?

—Sigues castigada.

—Vale, entonces, ¿vais mañana al cine?

—Ya veremos.

—¿Le llamarás?

—Ya veremos.

—¿Le enviarás un mensaje esta noche para desearle buenas noches?

—Ya veremos.
—¿Y...?
—Vicky, vete a la cama —la corta finalmente Sarah—. Es muy tarde.
—Vale, mamá —claudica, dándole un beso y poniéndose en pie para irse a su habitación.

Antes de que salga, Sarah vuelve a preguntar:
—¿Debería enviarle un mensaje esta noche?
—Deberías.
—Vale. Te quiero, cariño.
—Y yo, mamá —Vicky agarra la puerta y hace gestos con sus manos como si sostuviera un teléfono entre ellas y susurra—: Escríbele.

Sarah le hace caso cuando se queda sola y, tras meditarlo un rato observando el cursor parpadeante al inicio del mensaje, sus dedos empiezan a teclear.

Siento todo lo que ha pasado... Yo... te entiendo. Estaba muy nerviosa. Lo estoy, de hecho. No quiero estropearlo. Gracias de nuevo por lo que has hecho por Vicky.

Lo lee varias veces antes de enviarlo. Cuando lo hace, deja el teléfono encima de la cómoda, no muy convencida de que Kai vaya a leer el mensaje. Una parte de ella se lo imagina ya en el pub, bebiendo cerveza rodeado de alguna rubia dispuesta a enseñarle toda su mercancía con tal de llevárselo a la cama. Pero entonces, el teléfono emite un pitido.

No, perdóname tú. Soy un gilipollas. Llámame siempre que me necesites. Para lo que sea. Incluso, aunque no me necesites, llámame.

Sarah lee el mensaje mordiéndose el labio inferior. Totalmente decidida a no perder la oportunidad de seguir hablando con él, siguiendo el consejo que seguro le daría su hija en estos momentos y haciendo caso omiso de lo que su cabeza le recomienda, vuelve a responder.

¿Aunque eso implique pasar más tiempo juntos?

Cierra los ojos mientras espera el mensaje de respuesta, apretando el teléfono contra su pecho. Entonces, alguien la llama. Extrañada, abre los ojos de golpe y mira la pantalla, donde aparece el nombre de Kai. Automáticamente, la sonrisa se instala en sus labios mientras empieza a dar pequeños saltos de alegría a la par que sus ojos se humedecen por la emoción. Antes de descolgar, respira profundamente varias veces para intentar tranquilizarse.

—Hola —responde con un hilo de voz.

—Hola. Asómate a la ventana —le pide.

Sarah levanta la cabeza sin despegar el teléfono de su oreja, fijando la vista en la ventana que tiene frente a ella, a tan solo unos pasos de distancia. Camina lentamente hacia allí, hasta que puede ver la calle, y en ella, a Kai plantado en medio de la acera con la luz de una farola iluminándole parcialmente y la cabeza levantada, mirándola.

—Hola —vuelve a saludarla.

—Hola —dice ella con la voz tomada por la emoción—. ¿Qué haces ahí?

—No podía irme sabiendo que estabas llorando. Pensaba quedarme hasta que apagaras la luz. ¿Estás mejor?

—Sí —contesta, secándose las lágrimas con los dedos.

—De acuerdo... Sarah, mi respuesta es sí, aunque eso implique pasar más tiempo juntos. No quiero que pienses que lo de antes no iba en serio. Lo que te dije, es lo que siento. Quiero estar contigo, pero tengo miedo. Mírame, Sarah —le pide, abriendo los brazos—, lo que ves es lo que hay. No tengo estudios, ni un trabajo decente ni estable. Soy un puto desastre. Durante semanas he tratado de demostrártelo y advertírtelo, alejarte de mí, pero parece que te resistes, así que, tú te lo has buscado.

Sarah ríe mientras sorbe por la nariz. Apoya la palma de la mano en el cristal, como si de esa manera pudiera estar más cerca de Kai, que le devuelve la sonrisa desde la calle.

—Escucha, me tengo que ir porque he dejado a mi padre solo, pero quiero verte mañana. Me da igual dónde y a qué hora, pero quiero estar contigo.

—Vale —contesta ella, incapaz de articular una frase más larga.

—Genial —dice Kai sin poder reprimir la sonrisa—. Hasta mañana, entonces.

—Adiós.

—Dile a Vicky de mi parte que debe mejorar sus tácticas de espionaje. Sé que lleva escondida detrás de la cortina desde que te llamé.

—¡No me lo puedo creer...! —Se aparta el teléfono de la oreja y grita—: ¡Vicky! ¡A la cama!

Kai comprueba que la cortina se mueve de repente, y suelta una carcajada.

—¿Vais a salir? —le pregunta Vicky a su madre.

—Eso no te incumbe —le responde ella.

Entonces, la ventana de la habitación de Vicky se abre, y ella se asoma.

—Hola, Kai —le saluda.

—Hola de nuevo, Vicky —contesta él.

—¿Vais a dejaros de gilipolleces y a intentarlo?

—Ese es el plan... —responde él, sonriendo—. ¿Te parece bien?

—Me parece fantástico. Quizá sí sois totalmente diferentes, pero creo que ahora mismo, os necesitáis el uno al otro más de lo que os creéis...

—Gracias por tus sabias palabras —le dice Sarah, que ha aparecido detrás de ella—. Ahora, a la cama.

—Aguafiestas... Yo no soy tan quisquillosa como tú, así que, si quieres, puedes invitarle a subir. Yo no diré nada...

—Vicky, mi paciencia tiene un límite...

—Lo he intentado —dice, dirigiéndose a Kai—. Buenas noches, tortolitos.

Capítulo 9

SIGUE SIENDO SARAH

Varias semanas después, Kai y sus hermanos están comiendo juntos en uno de sus sitios habituales, mientras conversan acerca de su tema favorito después del baloncesto: las mujeres.

—¿Y tú, Kai? ¿Por qué no te aplicas tus propios consejos? —le pregunta Connor, después de aguantar cerca de cinco minutos de consejos de su hermano, muy coherentes la mayoría, acerca de cómo actuar con Zoe.

Kai se encoge de hombros y mira a otro lado, intentando desviar la atención y no contestar a la pregunta.

—Hablo en serio, Kai. Sarah es perfecta para ti. Te gusta, se nota, y a ella también le gustas, y mucho. Lleváis unos días saliendo, pero la sigues tratando como a un simple ligue de una noche... Ella quiere despertar a tu lado, Kai, y algo me dice que tú también lo quieres. ¿Por qué nos das tan buenos consejos y en cambio eres incapaz de aplicártelos a ti mismo? ¿Eh, Kai? ¿Por qué?

—Eso, Kai. Ahora es como si te tiraras a menudo a una tía, con la diferencia de que siempre es la misma, aunque con el mismo nivel de implicación sentimental —interviene Evan—. O sea, cero. ¿Por qué no intentas dar un paso más?

—¡Porque lo nuestro es imposible! ¡Y ya está! —dice Kai subiendo el tono de voz, con rostro enfadado.

—¿Imposible? ¿Por qué? —insiste Connor.

—Déjalo, en serio —vuelve a responder, chasqueando la lengua, visiblemente agobiado por el asedio al que le están sometiendo sus hermanos.

—Dices que lo vuestro es imposible pero, a la vez, te resistes a dejarla ir. ¿Sabes acaso qué quiere ella? ¿Sabe que tú no estás dispuesto a consolidar vuestra relación? ¿Sabe que solo la quieres para tirártela de vez en cuando? ¿Por qué no hablas con ella y le confiesas tus miedos?

—Porque no merece la pena.

—¡¿Me estás hablando en serio?! —le increpa Connor—. ¿Me estás diciendo que Sarah no merece la pena?

—¡Por supuesto que Sarah merece la pena! Quien no la merece soy yo, Connor. Ella no es solo una cara bonita o un buen cuerpo como las tías a las que me tiraba hasta ahora. Ella es inteligente y muy segura de sí misma. Tiene una hija y una vida estructurada. ¿Qué tengo yo, Connor? Mi vida es un puto desastre y lo único que sé hacer es pegar puñetazos. ¿Dónde encajo yo en su vida?

—Bueno... Es su vida, deja que ella decida. ¿Vas a seguir viéndola? ¿O simplemente vas a huir de ella?

—No... No lo sé... —contesta Kai, mostrándose

totalmente vulnerable por primera vez en su vida, muy distinto a cómo se comporta de forma habitual—. Quiero estar con ella, pero siento que no tengo derecho a hacerlo...

—Pues aclárate pronto y, sobre todo, sé sincero con ella. No le hagas daño.

—No quiero hacerle daño —dice Kai totalmente abatido—. Pero no tengo nada que ofrecerle.

—Pregúntale entonces qué espera de ti. A lo mejor es más sencillo de lo que te imaginas. Puede que para ella, lo que tú le ofreces, sea suficiente. ¿De qué tienes miedo?

—Es... Es complicado...

Kai zanja así la conversación. Al rato, sus hermanos le conocen lo suficiente como para saber que no le van a poder sacar más por el momento, así que empiezan a hablar del siguiente partido de los Knicks, mientras él sopesa muy seriamente las palabras de su hermano. De qué tienes miedo, le había preguntado, y, aunque él había respondido que era muy complicado, la verdad es que la respuesta era muy sencilla: tenía miedo de confesarle sus sentimientos y abrirle su corazón de par en par y no ser correspondido.

Una noche de las que han pasado juntos, cuando ella ya estaba dormida, se atrevió a susurrarle un tímido te quiero, consciente de que ella no le escucharía. A pesar de ello, lo hizo con el corazón en un puño, conteniendo incluso la respiración. Por eso, confesarlo en voz alta, abiertamente, a plena luz del día, le parece algo imposible para él.

—¿Qué me dices de su hija? —vuelve a la carga Connor al verle tan taciturno.

—¿Vicky? ¿Qué pasa con ella?
—Nada... Háblame de ella.
—¿Por qué?
—Nada... Bueno... Parece una chica muy simpática. Y muy guapa. Se parece a su madre. A Rick le cayó muy bien...
—¡Cómo se acerque a ella me lo cargo! ¡Juro por Dios que le mato! ¡Es solo una cría de dieciséis años, por el amor de Dios! ¡Hablo en serio, Connor...! ¡Dile a tu colega que se mantenga alejado o no respondo de mis actos!

Pero, entonces, se queda callado de golpe al ver a sus hermanos sonreír.

—¿Qué...? ¿Por qué...? ¿Veis como no tengo que contaros nada? —dice, intentando ponerse en pie, pero Evan le detiene.
—Vamos, Kai. Tranquilo.
—Siempre es lo mismo. Os cachondeáis de mí. Es como una confabulación entre «cerebritos», pero os recuerdo que yo puedo golpearos sin remordimientos hasta que me pidáis clemencia.
—No es eso, Kai... —le intenta tranquilizar Connor—. Solo queremos que te des cuenta de cómo te has puesto al nombrar a Vicky... Hace unas semanas, tú mismo hubieras hecho un comentario asqueroso del estilo de los de Rick y ahora... ¡mírate! La defiendes como si fuera tu propia hija.
—Evidentemente, esa mujer y su hija significan mucho más para ti de lo que tú mismo te atreves a confesar —añade Evan—. No puedes ser su ligue toda la vida, Kai. No puedes hacerle eso. No estoy diciendo que Vicky necesite un padre porque es mayorcita ya, pero lo que seguro que ambas necesitan

es alguien en quien confiar, alguien que siempre esté a su lado, alguien que las proteja y las arrope, que les dé todo lo que se merecen. ¿Acaso no quieres ser tú?

Kai entorna los ojos unos segundos, moviendo la cabeza lentamente, desviando la mirada para no cruzarla con la de sus dos hermanos, que no tienen pinta de rendirse sin una respuesta.

—Claro que quiero ser ese tipo... —confiesa finalmente, con la voz tomada por la emoción, aún sin atreverse a enfrentarse a sus miradas, temeroso de estar mostrándose débil—. Sarah es... Estoy con ella y...

Chasquea la lengua, contrariado, mientras se frota la nuca con una mano, esperando que sus hermanos acaben la frase por él. Cuando ve que eso no sucede, apoya los codos en la mesa y junta las manos delante de su boca antes de seguir hablando.

—Con Sarah soy feliz, verdaderamente feliz. O sea... Con vosotros y papá también lo soy, no me malinterpretéis, pero cuando estoy con ella, es diferente. Soy estúpidamente feliz. Aunque toda mi vida haya sido una mierda, aunque yo sea un puto desastre y un perdedor, la miro y de repente me siento bien, y quiero ser mejor persona. Incluso cuando no estoy con ella, cuando estoy entrenando, por ejemplo, de repente me doy cuenta de que estoy sonriendo como un gilipollas... y es porque estoy pensando en ella —Kai agacha la cabeza y se pasa los dedos por el pelo—. Paradme, hijos de puta... Hacedme callar...

Connor y Kai estallan en carcajadas mientras le dan palmadas en los hombros de forma cariñosa.

—Al contrario, capullo. —Ríe Connor—. No te vamos a dejar parar de hablar, porque tienes que decirle todo eso a Sarah.

—No... No me atrevería. Y si me atreviera, llegado el momento, parecería subnormal. Yo no soy como vosotros, no sé decir estas cosas que les gustan a las mujeres. Yo no soy como uno de esos tipos de las películas ñoñas.

—No hace falta que seas como nosotros —interviene Evan mientras se coloca bien las gafas y trastea su teléfono—. Creo que ahí reside tu encanto para ella. Eres Kai, tal cual. Exprésate como solo tú sabes hacer...

—¿Por qué estás nervioso, Kai?

—No estoy nervioso.

Padre e hijo están sentados en las escaleras del pequeño porche que da al jardín trasero, disfrutando del sol de buena mañana. Donovan sostiene una taza de té entre las manos mientras se relaja con la cabeza alzada y los ojos cerrados. Kai, en cambio, bebe café y no para de picar de forma compulsiva con los pies en los escalones de madera.

—Kai...

—¿Qué?

Su padre le señala los pies con la cabeza, mientras él se encoge de hombros y sigue callado.

—Está bien. Está bien. No estás nervioso, pero se acabó el café por hoy... —le dice, quitándole la taza de las manos.

—Estoy esperando a Sarah —acaba por confesarle a su padre, agachando la cabeza.

—Vale —le contesta, mirándole entornando los ojos, aún sin entenderle del todo—. Y eso te pone nervioso porque...

—Porque quiero invitarla a salir —dice Kai, sonriendo al suelo, como un bobo.

—Espera... Estoy confundido y no sé si es cosa de mi enfermedad o que estoy muy mayor para entender a la gente joven... ¿Sarah y tú no estáis saliendo ya? O sea... ¿No tenéis algo parecido a una relación? ¿Anoche no pasaste la noche en su casa?

—Sí. Pero tú lo has dicho, tenemos «algo parecido» a una relación. —Kai entrecomilla sus palabras para darles más énfasis—. Y, a partir de ahora, quiero que tengamos una relación. No algo parecido, si no una de verdad.

Donovan pone una mano en la cabeza de su hijo, y le mira con orgullo. Desde que conoció a Sarah, supo que sería ideal para su hijo. Estaba claro que sentían atracción mutua, pero nunca pensó que ella obrara el milagro tan pronto. Le acerca hasta él y Kai apoya la cabeza en el hombro de su padre.

—Eso es genial, hijo.

—Gracias, papá...

—Hola...

De repente, escuchan la voz de Sarah a sus espaldas. Kai se pone en pie de un salto, mirándola de arriba abajo, mientras se frota las palmas de las manos contra el pantalón. Donovan se levanta más lentamente y, al ver que su hijo no se decide, es el primero en saludarla.

—Hola, Sarah. —Se acerca y le da un beso en la mejilla.

—Hola, Donovan. ¿Cómo has pasado la noche?

—Muy bien. ¿Y tú?

—Bien también —contesta sonrojándose levemente al ver la cara de complicidad con la que el anciano la mira.

—Eso es bueno...

Donovan se queda callado y mira a su hijo, que sigue plantado en el mismo sitio de antes, respirando aceleradamente, sin dejar de mirarla.

—Hola, Kai —le saluda ella.

—Hola... —contesta mirando fugazmente a su padre.

—Vale, lo pillo. Estaré arriba por si me necesitáis —dice, entrando de nuevo en la casa—. Aunque, ¿a quién quiero engañar? Por supuesto que no me necesitáis ahora mismo...

Cuando se quedan solos, Kai sonríe sin despegar los labios y, sin esperar un segundo más, se abalanza sobre Sarah. Le coge la cara con ambas manos mientras ella se agarra de sus bronceados antebrazos y besa sus labios con delicadeza, saboreando cada centímetro de su boca.

—Joder... —susurra, separándose de ella unos pocos centímetros, marcando entre sus cuerpos una distancia prudencial y necesaria—. Me estoy volviendo un adicto a ti... Hace seis horas escasas que me fui de tu casa y ya te echaba de menos...

—Te fuiste porque quisiste... —le dice entonces ella.

—Bueno, tenía que hacerle el relevo a Connor. Esta noche me tocaba a mí quedarme con el viejo y él me cubrió.

—No me refiero solo a anoche...

Sarah apoya la cabeza en el pecho de Kai y se

agarra de su camiseta con fuerza. Es la oportunidad que él había estado esperando, así que, después de respirar profundamente unas cuantas veces, se atreve a decir:

—Estoy asustado, Sarah. Nunca había sentido la necesidad de estar con alguien a todas horas. Nunca hasta que te conocí. Antes era yo el que decidía hasta dónde llegaba mi relación con las mujeres. Era yo el que decidía cuando acababan. Por eso me voy de tu casa antes de que te despiertes, porque así siento que sigo teniendo el control... Pero la verdad es que no es así. Me estoy engañando porque, aunque me aleje de ti, me sigues controlando. Tienes la capacidad de manejar mi corazón a tu antojo. Eres su dueña. No sé cómo lo haces, pero late más despacio cuando te ve enfadada, sufriendo o llorando, como la otra noche viendo la televisión en tu casa. —Sarah ríe al recordar la cara de susto de Kai al verla llorar y sufrir, sin entender cómo podía ponerse así por una simple película—. Y late desbocado cuando te ve sonreír, me abrazas o me das un beso. Así que, en realidad, me estoy engañando a mí mismo. Me marcho cuando no quiero hacerlo. Quiero quedarme y seguir siendo un títere en tus manos.

—Pues no te separes de mi lado, nunca más. No más tonterías. Me da igual si somos diferentes. Te necesito a ti, con tus virtudes y defectos. Solo espero que tú me aceptes a mí. Te advierto que tampoco soy un derroche de virtudes...

Kai la estrecha con fuerza entre sus brazos, y apoya los labios en su frente.

—¿Recuerdas aquella noche, cuando te llame asustada porque Vicky no volvía a casa y la trajiste? —Sarah se separa levemente de Kai, dejando al descubierto sus ojos bañados en lágrimas, que él intenta secar con sus dedos—. Me dijiste algo así como «esto es lo que soy y esto es lo que hay». Pues bien, te acepto y te quiero tal cual eres.

—En mi otra vida debí hacer algo jodidamente bueno... —susurra de forma casi inaudible mientras la vuelve a estrechar con fuerza entre sus brazos.

—¿Qué dices?

—Nada... Bueno, en realidad, sí hay algo que quería preguntarte...

—¿El qué?

Kai la agarra de ambos brazos y, sin soltarla, mirándola fijamente a los ojos, le pregunta:

—Sarah, ¿quieres salir conmigo?

—Vamos a ver que yo lo entienda todo... Lleváis saliendo un tiempo, pasas más tiempo en mi casa que en la tuya, pero, aun así, ¿vais a hacer ver que hoy es vuestra primera cita...?

—Eso es —contesta Kai, emocionado, sonriendo como un adolescente—. Es algo así como nuestra primera cita normal, de las de verdad. ¿Lo entiendes?

—No. Pero da igual.

Kai, siguiendo los consejos de sus hermanos, se ha puesto una camisa. De hecho, se la ha tenido que pedir prestada a Connor, porque en su armario no hay otra cosa que camisetas y vaqueros.

Es un cambio tan sustancial, que no ha pasado desapercibido para Vicky, que le mira de arriba abajo, con descaro.

—¿Qué te parece?

—Pues me parece que no pareces tú —contesta ella enseguida, con total sinceridad.

—Gracias... supongo. Porque es un cumplido, ¿no?

—Bueno... Sí y no... Estás guapo, eso seguro, pero... Es que no pareces tú y a mi madre le gustas tú.

—Entonces, ¿lo de llevarla a un restaurante de esos pijos...?

—¿Vas a llevarla a un restaurante fino? ¿En serio? ¿Y luego, qué? ¿A la ópera?

—Eh... Bueno... Quería hacer algo diferente con ella, hacerla sentir especial...

—Yo creo que ya la haces sentir especial. Mi madre está de mejor humor y sonríe mucho más desde que está contigo. En realidad, nunca la había visto tan feliz. Y eso lo ha conseguido el Kai que viste con vaqueros y una simple camiseta negra. Ese que a veces llega a casa con toda la cara magullada y los nudillos morados y ensangrentados. No lo ha conseguido un tipo trajeado que frecuenta restaurantes a más de cien dólares el cubierto. Si haces cosas muy diferentes, no parecerá que está contigo, y ella te ha elegido a ti.

Kai lo piensa durante unos segundos, y entonces, llevado por un impulso, se arremanga las mangas de la camisa hasta los codos y se desabrocha un par de botones del cuello, dejando que se vea la camiseta negra que lleva debajo. Abre los brazos para pedirle su opinión a Vicky, que asiente con una sonrisa, y luego se mete las manos en los bolsillos de los vaqueros, satisfecho.

En ese momento, se escuchan los pasos de Sarah descendiendo por la escalera. Kai se da la vuelta y le hace un repaso exhaustivo de arriba abajo. Lleva una camisa entallada con algunos botones desabrochados, los justos para dejar entrever su canalillo, unos pantalones negros muy ajustados y unas botas de tacón. Se ha puesto las lentillas, se ha dejado el pelo suelto en lugar del recogido cómodo que suele llevar, y lleva en las manos un pequeño bolso y un pañuelo para anudarse al cuello en caso de que refresque.

—Lista —le informa, sonriendo de oreja a oreja—. Cuando quieras...

Pasados unos segundos en los que él ni reacciona, Vicky le da un beso a su madre en la mejilla y, antes de dejarles solos, se acerca a Kai y le susurra al oído:

—Me parece que ahora deberías decir: «¡caray, qué guapa estás!» o algo por el estilo...

—Esto... Eh... Sí... —balbucea Kai muy nervioso, rascándose la nuca y moviendo la cabeza de un lado a otro, como si acabara de despertar de un sueño, para diversión de las dos.

—Definitivamente, eres tú mismo... —dice Vicky antes de darle un beso en la mejilla también a él.

—Llámame si pasa cualquier cosa. Lo que sea, no me importa —le pide Sarah, abrazándola de nuevo, como si no la fuera a ver en mucho tiempo.

—Vale, mamá.

—Te he dejado el dinero para la pizza en la cocina.

—Perfecto.

—¿A qué hora viene Alex? ¿Seguro que Alex es una chica, verdad?

—Debe de estar al caer... Y sí, es una chica. ¿Quieres quedarte y lo compruebas por ti misma?

—No, me fío de ti... Pero no hagáis tonterías.

—Vale... —contesta Vicky mientras ve como Kai, situado detrás de su madre, se apoya contra el respaldo del sofá, resoplando resignado y poniendo los ojos en blanco.

—No os acostéis muy tarde...

—Vale, mamá... —suspira mientras Kai gesticula para indicarle que no haga ni caso de su madre.

—Nosotros no volveremos tarde —añade Sarah, provocando que él abra mucho los ojos y la boca mientras se cruza de brazos, algo contrariado.

Vicky no puede evitar reír a carcajadas, así que enseguida Sarah se da la vuelta y pilla a Kai gesticulando.

—¿Se puede saber qué haces? —le pregunta, algo mosqueada.

—¿Tan poca fe tienes en mí?

—¿Cómo? No te entiendo...

—¿Volveremos pronto a casa?

—Bueno... Es una manera de hablar... Ya me entiendes.

—O sea, que vamos a volver tarde —insiste Kai.

—Bueno... Sí... Supongo...

—O sea, que me estabas mintiendo —interviene Vicky.

—¡No! O sea... No era mi intención...

—Pues a mí me parece que sí... —interviene Kai mientras Vicky se acerca a él y le choca los cinco.

—Vale, esto no me gusta. No sé si me interesa que os llevéis tan bien —comenta Sarah arrugando los labios mientras les señala a ambos con el dedo—. Lo dicho, no hagas locuras y utiliza la cabeza. Y sí, volveremos tarde o, depende de cómo se porte este, a lo mejor ya ni vuelvo hasta mañana por la mañana...

—Eso me gusta más. —Ríe Vicky, abrazando a su madre.

—A mí también, para qué negarlo —añade Kai, recibiendo un manotazo de Sarah.

Sarah camina frente a él, de un lado a otro, mirando los carteles de la películas que se proyectan en el cine esa semana, intentando decidirse por cuál ver. Mientras, Kai la observa apoyado en un parquímetro, con las manos en los bolsillos y los pies cruzados por delante de él.
—¿A ti cuál te apetece más? —le pregunta Sarah.
—Ya te he dicho que me da igual.
—¡No puede ser verdad! Es imposible que prefieras ver esta romántica, a la de los coches estos que sacan fuego por el tubo de escape, o a esta de miedo...
—Me da igual, en serio. Porque en los tres casos, voy a estar contigo. Estoy teniendo una cita con la mujer más increíble del mundo, así que créeme si te digo que la película que veamos me es completamente indiferente.
—Ooh... Kai... —dice ella juntando las dos manos delante de su boca mientras camina hacia él y se apoya en su pecho, dejando que le rodee la cintura con los brazos—. Nunca pensé que serías capaz de decir algo como eso... Estoy descubriendo una nueva faceta tuya superromántica, y me encanta.
—En cualquiera de los casos, conseguiré lo que quiero. Si vamos a ver la sensiblera romanticona, llorarás y necesitarás que te abrace. Si vamos a ver la de los cochazos, te aburrirás, apoyarás tu hombro en el mío y quizá decidas centrar tu atención en mi entrepierna —dice moviendo las cejas arriba y abajo, ante el estupor de Sarah, que no puede creer lo que oye—.

Y si vamos a ver la de miedo, estarás tan asustada que hundirás la cabeza en mi pecho para no ver la película.

—¡Pero serás...! —le reprocha Sarah mientras le golpea. Kai la esquiva riendo a carcajadas, hasta que le consigue inmovilizar los brazos a la espalda—. ¡Capullo!

—Vale... Vale... Lo acepto... Lo soy. Pero soy tu capullo. ¿Recuerdas? Esto es lo que soy, esto es lo que hay...

Poco a poco, Kai afloja el agarre y suelta las manos de Sarah. Al principio, ella está tentada en golpearle de nuevo y alza los brazos para hacerlo, pero, finalmente, se lo piensa mejor y acaba por apoyarlas con suavidad en el pecho de él, negando a la vez con la cabeza.

—Vamos —dice, cogiéndole la cara y obligándola a que le mire—, confiésalo. Si no dijera este tipo de cosas, te gustaría menos.

—Te lo has ganado, película romántica al canto.

—Está bien —contesta encogiéndose de hombros mientras Sarah tira de él hacia las taquillas.

—Dos entradas para la sala uno, por favor.

—Lo siento, señora, pero el aforo está completo para esa película —le informa el taquillero.

—Oooh, qué pena... —se mofa Kai a su espalda mientras ella se da la vuelta de golpe y le mira enfadada.

—No cantes victoria, que aún puedo salirme con la mía —le amenaza con un dedo en alto, justo antes de volver a girarse—. Vale, pues dos para la sala tres.

—¿En serio piensas salirte con la tuya viendo una película de miedo? Estoy ansioso por ver cómo lo haces...

Obliga a Kai a comprarle el paquete más grande de palomitas y el refresco de un litro y, aún enfadada, entra decidida en la sala. Parece que no son muchos los que están dispuestos a pasar una tarde de sobresaltos ya que, al apagarse las luces, hay poco más de diez personas sentadas. Al principio de la película, Sarah parece aguantar estoicamente sin saltar de la butaca, e incluso parece muy atenta a la trama. Kai, por si acaso, no deja de mirarla de reojo. La conoce lo suficiente como para saber que será incapaz de no gritar o sobresaltarse, al igual que es incapaz de no sonreír y ladear la cabeza si ve un vídeo de gatitos en YouTube, o de no llorar al escuchar la canción *Vesti la giubba* de una de sus óperas favoritas.

Pasados unos veinte minutos, Sarah da el primer bote en su butaca, haciendo volar algunas de las palomitas de dentro del cartucho de cartón.

Cinco segundos después, grita cuando, de forma totalmente predecible según la opinión de Kai, el asesino aparece de repente en el plano.

Diez minutos después, les está hablando a los protagonistas, como si estos pudieran oírla.

—Por el amor de Dios... No os separéis... Es de manual... No separarse, no bajar al sótano, y no ser rubia, porque si eres rubia, mueres seguro —dice en voz baja, acercando la cabeza al hombro de Kai, mientras este ríe, asintiendo con la cabeza—. Oh mierda... No me han hecho caso... Van a morir...

En cuanto ve cómo dos de los protagonistas bajan las escaleras del manicomio abandonado, se tapa los ojos con ambas manos.

—¿Qué haces? —le pregunta Kai con malicia.

—Algo malo va a pasar...

—¿No me digas? Cualquiera lo diría. ¿Quién va a pensar que va a pasar algo malo con un asesino despiadado que se ha escapado de la cárcel y se esconde en un manicomio abandonado que, oh casualidad, deciden visitar un grupo de adolescentes en la noche de Halloween? Es algo totalmente inesperado...

Sarah, atenta al discurso de Kai, deja sus ojos al descubierto el tiempo suficiente para ver cómo el malo de la película le clava un cuchillo al guapo y popular del grupo, el capitán del equipo de fútbol. Suelta un grito y se tapa los ojos al instante para no ver cómo el asesino se ensaña con el tipo.

—Avísame cuando acabe la escena —le pide a Kai.

—Aún no... Aún no... Ya.

En cuanto Sarah le hace caso, mira la pantalla y ve cómo el tipo no solo no ha dejado de apuñalar al chico, sino que además, ahora, le está arrancando la piel a tiras, usando el mismo cuchillo.

—¡Serás gilipollas! —grita al tiempo que se vuelve a tapar los ojos, golpeando el hombro de Kai con el suyo, mientras él ríe a carcajadas.

—¡Oye! ¡¿Qué son esas palabras?! ¡Te estás convirtiendo en una pandillera!

—Tengo de quién aprender.

—Shhhh... —alguien les llama la atención desde unas filas más atrás.

—¿Lo ves? Ya la estás liando —la acusa él, justo antes de levantar un brazo y hacerle un gesto con la cabeza—. Anda, ven aquí. Yo te protejo...

—Sigo diciendo que estás buenísimo.

—Lo sé. Aunque ahora empiezo a dudar de que haya sido buena idea traerte aquí.

—¿Por qué?

—Porque tengo una mente sucia... —dice acercando su cara a la de ella, susurrando en voz baja—. Y verte chupar así los huesos de ese pollo que se ha atrevido a llamarse como yo, me está ocasionando algunos problemas en cierta parte de mi cuerpo. Es más, estoy tentado en pagar la cuenta y largarnos cuanto antes para que puedas chupar precisamente esa parte de mi cuerpo tan necesita de cariño ahora mismo.

—¡Ni lo sueñes!

—¿Que ni sueñe el qué? ¿Que me la vayas a chupar? Qué desilusión...

—Que me vaya a ir de aquí sin acabarme mi Kaeng Kari Kai.

—Vale, entonces sigue en pie lo de chupar...

—¿Quién sabe? Pórtate bien y lo podemos negociar luego... —contesta, guiñándole un ojo.

Kai la mira embobado mientras ella ríe a carcajadas. Se lleva la botella de cerveza a los labios, aún maravillado por la enorme suerte que tiene. Ella no es consciente de ello, pero cada gesto que hace resulta de lo más sexy. Así, cuando se coloca el pelo detrás de la oreja, acariciándolo lentamente con las yemas, o cuando se muerde el labio inferior con delicadeza, consigue que para él, todo lo que no sea ella, deje de existir.

—¿Hola...? ¿Me estás escuchando o estoy hablando sola? —le llama Sarah la atención al cabo de un tiempo que Kai no es capaz de precisar.

—Solo te estaba... mirando —confiesa, tragando saliva.

—Vale, venga, estoy lista. Suéltame la guarrada de turno que viene a continuación.

—No... No hay nada más —contesta Kai, sonriendo con timidez—. Es todo lo que estaba haciendo... Mirarte embobado.

—Ah, pues... vale...

—Soy feliz, ¿sabes, Sarah? Muy feliz. Estúpidamente feliz. Jodidamente feliz. —Kai agacha la cabeza y traga saliva con dificultad. Ella, al notar su creciente nerviosismo, apoya una mano encima de la suya y la aprieta para hacerle saber que está allí con él—. Sarah... Quiero decirte una cosa y no sé cómo hacerlo...

—Vale... —contesta ella, algo extrañada.

—Es algo que no le he dicho nunca antes a nadie...

—Me estás asustando...

—Créeme, yo lo estoy más... —Kai respira profundamente varias veces, antes de levantar la cabeza y atreverse a seguir hablando—. Verás, esta cita tiene un propósito. Quiero estar contigo. Sé que soy un puto desastre y que no tengo nada que ofrecerte...

—Kai, ya hemos hablado de esto...

—Déjame acabar —la corta él—. Quiero... ser mejor persona. Tú haces que quiera ser mejor persona. Quiero tener planes de futuro, hacer algo con mi vida, y no quería nada de eso cuando tú no estabas en mi vida. Quiero decirte algo que no le he dicho nunca antes a nadie porque tenía miedo de hacerlo.

—¿Miedo...? Kai, cariño... ¿Miedo de qué?

—De que me hicieran daño. De quedar como un pardillo. De amar sin ser correspondido. De querer a alguien, incondicionalmente, y quedarme solo de nuevo. Sarah, yo... te quiero. Te quiero. Te quiero. Te quiero —repite una y otra vez, subiendo el tono de voz poco a poco.

—Kai... —solloza Sarah, muy emocionada.

—Espera —la vuelve a interrumpir, posando dos dedos en los labios de ella—. Hace unos cuantos años, perdí a dos personas muy importantes en mi vida. Vi morir a mi madre, y yo estaba tan enfadado con ella por dejarme, que no me acerqué para decirle que la quería y que nunca la olvidaría... Años más tarde conocí a una chica... Algo así como una versión adolescente de ti. Y me dejó porque, aunque nos lo pasábamos bien juntos, ella necesitaba a alguien a su lado que la hiciera sentir amada. Ella necesitaba algo más de compromiso por mi parte. A ninguna de las dos se lo dije nunca, y no quiero que eso me pase contigo...

—Yo ya sé que me quieres...

—Pero necesito que me oigas decírtelo. No quiero quedarme con las ganas de repetírtelo una y otra vez porque necesito que no lo olvides nunca, ni por un segundo en tu vida.

Las lágrimas brotan de los ojos de Sarah sin descanso, pero son lágrimas de felicidad, y Kai lo sabe, porque a la vez sonríe abiertamente. Esa es la Sarah que él conoce y a la que ama. Esa que puede reír de felicidad o llorar de tristeza, o ambas cosas a la vez.

—¿Nos vamos a volver a convertir en una de esas parejas empalagosas? —le pregunta Sarah mientras él la mece suavemente de un lado a otro.

—Ni hablar —contesta él, negando con la cabeza.

—Vale, pero repítemelo otra vez.

—Te... quiero... —susurra en su oído, justo antes de alargar su brazo, pasarlo por encima de su cabeza, obligándola a dar una vuelta de 180 grados para colocarse a su espalda. Sarah ladea la cabeza, dejando su cuello expuesto, mientras Kai besa su hombro.

—Aunque creo que me podría acostumbrar a esto...

—¿A que te bese? ¿A que te lleve al cine y te asuste a mi antojo? ¿A que te lleve a cenar por ahí?

—No. A que estés a mi lado para hacer todo eso siempre que queramos... —contesta ella, dándose la vuelta lentamente.

Entrelazan los dedos de las manos, con los brazos estirados, dejando algo de distancia entre ambos, y se miran embelesados, sonriendo tímidamente, sin despegar los labios. Cuando se acerca a Kai, Sarah acaricia con dulzura su cara y recorre su labio inferior con el pulgar.

—Eres preciosa —dice Kai justo antes de besarla.

—Kai O'Sullivan, se está convirtiendo usted en un blandengue sentimental.

—Bueno, digamos que así compensamos un poquito más la balanza. Yo me estoy volviendo un blando y tú una pandillera.

—Vale, tú tranquilo, que yo te defiendo de cualquier guarra que se quiera acercar a ti —comenta Sarah, apoyando los puños en los costados—. Que no te pienses que no me he fijado, pero hay algunas que te miran como si te estuvieran desnudando con los ojos.

—¡Anda ya! ¿Quién?

—Esa de allí, por ejemplo —dice, señalando con la cabeza hacia un lateral de la pista, hacia un grupo de chicas.

—La verdad es que me suena su cara...

—¡¿No me fastidies que te has acostado con ella?!

—No sé... Solo me resulta familiar... —se excusa Kai.

—Pues ya me dirás tú si no de qué te suena... No será de habértela cruzado en la biblioteca...

—No me digas que estás celosa...

—¿Celosa, yo? ¿De ese montón de silicona con patas? ¡Ya, claro!

—Vale, vale. Lo que tú digas —contesta Kai sonriendo y encogiéndose de hombros a la vez.

—Anda, haz algo de provecho y ve a buscarme una copa, que tengo sed.

Kai le hace una reverencia y se aleja caminando de espaldas, sin perderla de vista hasta que llega a la barra y se ve obligado a darse la vuelta para pedir las copas. Mientras espera a que el camarero le sirva, se gira para mirar a Sarah. Entonces la ve charlando con un tío, se extraña, pero piensa que puede que le conozca de algo. En cuando ve cómo el tipo acerca su cara a la de ella para hablarle al oído, apoyando la mano en la cintura de ella, se empieza a incomodar. Pero cuando ve que Sarah da un paso hacia atrás para alejarse y le busca con la mirada, no necesita más señales y sale disparado hacia allí. De camino, se pone frenético al ver al tío agarrarla de la cintura, a pesar de los intentos de ella por zafarse de su agarre, así que, en cuanto llega a él, sin darle opción a explicarse, le separa agarrándole del hombro y le da un puñetazo en la cara.

Al instante, se forma un corro alrededor de ellos, dejándoles en el centro del mismo. El tipo se lleva una mano al labio y se la mira para comprobar que tiene sangre. Se levanta tambaleándose, con serios problemas para mantener la verticalidad y, arrugando la frente, dice:

—¿Qué cojones haces, tío? —balbucea el tipo, con evidentes signos de embriaguez—. Solo estaba hablando con la tía esta...

—Y tocándola... Y resulta que esa tía, como tú dices, es mi mujer, así que no voy a permitir que hagas ni una cosa ni otra.

—Lo... lo siento, colega. Yo... no lo sabía.

Kai no pierde de vista al tipo, que se aleja con la misma agilidad con la que se ha levantado del suelo, empujando a varias personas a su paso.

—¿Estás bien? —se interesa Kai por Sarah cuando se asegura de que el tipo se ha alejado lo suficiente.

—Ajá... —contesta ella sonriendo.

—¿De qué te ríes?

—¿Soy tu mujer? —le pregunta con timidez, mordiéndose el labio inferior, haciendo enrojecer a Kai, que se frota la nuca nervioso.

—Bueno... No sabía cómo... No sé... Es que...

—Eh, eh, eh... —le corta ella—. Me encanta ser tu mujer. Y ya de paso, te confieso que me encanta verte pegar puñetazos por mí. Me pone muy... —Sarah acerca sus labios a la oreja de Kai y, susurrándole, le confiesa—: cachonda.

—¿A quién dices que quieres que le arree una hostia?

—Esto... ¿y dices que vives aquí?

—Bueno, vivir, lo que se dice vivir, ya no... Desde que estoy contigo, casi no he pisado el apartamento.

—Entonces debes de tener inquilinos, porque hay una pila de platos por fregar y montones de ropa sucia tirada en todos los rincones.

—¿A qué hemos venido? ¿A follar o a hacerme un casting para el *reality* ese de la gente que acumula basura?

—Esa gente está enferma, Kai. Tú, simplemente eres un guarro.

—Deberías estar halagada...

—¿Halagada? ¿En serio? A ver, ilumíname.

—Eres la primera a la que traigo a casa.

—Ah... Genial... Qué honor...

—No te mofes de mí.

—En serio, Kai. Es que no acabo de entender por qué me tengo que sentir halagada...

—Bueno, ya sabes... Es como abrirme del todo a ti. Antes, mis noches siempre acababan en casa de la tía en cuestión, o en mi coche, como mucho. De esa manera, al acabar, o bien salía a hurtadillas de su apartamento, o bien la dejaba en su casa y me largaba. Ahora es... como si no tuviera escapatoria. ¿Me entiendes?

—Aunque parezca extraño, creo que sí. Y debo de estar loca, porque incluso estoy algo emocionada y puede que sí sienta cierto... halago.

—Genial —dice Kai.

Se acerca a ella y empieza a besarla con rudeza, agarrándola del pelo de la nuca, demostrando su sentido de la posesión. Camina hacia el dormitorio, obligándola a ella a caminar de espaldas. Entonces, cuando sus piernas tocan la cama y él la recuesta en ella, algo se clava en su espalda.

—¡Ah, mierda! ¿Qué me estoy clavando?

—¿Eh? —pregunta él, metiendo la mano entre la espalda de ella y el colchón, sacando un objeto metálico—. Ah, es un tenedor.

Lo lanza hacia atrás, sin mirar donde cae, y sin darle más importancia, vuelve a besarla hasta que ella le aparta.

—¿Ah, un tenedor? ¿Sin más? ¿Y te quedas tan tranquilo?

—Bueno... Alguna vez he comido en la cama...

—¿Y no pensaste en lavar el cubierto...?

—Parece que no...

—¿Cuántas veces lo has hecho? ¿Varias? —pregunta, mientras Kai asiente dubitativo—. ¿Y has lavado alguna vez los cubiertos? Tu cara lo dice todo. Vale. Nos largamos.

Sarah se levanta y se alisa la camisa, peinándose el pelo con los dedos, comprobando no tener restos de comida en él.

—¿A dónde vamos? ¿Así acaba nuestra cita?

—Ni hablar. Yo quiero follar, pero no quiero clavarme nada en el intento, así que nos vamos a mi casa. Y mañana vendremos y empaquetaremos algunas de tus cosas, quemaremos el resto, y te trasladarás definitivamente a vivir conmigo. Me necesitas.

—¿Me estás pidiendo que vivamos juntos?

—Sí, pero también te estoy salvando la vida.

Y puede apostar a que fue así.

Ella no solo salvó mi vida, si no que le dio un rumbo nuevo. Me convertí en otra persona, aunque sin dejar de ser yo mismo.

Por primera vez en mi vida, le dije en voz alta a alguien que la quería y fue la mejor decisión de mi vida. Ella no salió huyendo, no me abandonó, y yo tampoco me sentí más débil por haberlo confesado en voz alta.

Quiero creer que el destino tuvo mucha culpa de ello. El destino quiso que reservara esas palabras para ella, para mi Sarah, para el verdadero amor de mi vida.

Capítulo 10

Te quiero, Sarah

—¿Estás bien? —le pregunta Kai a Connor sin recibir respuesta—. Podemos sentarnos, si lo prefieres...

Kai le observa, esperando una respuesta que no llega. Lejos de molestarse, le pasa un brazo por encima de los hombros y le agarra la cabeza, apoyándola contra su hombro.

—... fiel esposo y un padre abnegado que supo inculcar a sus tres hijos la fe cristiana...

Escuchan el sermón del reverendo Johnson, sin prestarle ninguna atención a sus palabras.

Connor empieza a respirar de forma pesada, haciendo subir y bajar su pecho con rapidez. Incluso se le escapa una especie de pito del pecho.

—Connor, cariño... Respira... —le pide Sarah con gesto preocupado, poniéndole una mano sobre el pecho.

Evan y Kai le observan atentamente, sin saber qué hacer para ayudarle, hasta que, de repente, milagrosamente, su respiración empieza a acompasarse. Todo él parece haberse relajado de repente, y respiran aliviados.

—¿Estás mejor? —le pregunta Evan al ver la palidez de su rostro.

Connor no responde, ni siquiera moviendo la cabeza. Es incapaz de hacer otra cosa que mirar fijamente a Zoe, que algo apartada del resto de asistentes, a pesar de haber roto, no ha querido dejarles solos en estos momentos tan difíciles.

Es incapaz de escuchar nada, ni la pregunta de su hermano, ni el sermón del reverendo, ni el ruido de las ramas de los árboles al mecerse con el viento. Tampoco puede fijar su atención en nadie más, ni en el cura dando la bendición a todos al finalizar el acto, ni en los operarios del cementerio cuando bajan el féretro al interior del agujero y empiezan a cubrirlo con tierra, ni en los asistentes estrechándoles la mano a él y a sus hermanos, justo antes de alejarse hacia sus respectivos coches. Incluso cuando el agujero ya está tapado completamente y él es el único que sigue inmóvil en el mismo sitio, es incapaz de apartar la vista de ella.

Sarah abraza a Kai, agarrándole de uno de los costados. Besa su mejilla, mientras, de forma cariñosa, acaricia sus mejillas.

—Él está bien.

—¿Crees que debo ir? —le pregunta Kai sin apartar los ojos de Connor, que permanece frente a las tumbas de sus padres, mirando al suelo sin moverse.

—No. Déjale espacio. Además, no está solo —contesta señalando a Zoe con un dedo—. Si se ha atrevido a acercarse, ha sido gracias a ella.

—Zoe está demostrando ser muy buena persona —dice entonces Hayley—. A mí Evan me hace la putada que Con le ha hecho, y pobre de él que se atreva siquiera a mirarme a la cara.

—Es que aún le quiere —interviene Kai, sonriendo abiertamente al recordar el intercambio de mensajes en la nevera del apartamento que compartieron Connor y Zoe hasta que él se acostó con su exnovia.

—Puede, pero no quiere decir que le haya perdonado —afirma Hayley, sin dejar de mirar a su amiga.

—¿No? —preguntan Kai y Evan a la vez, frunciendo el ceño extrañados.

—¡No! —responde Sarah.

—¡Por supuesto que no! —añade Hayley.

Los dos se quedan con la boca abierta, sin saber qué decir. Se encogen de hombros y abren los brazos, totalmente confundidos, incapaces de entender nada.

—¿Os pensáis que es tan fácil perdonar una infidelidad?

—Bueno, no... No, supongo que no, pero ella dice que aún le quiere —balbucea Kai.

—Y no le dejará de querer nunca —prosigue Hayley—. Zoe llevaba esperando toda su vida a un tío como Connor. Él es... perfecto para ella.

—Pero la cagó —interviene Sarah.

Mientras ellos hablan, Kai no pierde de vista a Connor que, reuniendo fuerzas de donde pensaba que no las tenía, empieza a caminar hacia Zoe. Les observa mientras hablan, casi aguantando la respiración, esperando que ella le dé una bofetada en cualquier momento. Pero eso no sucede, y hablan durante unos segundos, hasta que Connor empieza a alejarse de ella, cabizbajo y con lágrimas en los ojos.

Sin mediar palabra, Kai corre tras él, alcanzándole pocos metros más allá. Intenta detenerle agarrándole del brazo, pero él se zafa rápidamente.

—Vete a casa, Kai.

—Pero no puedo dejarte solo... No estás bien.

—¡¿Y tú cómo coño sabes cómo estoy?!

—Llámame perspicaz... —contesta Kai con tono burlón—. Vamos, no seas capullo. Vente a casa con Sarah y conmigo.

—No. Necesito estar solo. Me voy a mi casa.

—Pues me voy contigo. Si quieres podemos tomarnos unas cervezas antes...

—Kai, perdóname si no estoy para celebraciones —le dice Connor, mirándole de reojo, con una expresión de asco y rabia en la cara.

—Pero, Con...

—¡Que te vayas, joder! ¡Olvídame! ¡Déjame en paz! ¡Métete en tu puta vida perfecta que no te mereces!

Kai se queda paralizado de golpe, con la boca abierta, sin saber bien qué responder. Al rato, aún con lágrimas en los ojos, Connor se vuelve a alejar, dejando a su hermano solo. Sarah, alertada por la discusión, llega enseguida hasta él.

—Mi vida...

—¿Hago bien dejándole solo? Él me lo ha pedido... Él me ha dicho que quería irse a casa, solo, pero...

—Kai...

—Pero yo... Tengo que cumplir la promesa que le hice a mi madre, pero...

—Cariño...

—Tiene razón... Él se merece ser más feliz que

nadie, ¿sabes? No... No puedo permitir que le pase esto...

—¡Kai! —le corta Sarah, plantándose frente a él y agarrándole de los antebrazos—. Él se lo ha buscado solito... Él se acostó con Sharon... Tú no le obligaste a ello. Y por supuesto que te mereces ser feliz... Conmigo... Con Vicky... Y con tus hermanos...

Los dos se miran durante un rato, él sopesando sus palabras, ella esperando a que surtan efecto. Kai levanta la vista y ve a su hermano coger un taxi.

—No le puedo dejar solo, aunque él no quiera. Se lo debo a ella... —dice Kai señalando tímidamente al cielo.

—Pues entonces me voy contigo. Se lo debo a él —añade Sarah, señalando a su vez al lugar donde ya descansa Donovan.

—¡Connor! ¡Connor, ábreme! —grita Kai mientras aporrea la puerta del apartamento de su hermano—. ¡Vamos, déjame entrar! ¡Déjame quedarme contigo!

Apoya la oreja en la madera y escucha atentamente. Al rato, al no escuchar ningún ruido, vuelve a insistir unas cuantas veces. Entonces, desesperado, mete la mano en el bolsillo y saca un llavero negro.

—¿Tienes llave del apartamento de tu hermano? —susurra Sarah extrañada, hasta que ve cómo Kai se agacha y mete un par de ganzúas en la cerradura de la puerta—. Mejor no pregunto, ¿verdad?

—Tiendo a perder las llaves, así que me apaño con esto. Tranquila, no lo he hecho nunca en una cerradura que no sea la de mi casa, hasta hoy, y no me han detenido nunca por ello.

Con una facilidad pasmosa, Kai consigue abrir la puerta pocos segundos después.

Enseguida ven a Connor tumbado en el sofá, tapándose los ojos con un brazo, aún con el traje puesto, aunque sin la corbata, y con la camisa por fuera de los pantalones. Alrededor suyo, tiradas sobre la alfombra, hay un par de botellas de cerveza vacías.

—Eh... Connor... —dice Kai con delicadeza, agachándose al lado del sofá.

—Eres como un puto grano en el culo, tío —suelta Connor al escucharle—. ¿Sabes que puedo llamar a la poli para que te arresten por allanamiento?

Al ver que Kai no le contesta, pero tampoco parece moverse, Connor aparta el brazo de su cara y le mira. Permanecen así un rato, hasta que su hermano sonríe.

—¿Tienes otra de esas en la nevera?

—Sírvete tú mismo —contesta, asintiendo con la cabeza.

En ese momento, Sarah se acerca al sofá. Connor la mira y enseguida aparta la mirada, avergonzado.

—Hazme un sitio —le pide ella, dándole unos golpes en el hombro para obligarle a incorporarse.

En cuanto lo hace, Sarah se sienta y luego le hace un gesto para que se vuelva a estirar y apoye la cabeza en su regazo. Kai se acerca a ellos, ya con una cerveza en la mano, y se sienta en el suelo, apoyando la espalda en el sofá, justo al lado de ambos. Permanecen en silencio un buen rato, hasta que escuchan a Connor sorber por la nariz. Entonces Sarah le acaricia el pelo con ternura, mientras Kai se gira para mirarle y apoya la mano en su pecho. Connor mantiene la vista fija en el techo.

—Mi mundo se ha derrumbado a mi alrededor —empieza a decir, casi susurrando—. ¿Sabes ese juego de piezas de madera al que jugábamos de pequeños? Por fin, mi vida era un equilibrio perfecto, tenía un trabajo genial que encima se me daba muy bien, os tenía a vosotros, a papá, y la tenía a ella. Y entonces, cometí una estupidez... Yo mismo quité la pieza, yo mismo provoqué que Zoe saliera de mi vida y todo mi mundo se empezó a tambalear. Y entonces pasó lo de papá... y todas las piezas se han desmoronado...

—Pero puedes volver a encajarlas. La vida te da multitud de oportunidades porque no espera que hagas lo correcto a la primera —dice Sarah con voz dulce.

—¿Sabéis una cosa? —prosigue Connor después de unos segundos—. Justo antes de morir, papá me pidió algo, y fui incapaz de contestarle... ¿Os lo podéis creer? No paro de recrear la escena en mi cabeza una y otra vez, maldiciéndome por no haber contestado a tiempo. Cuando escuché ese puto pitido de la máquina, solo entonces, empecé a gritar como un gilipollas... Te lo prometo, te lo prometo, te lo prometo... Le repetía una y otra vez...

—¿Recuerdas cuando murió mamá? —le pregunta entonces Kai—. Me pidió que me acercara para darle un beso y me negué en redondo. Estaba enfadado con ella por dejarnos. ¿Te puedes creer lo egoísta que fui en ese preciso instante? Y me costó un tiempo, pero al final me convencí de que ella ya sabía que yo la quería, aunque no fuera capaz de demostrárselo en ese momento. Con esto quiero decirte que no todo el mundo reacciona de la misma manera en esos momentos tan complicados, pero ten por seguro que papá no necesitó escucharte para saber tu respuesta.

Connor se incorpora y cabizbajo, se queda en silencio durante un buen rato. Se levanta con dificultad y mira a su alrededor.

—Me voy a acostar... Estoy hecho una mierda... Gracias por... —gesticula con ambas manos, sin ganas de acabar la frase.

—Nos vamos a quedar aquí esta noche —le corta Sarah—, y no hay un pero que valga. Vicky está con su padre.

—Como queráis —claudica, esbozando una sonrisa.

Kai se levanta con él y le sigue, aunque dejándole algo de espacio.

Cuando Connor llega a su dormitorio, se desnuda con lentitud, dejando la ropa tirada por el suelo, hasta quedarse en calzoncillos. Saca una camiseta blanca de manga corta de debajo de la almohada y se la intenta poner con movimientos torpes. En cuanto se estira en la cama y se tapa con el edredón, dándole la espalda a la puerta, Kai se acerca con sigilo y se sienta en el borde. Apoya los codos en las rodillas y se agarra la cabeza, totalmente agotado.

—Kai...

En cuanto escucha su voz, se gira y se encuentra a su hermano mirándole, con gesto compungido. Él le sonríe para intentar animarle, a pesar de las lágrimas que brotan de los ojos de Connor.

—¿Me perdonas?

—No hay nada que perdonar.

—Sí... Lo que te he dicho antes... No iba en serio. Estaba cabreado y... Soy un capullo.

—Eso es algo genético, lo de ser un capullo, digo —contesta mientras los dos sonríen—. Hablo en serio, no hay nada que perdonar.

—Gracias.

—Sé que no te lo he dicho nunca, pero... te quiero mucho, Connor. A los dos... Al empollón también. Pero sabes que tú y yo siempre... bueno, nos hemos entendido muy bien y... bueno... Eso... ¡Di algo, gilipollas! ¡Impide que siga haciendo el ridículo! ¡No te me quedes mirando con esa cara!

—Realmente, ella te ha cambiado, ¿eh?

—¿Cómo va la mudanza? —le pregunta Connor.

—Bien... Supongo... Yo no tenía muchas cosas en casa, y Sarah me ha obligado a quemar muchas...

—Chica lista... —contesta riendo.

—Pero ellas han traído como mil cajas... y aún no sé dónde las voy a meter todas. Llevo dos días distribuyendo cajas por todas las habitaciones porque, no te lo pierdas, han marcado cada caja con lo que hay en su interior y en qué habitación tengo que dejarla.

—Claro, tío. Es lo que se suele hacer...

—¡No jodas! Yo metí toda mi ropa en bolsas de deporte y las lancé dentro del dormitorio principal. Y ahí se acabó mi mudanza.

—Y que aun así, Sarah te siga queriendo... Yo creo que a esta mujer el gobierno debería darle un sueldo por la labor social que hace contigo.

—Gilipollas.
—Mamonazo.
—Que te den por el culo.
—A ti también, y que te guste.

Los dos ríen y luego se quedan callados. A través de la línea telefónica solo se escucha las respiraciones de ambos.

—Te echo de menos, ¿sabes?
—Y yo también...

Kai se rasca la nuca, algo incómodo por el tono que está tomando la conversación. Aunque está haciendo grandes progresos, aún le cuesta hablar abiertamente de sus sentimientos. Sus hermanos saben que daría la vida por ellos y que les quiere de forma incondicional, pero le cuesta expresar sus sentimientos en voz alta. Aún es un novato en estos temas, justo acaba de empezar a abrirse con Sarah, y aún no está preparado para ir mucho más allá.

—¿Y tu nueva vida? —le pregunta para cambiar el tono de la conversación.
—Dura... Muy dura.
—¿Sigues yendo a pescar con ese loco?
—Bueno, si por pescar te refieres a ponerte un chubasquero, tambalearte de proa a popa del barco y aguantar las ganas de potar durante una media de diez horas al día, sí, sigo saliendo a pescar cada día.
—¿Y por qué no pasas de hacerlo?
—Porque de alguna manera tengo que pagar que me hayan acogido en su casa y me den de comer sin pedirme nada a cambio...
—Bueno, ¿no curras cada noche en el pub? Ya lo pagas de esa manera, ¿no?
—Eso lo hago porque necesito mantenerme ocu-

pado, Kai... —le confiesa Connor al cabo de unos segundos.

Kai sabe el motivo. Sabe por qué su hermano necesita mantenerse ocupado a todas las horas del día. Lo sabía cuando descubrió que se marchaba porque no podía soportar quedarse y estar cerca de Zoe sin poder estar con ella, sin poder tocarla ni besarla.

—No puedo dejar de pensar en ella, así que... —vuelve a hablar Connor, al ver que su hermano no dice nada—. Gracias por no decir «te lo dije».

—Te lo dije.

—Cabronazo...

Los dos ríen con desgana, hasta que Connor se atreve a preguntar lo que lleva rato deseando.

—¿Cómo está?

—¿Quién? ¿Sarah? ¿Vicky? ¿Hayley?

—Sabes bien a quién me refiero.

—Y también sé que no quieres pensar en ella, así que intento ayudarte.

—Cuéntame algo de ella.

—¿Eres masoquista o algo por el estilo?

—Lo necesito.

—¿En qué quedamos? ¿Necesitas olvidarte de ella o no puedes vivir sin ella?

—Las dos cosas... Tengo una confusión mental importante... He puesto un océano de por medio para vivir lo más lejos de ella, así que, al menos, esa parte la estoy cumpliendo.

—Porque tú quieres.

—No. Porque ella no me quiere —asegura Connor con rotundidad.

Kai resopla con fuerza, resignado, poniéndose en el lugar de su hermano. Ahora mismo, si Sarah le alejara de su lado, se volvería completamente loco. No sabe si sería capaz de hacer lo mismo que su hermano, cambiar incluso de continente para no verla, pero si lo hiciera, seguro que necesitaría saber que está bien... O que está fatal, lo que querría decir que le echaría de menos.

—¿Quieres la verdad de verdad o la edulcorada?

—Oh, joder... No sé si quiero saber la verdad, en realidad, así que lo dejo a tu elección...

—Empecemos por algo fácil, entonces... Vive en tu apartamento, como le pediste.

—Bien...

—Sarah me dijo que se quedó alucinada de que hubieras hecho eso por ella... Y le costó aceptarlo, pero ella y Hayley ayudaron a convencerla.

—Dale las gracias de mi parte.

—También está en marcha lo de los cuadros...

—¿Llegó a un trato con la pasante de arte? Genial...

—Expone en unas semanas, y está cagada de miedo.

—Pero seguro que logra hacer algo maravilloso... Es muy buena. Buena de verdad. Yo no entiendo mucho de arte, pero sus cuadros transmiten...

—A ti la que te transmite es la autora.

—También, pero sé lo que me digo. Triunfará. ¿Y... está... con alguien?

—Oh, tío... Estás jodido... ¿Maravilloso? Ya hablas como Evan, colega...

—No me has contestado —le corta Connor con seriedad, consciente de que Kai está evitando la respuesta, hecho que solo puede significar una cosa.

—¿Vas a traer acompañante a la boda de Evan?

¿Has conocido a alguien? ¿Por qué no traes a esa chica...? ¿Cómo decías que se llamaba?

—¿Keira?

—¡Eso! ¿Está buena?

—Kai, es nuestra prima.

—Lejana.

—Que viva lejos no significa que nuestro parentesco sea menor...

—Amargado...

—Salido —responde al instante—. Vendré solo. Pero sigues sin responderme... Está saliendo con alguien, ¿verdad?

—Te tengo que dejar, Connor. El deber me llama... —miente para zanjar la conversación—. Estamos en contacto, ¿vale? Avísame si necesitas que te recoja en el aeropuerto.

—Me dijo que vendría... —dice Evan, mirando hacia atrás.

—Podemos esperar un rato más... —le informa el reverendo Bryan.

—Vendrá, seguro —afirma Kai a su vez, asintiendo con la cabeza para darle confianza a su hermano.

—Evan, empecemos y ya llegará, seguro... Pero no podemos demorarlo mucho más... —le dice Hayley.

—Está bien...

La ceremonia empieza con bastante retraso, pero cuando llevan cerca de diez minutos, se ve interrumpida de nuevo, aunque esta vez por la aparición de Connor. Todas las miradas se centran en él y luego en Keira, que se ha sentado rápidamente, algo avergonzada. Connor mira fijamente a Evan, evitando deliberadamente a Zoe en todo momento.

—Siento el retraso —le dice a Evan mientras camina hacia el altar improvisado, metiéndose la camisa por dentro del pantalón y enderezándose la corbata—. Y las pintas... Nos hemos vestido en el taxi...

Evan sale corriendo hacia él y le da un sonoro abrazo.

—No me importa —dice llorando, muy emocionado—. Pensaba que no vendrías.

—No me lo hubiera perdido por nada en el mundo. Estás guapo, tío —dice, separándose de él y sonriendo orgulloso—. Va, no hagamos esperar más a tu futura mujer.

En cuanto llegan al altar, Connor le da un beso en la mejilla a Hayley y se pone al lado de Kai, que le coge por el cuello y le abraza mientras le habla al oído.

—¿Y dices que es nuestra prima de verdad? ¿Has comprobado bien nuestro árbol genealógico? ¿Seguro que es hija de la tía?

—Kai —ríe Connor, agachando la cabeza para disimular—, no empieces...

—Está tremenda, colega.

Sarah le da un codazo en un costado y se pone un dedo delante de los labios para hacerle callar. Kai se inclina hacia ella y susurra en su oreja:

—Solo intento convencer a Connor para que se trinque a su acompañante.

—Calla.

—Decía que está tremenda para él, no para mí.

—Kai, por favor.

—A mí solo me gustas tú.
—O te callas o hago voto de castidad.

—... yo os declaro, marido y mujer. Puedes besar a la novia —dice entonces el reverendo.

Evan y Hayley se besan entre aplausos. Kai les vitorea mientras se sube a la espalda de Connor y Sarah llora desconsoladamente.

—El enano ya nos gana dos bodas a cero, tío —le dice Kai a Connor, zarandeándole por los hombros, hasta que se da cuenta de que no le está prestando atención porque tiene los ojos clavados en Zoe.

Connor sonríe mientras la ve abrazarse con Hayley, y continúa haciéndolo cuando luego besa a Evan para darle la enhorabuena, o incluso cuando Rick se acerca a ella y la hace reír a carcajadas con algún comentario. Luego el tipo ese se acerca a ella y la agarra por la cintura. Ella se gira y, poniendo los brazos alrededor de su cuello, le da un beso en los labios. Al momento, a Connor se le borra la sonrisa de la cara y aprieta los puños a ambos lados del cuerpo.

—Vamos al pub —le dice Kai poniéndose frente a él, en mitad de su trayectoria visual para que no vea a Zoe.

—¿Es su novio?

—¿Quién? ¿Adam?

—¿El tipo que se ha pegado a Zoe como una garrapata se llama Adam? —Kai asiente—. Pues sí, Adam.

—No lo sé... No sé qué son...

—Me lo tendrías que haber dicho —Connor resopla con fuerza, decepcionado.

—¿Para qué? Quería evitar precisamente esto.

—Hubiera estado prevenido.

—No hubiera servido de nada.

—Tengo que hablar con ella. Necesito hacerlo.

—¿Seguro que no le gustas a Keira? Porque, me he estado fijando, y no te ha quitado el ojo de encima en todo el rato.

—Oh, Dios mío... Va a hacerlo... Va a hacerlo... —susurra Sarah muy nerviosa, agarrándose de la camisa de Kai.

Entonces, son testigos de cómo Connor, después de unos minutos charlando con Zoe, pasa un brazo alrededor de su cintura y la besa con toda la delicadeza de la que es capaz.

—¡Sí! —dice, golpeando el pecho de Kai—. Eso es.

—Así no va a conseguir olvidarla nunca... —asegura él.

—¿Es que no te das cuenta de que, por mucho que lo intenten, no son capaces de pasar página?

Pero entonces, el tipo que ha acompañado a Zoe a la boda, vuelve del baño y al ver la escena, se pone frenético.

—¡Apártate de ella! —grita, dándole un fuerte empujón.

En cuanto se separan, Connor la mira con la respiración agitada mientras ella se toca los labios con los dedos.

—¿A ti qué cojones te pasa? —insiste el tipo, volviéndole a empujar—. ¡Aléjate de ella!

—No quiero —contesta Connor mirando fijamente a Zoe y pasando completamente de él.

—¿Perdona? Es que no te he oído bien —insiste el tipo, poniéndose frente a él para impedir que mire a Zoe.

Al ver que no consigue su cometido, y Connor sigue sin hacerle caso, totalmente fuera de sí, le vuelve a empujar. Repite varias veces la acción, haciendo que el resto de gente que llena el local se empiece a fijar en el tumulto que están formando.

—¿Que no quieres qué? —insiste—. No me has contestado.

Connor soporta dos empujones más hasta que, harto, cuando iba a recibir el tercero, le agarra de la camisa y le propina un puñetazo en toda la nariz que le hace tambalearse hacia atrás.

—¡Mamonazo! —dice el tipo, mirándose las palmas de las manos ensangrentadas—. Me has roto la nariz.

La gente se aparta de ellos, alejándose de los problemas con cara de preocupación, mientras Ian, el dueño del pub, mira a Connor y le pide calma con las manos. Kai, en cambio, parece estar disfrutando de lo lindo con la reacción de su hermano, porque sonríe abiertamente.

Entonces, Connor empieza a caminar de nuevo hacia Zoe, pero Adam se vuelve a abalanzar sobre él para detenerle. Ambos caen al suelo, pero enseguida Connor consigue ponerse sobre él y empieza a propinarle puñetazos en la cara sin parar, totalmente fuera de sí.

—¡Connor! ¡Basta!

Al escuchar los gritos de Zoe, Connor reacciona y se levanta de sopetón. Ella se acerca rápidamente a Adam, que se levanta con dificultad mientras se seca la sangre con la manga de la camisa.

—¡¿Te has vuelto loco?! —le grita ella.
—Él empezó... —contesta confundido.
—¡Porque estabas besando a mi chica, gilipollas! —se excusa entonces Adam.

Connor mira a Zoe, pero ella le rehúye la mirada. Ambos saben que no hizo nada para impedir ese beso, y que lo disfrutó tanto como Connor. Él sintió cómo el cuerpo de ella temblaba entre sus brazos y la escuchó jadear.

—Dime que no has sentido nada cuando te he besado, y te juro que te dejo tranquila.
—Para, Connor —le pide ella con lágrimas en los ojos.
—¡Dímelo!
—Por favor, Connor. No lo hagas más difícil...
—¡Dime que no me quieres!
—¡Ya no te quiero! ¡¿Contento?! —grita mientras Connor se queda inmóvil, sin poderse creer sus palabras. Entonces, ella camina hacia él y tal y como hiciera Adam, le empuja repetidas veces mientras él no opone ninguna resistencia—. ¡Vete! ¡Lárgate! ¡No quiero verte más!

—Oh joder... Qué bien... Por fin en casa... —dice Kai desplomándose en el sofá de casa de sus padres, la suya desde hace unas semanas.
—Rick y Keira dicen que Connor ya está en la cama... —les informa Sarah.
—¡Ha sido una boda genial! —dice Vicky, muy animada—. A pesar de todo, quiero decir...
—La verdad es que ha estado bien. Puede que a Connor, el exilio a Irlanda no le haya servido para ol-

vidarse de Zoe, pero sí para sacar su lado pandillero, por fin. ¿Has visto qué derechazo le ha metido a ese mamarracho, Vicky?

Vicky ríe a carcajadas mientras choca los cinco con Kai.

—Sois lo peor. No tenéis en cuenta lo que Connor y Zoe están sufriendo.

—Claro que sí, pero es para quitarle hierro al asunto —comenta Kai.

—Mamá, no nos alegramos de que sufran, aunque tengo que decir que se lo están buscando ellos solos. Nos alegramos de que Connor haya decidido dejar de ser un pelele como fue con Sharon y de que haya intentado luchar por recuperar a Zoe, aunque no le haya salido del todo bien.

—¿Cómo sabes tú cómo se comportó Connor cuando Sharon le abandonó?

—Kai me lo contó —contesta resuelta, señalándole con el dedo.

—Vale, creo que pasáis demasiado tiempo juntos. Me voy a dar una ducha —dice, subiendo las escaleras.

Kai se levanta del sofá y se dirige a la cocina y Vicky coge el mando a distancia de la televisión, justo cuando vuelven a escuchar la voz de Sarah.

—Y tú señorita deberías hacer lo mismo. Y tú, Kai, no deberías beberte esa cerveza que estás a punto de coger de la nevera.

Vicky se incorpora del sofá, haciendo una mueca con la boca. Kai sale de la cocina con la cerveza en la mano y, abriendo los brazos, dice:

—¿Cómo cojones lo hace?

—Acostúmbrate. Tiene un don —le informa Vicky, levantándose del sofá y acercándose a él para darle un beso de buenas noches—. Será mejor que suba antes de que nos descubra hablando de ella a sus espaldas. Buenas noches, Kai.

—Buenas noches, preciosa —contesta abrazándola y dándole un beso en la cabeza.

—Te quiero —dice ella antes de separarse, riendo al comprobar cómo él aún se incomoda y se sonroja cuando se lo dice.

—Te lo pasas en grande conmigo, ¿eh?

En cuanto Vicky llega al piso de arriba y pasa por delante de la puerta del dormitorio de su madre y de Kai, un fuerte ruido llama su atención. Retrocede rápidamente sobre sus pasos y abre la puerta en busca de su madre.

—¿Mamá? —la llama, dirigiéndose hacia el baño, donde encuentra a su madre sentada en la taza del váter y varios frascos de una estantería esparcidos por el suelo a su alrededor.

—Tranquila, cariño, estoy bien.

—¿Qué ha pasado? —pregunta Vicky mirando el suelo.

—Me mareé y, al intentar apoyarme en la estantería, calculé mal y lo tiré todo al suelo. Pero estoy bien.

Vicky coge las manos de su madre y las inspecciona detenidamente. Después de asegurarse de que no tiene ningún rasguño, se agacha y empieza a recogerlo todo.

—Mamá, ¿desde cuándo sufres estos mareos? —le pregunta y, antes de que responda, vuelve a insistir—: Y no intentes mentirme diciéndome que es la primera vez que te pasa, porque he escuchado a Kai preguntándote si habías vuelto a sufrir algún mareo.

—Desde hace unos días...

—¿Y esos mareos tienen algo que ver con el hecho de que hoy no hayas probado ni una gota de alcohol? —Sarah la mira con la boca abierta, totalmente alucinada—. Te he estado observando, mamá.

—¿Cuándo te has convertido en una espía de la Gestapo?

—Aprendí de la mejor —asegura, guiñándole un ojo—. Ahora en serio. Mamá, ¿crees que puedes estar...? Ya sabes... ¿embarazada?

Sarah no contesta, solo se mira las manos y aprieta los labios hasta convertirlos en una fina línea, esbozando una tímida mueca de circunstancias.

—¿Mamá? ¿En serio? —insiste Vicky con una sonrisa en los labios—. ¡Eso sería genial!

—No lo sé, cariño.

—¿No sabes si estás embarazada o no sabes si sería genial?

—Ambas.

—¿Llevas retraso?

—De tres semanas.

—¿Y a qué esperas para hacerte la prueba?

—Es que tengo miedo.

—¿Del resultado? Mamá, no seas tonta. Sería una noticia genial.

—No... De perder a Kai.

—¿Perderle? ¿Crees que Kai te abandonaría si estuvieras embarazada?

—No lo sé —contesta Sarah, peinándose el pelo con las manos de forma compulsiva—. No es algo que entrara en nuestros planes. Ahora que Kai está mirando el local para montar el gimnasio, no sé si es un buen momento...

—Mamá, te estás poniendo excusas. Díselo.
—¿Decirme qué?

Kai entra en el baño y arruga la frente al ver a Sarah sentada en el váter, pálida como el mármol. Se agacha frente a ella y apoya las manos en sus rodillas, mirando a las dos, esperando una explicación.

—Os dejo porque tenéis mucho de lo que hablar —dice, dándole un beso a su madre.

—¿Qué pasa? ¿Qué tienes que decirme?

Sarah suspira y se muerde el labio inferior. Enseguida se le humedecen los ojos y se empieza a frotar las manos la una contra la otra.

—Me estás asustando, Sarah.

—Verás... Antes te he mentido... —empieza a decir mientras Kai arruga la frente, totalmente perdido—. El mareo de esta mañana sí me había pasado antes. De hecho, me pasa bastante a menudo. Cada día, en realidad, desde hace unas tres semanas.

—¿En serio? ¿Y por qué no me habías dicho nada? ¿Quieres que vayamos al médico?

—No hace falta... Creo que sé a qué se deben, porque ya me había pasado una vez, hace años.

—¿Ah, sí?

—Sí, cuando me quedé embarazada de Vicky.

—¿Y qué te tomaste?

—Nada, Kai. Los mareos se me pasaron a los nueve meses.

Ella le observa mientras él procesa las palabras en su cabeza, algo que le lleva varios segundos, hasta que, de repente, pierde el equilibrio y cae de culo al suelo.

—¿Estás...? ¿Estás embarazada?

—No lo sé. Puede ser... —contesta Sarah mientras

las primeras lágrimas asoman en sus ojos—. No me he hecho la prueba, pero tengo los mismos síntomas que cuando me quedé de Vicky y tengo un retraso de tres semanas.

—¿Tienes una prueba de esas para hacerte?

—No...

Kai se pone en pie de un salto y sale corriendo del baño y de la habitación. Sarah, oye cómo baja las escaleras a toda prisa y luego el ruido de la puerta principal al cerrarse de un portazo.

Al cabo de un rato, Vicky entra de nuevo en el baño y, preocupada, le pregunta a su madre:

—¿Qué ha pasado? ¿Se lo has dicho?

—Sí.

—¿Y? ¿Está contento...?

—No lo sé.

—¿A dónde ha ido?

—A comprar una prueba de embarazo... creo. Al menos, eso espero, porque tampoco me lo ha dicho.

—Te he traído un vaso de agua...

—Gracias, cariño.

—Escucha, si por cualquier cosa, Kai no... Que no lo creo porque sé que va a estar encantado, pero, que si no lo estuviera, puedes contar conmigo para lo que necesites. Te quiero ayudar, mamá.

—Lo sé, cariño. Gracias.

Vicky no puede evitar clavar la vista en el vientre de su madre, llegando incluso a quedarse inmóvil.

—Vicky...

—No lo puedo evitar. Me encanta la idea y quiero tenerle ya en mis brazos. Estos meses se me van a hacer eternos.

—Aún no sabemos si estoy embarazada o no...

Justo al acabar la frase, Kai irrumpe en la habitación con la bolsa de una farmacia en la mano. Tiene la frente plagada de gotas sudor, y su pecho sube y baja descontrolado. Saca la caja de la bolsa y se la tiende a Sarah con una mano temblorosa.

—Se supone que tengo que hacer pis encima de esto, y con los dos mirándome fijamente, creo que no voy a ser capaz.

Ambos salen del baño en silencio y Sarah abre la caja y saca la prueba de embarazo. Lee las instrucciones y comprueba que no han cambiado mucho en dieciséis años. Signo positivo, embarazada. Signo negativo, no embarazada.

En cuanto tira de la cadena, Kai asoma la cabeza y se apoya en el marco de la puerta. Sarah le mira con recelo, intentando descifrar lo que se le pasa por la cabeza.

—Tenemos que esperar unos minutos... —susurra, mirando la prueba, que reposa encima del mueble del lavamanos, mientras se seca algunas lágrimas.

Kai la agarra del brazo y la obliga a ponerse en pie. Se acerca a ella y rodea su cintura con un brazo mientras le seca las lágrimas con los dedos de su mano libre.

—¿Por qué lloras? ¿No quieres...?

—Es que esto no estaba planeado y tú...

—¿Yo, qué? —le pregunta, buscando su mirada con insistencia.

Sarah se muerde el labio inferior y gira la cara para mirar de nuevo el trozo de plástico que puede dar un giro radical a sus vidas.

—Sarah, no me has contestado. ¿Yo, qué?

—Tengo miedo de perderte.

—¿Perderme? ¿Por qué?

—Sé que esto no entraba en nuestros planes y que no es el mejor momento... Sé que si sale positivo, no sería la mejor de las noticias y...

—Sarah —la corta Kai, cogiéndola de la cara y obligándola a mirarle a los ojos—. Sería la mejor noticia que pueda imaginar. Quiero que estés embarazada. Quiero ser padre, aunque tengo mis serias dudas de que vaya a ser una buena influencia para él o ella...

Sarah empieza a llorar desconsoladamente, apoyando la frente en el pecho de Kai, agarrando su camiseta con fuerza, mientras él la estrecha entre sus brazos.

—Es más —le dice buscando su mirada de nuevo—, si sale negativo, quiero que lo sigamos intentando. ¿Te parece bien?

—Vale —contesta Sarah, sonriendo por fin.

—No va a hacer falta —asegura entonces Vicky.

Los dos la miran y ella, con una enorme sonrisa en la cara, señala la prueba, que muestra un inequívoco signo positivo.

—¿Eso es un sí? —pregunta Kai cogiendo la prueba.

—Sí —contesta Sarah.

—¿Vamos a ser padres? —pregunta de nuevo, mirándola mientras ella asiente—. ¿Voy a ser padre? ¡Voy a ser padre! Joder... voy a ser padre...

—Enhorabuena a los dos —les dice Vicky—. Os dejo solos... Me parece que necesitáis un tiempo...

Sarah abraza a su hija y luego se gira hacia Kai, que se ha sentado en la taza del váter y está mirando fijamente el trozo de plástico blanco que sostiene entre los dedos. Al rato, cuando ya llevan un rato solos, sorbe por la nariz y la mira con los ojos bañados en lágrimas.

—No puedo creer que confíes en mí lo suficiente como para ser el padre de ese bebé...

—Eh... —susurra ella, agachándose frente a él—. ¿Por qué dices eso?

—Es que yo nunca he sido muy... responsable. Ya lo sabes. Así que, gracias por confiar en mí.

—Ahora mismo, no se me ocurre nadie mejor que tú para desempeñar ese papel.

—No te separes de mí... No nos sueltes —le pide Sarah.

Llevan un rato en la cama estirados, Sarah de costado y Kai pegado a su espalda, abrazándola con fuerza mientras apoya la palma de una mano en el vientre de ella. Acaricia su piel con la yema de los dedos y la besa en el hombro con dulzura.

—Nunca...

—Te amo, Malackay O'Sullivan.

—Y yo.

—Estás muy callado... ¿Tienes miedo?

—¿Por el bebé? —Sarah asiente con la cabeza—. No, porque aunque yo sé que me voy a equivocar a menudo, sé que tú vas a estar ahí para ayudarme...

—¿Entonces?

—Estaba pensando en Connor... Está completamente colgado de Zoe y ella le ha roto el corazón en pedazos... O sea, aunque estuvieran separados, los dos se seguían queriendo y, de alguna manera, lo sabían... Era como si todos supiéramos que iban a volver. Pero esta noche, ella le ha dicho abiertamente que ya no le quiere, y ha sido como la ruptura definitiva.

—¿Y te lo crees? ¿Acaso te piensas que es verdad que no le quiere?

—No lo sé, pero se lo gritó a los cuatro vientos... Si alguna vez me dijeras eso a mí, creo que me harías añicos y no levantaría cabeza nunca más en la vida.

—Exagerado.

—No, para nada. No creo que fuera capaz de vivir alejado de ti.

—No tendrás que comprobarlo, porque eres «mío de mí» —dice mientras Kai sonríe—, y no te pienso dejar escapar nunca.

—Te quiero, Sarah. Y a la listilla de tu hija, también. Y al alienígena que tienes aquí dentro, también.

—¡Oye! ¡No llames así a nuestra lentejita!

—¿Lentejita? A mi niño no le llames como una legumbre.

—Será una niña.

—¡Venga ya! ¿Yo conviviendo con tres mujeres en casa? No me quieres nada... Eres más cruel que Zoe.

—Te quejarás... Con lo mimado que te tenemos...

—No me acuerdo mucho de esos mimos... Pero ahora no me vendría mal un recordatorio...

Sarah se mueve hasta quedarse estirada boca arriba. Entonces Kai se coloca encima de ella, aunque apoyando su peso en los antebrazos, y empieza a besar suavemente la piel de su cuello. En cuanto Sarah abre las piernas, rodea el trasero de Kai con ellas y le aprieta contra su cuerpo. Enseguida puede notar la erección de él apretándose contra su pubis, frotándose arriba y abajo mientras él la sigue besando. Le baja el tirante de la camiseta con una mano y se cuela para amasar uno de sus pechos. En cuanto lo palpa, deja de besarla y se separa de ella varios centímetros, entornando los ojos y arrugando la frente.

—¿Qué pasa? —le pregunta Sarah, algo preocupada.

—¿Están más grandes?

—¿Qué?

—Tus... pechos... —dice señalando con el dedo mientras se le agrandan los ojos.

—Pues sí... Suele pasar...

—¿En serio? ¡Madre mía, cómo me lo voy a pasar!

—Pensaba que te gustaban ya en su estado habitual.

—¡Y me gustan! Pero ahora...

—Yo solo te digo una cosa: disfruta mientras puedas porque, como este embarazo se parezca algo al anterior, en menos de dos meses ni me podrás rozar una teta y me dormiré hasta de pie...

—¿Dos meses has dicho? Pues no perdamos el tiempo.

Kai hunde la cara en el cuello de Sarah, haciéndole cosquillas con la nariz, justo debajo de la oreja. Ella ríe a carcajadas mientras se retuerce bajo el cuerpo de él. Al rato, hipnotizado por el sonido de su risa, se queda quieto, observándola detenidamente.

—Sarah...

—¿Qué?

—Te quiero.

Esas fueron las peores semanas de mi vida y solo fui capaz de sobrevivir a ellas gracias a Sarah. Ella estuvo a mi lado cuando mi padre murió, me apoyó durante el entierro, me ayudó a entender el dolor de mi hermano por la pérdida de Zoe y, no contenta con todo ello, me dio el mejor regalo del mundo: confiar en mí lo suficiente para querer que fuera el padre de su hijo.

Desde ese momento, empecé a entender perfectamente a mi padre... Su preocupación constante por nosotros, su deseo de que hiciéramos algo de provecho con nuestra vida, su temor a que nos metiéramos en líos, sus ganas de vernos felices.

Desde ese preciso instante, mi hijo se convirtió en mi pelea más importante.

Capítulo 11

SOLO SARAH

—Eso es, cariño. Lo estás haciendo fenomenal. Respira —dice Kai, poniendo las manos delante de su pecho y exagerando los movimientos mientras coge aire y lo deja ir con fuerza—. Respira... Coge aire y déjalo ir poco a poco...

—Cielo... Ven... Acércate... —le pide Sarah, resoplando.

Kai la obedece al instante, con una sonrisa dibujada en mitad de una cara plagada de gotas de sudor. Sonrisa que se le borra en cuanto está lo suficientemente cerca de Sarah como para que ella le agarre de la camiseta con excesiva fuerza y, con los ojos inyectados en sangre, el pelo revuelto y los labios hinchados, le amenaza:

—Créeme, capullo, no me olvido de respirar. ¿No puedes hacer algo útil, como por ejemplo, preguntar por qué cojones no hay aire acondicionado en esta sala?

—Esto... ¡Sí! ¡Sí! Pero... ¿estarás bien?

—¡No, Kai, no! ¡No estaré bien! ¡Así que vete!
—Vale... Lo... Lo siento...
—¡Y tanto que lo tienes que sentir! ¡Porque esto es por tu culpa! ¡Por tu culpaaaaaaa! —grita de nuevo cuando vuelve a sufrir una dolorosa contracción.

Kai decide salir cuanto antes porque tiene miedo de que Sarah, a pesar de no estar en condiciones, se ponga en pie y empiece a liarse a puñetazos contra él. Apoya la espalda en la puerta y resopla con fuerza. Es verdad que en esa habitación hace mucho calor, pero están en pleno agosto y la situación de nervios y tensión tampoco debe ayudar a refrescar el ambiente.

Al rato, recorre el pasillo hacia el mostrador de las enfermeras, donde pretende preguntar por el pequeño problema con la temperatura, pero en cuanto pasa por una sala de espera, ve a sus hermanos y a las chicas.

—¡Kai! ¿Cómo está mi madre? —le pregunta Vicky.

—¿Conocéis a algún exorcista? Pues llamadle y que venga urgentemente.

Todos sonríen mientras Kai, agotado, se frota la cara con ambas manos.

—Está bien... —empieza a explicarles—. Solo que muy cansada, pesada por culpa de la enorme barriga, ansiosa por sostener a Niall en brazos, acalorada por el insufrible calor que hace en la sala de dilatación, molesta porque ha visto como llevaban al paritorio a tres mujeres que han llegado después que ella y, sobre todo, muy cabreada conmigo.

—¿Cabreada contigo? —le pregunta Connor, arrugando la frente.

—Sí, al parecer, todo lo que le está sucediendo

ahora mismo, es culpa mía. He salido por patas cuando me ha agarrado de la camiseta y, escupiendo saliva, me gritaba que hiciera algo útil... Me he cagado de miedo, en serio.

—Bueno... Técnicamente, sí es culpa tuya... Tú la dejaste embarazada. Si no lo hubieras hecho, ahora no estaría cansada, ni tendría una barriga tan prominente, por no hablar de sus pies hinchados, ni con el instinto maternal por las nubes, y disfrutando del aire acondicionado en casa. Cabreada contigo, quizá estaría, porque seguro que algo habrías hecho, pero no por haberla dejado encinta.

En cuanto Evan deja de hablar, Hayley y Zoe sonríen, intentando aguantar la carcajada. Vicky le mira sorprendida porque aún no está acostumbrada del todo a su pedantería. Connor y Kai, en cambio, le miran con una mueca de desaprobación en la boca.

—Evan, cállate colega, porque no me estás ayudando...

—Lo siento...

—¿Qué os ha dicho el médico? —le pregunta Zoe, abrazando a Connor por la cintura.

Kai no puede evitar sonreír al verles por fin juntos. Así es como debería haber sido siempre.

—Que va para largo... Que Niall es un bebé bastante grande y que tenemos que tener paciencia... Mirad, voy a hablar con alguna enfermera para ver si pueden hacer algo con el calor que hace en la sala de dilatación... —dice frotándose la frente con los dedos—. Me sabe mal que esperéis aquí durante no se sabe cuánto...

—Ni si te ocurra pedirnos que nos vayamos porque no lo vamos a hacer —le corta Hayley.

—Como veáis... —contesta Kai, resignado—. Si queréis ir a cenar, hacedlo. Yo os llamo si cambia la situación. Vicky, ¿te vas con ellos?

—Vale... —contesta ella acercándose a él y abrazándole, apoyando la frente en su pecho—. Cuida mucho de mamá y de Niall, ¿de acuerdo?

—Descuida, lo haré.

—A pesar de que te grite.

—Sí... A pesar de todo eso... —contesta.

—Id tirando, que ahora os alcanzo —dice Connor, justo antes de besar a Zoe con dulzura, sonriendo de felicidad. Sonrisa que permanece en su cara cuando todos caminan hacia la salida.

—Marica... —le dice Kai en cuanto Connor se gira para mirarle.

—Lo admito, estoy perdido. Haría lo que fuera por ella.

—Me alegro mucho por vosotros —afirma, pasando el brazo por encima de los hombros de su hermano—. Juntos es como tenéis que estar. Lo supe desde la primera noche que la conocimos.

—Mentira. Esa noche te la hubieras tirado si se te hubiera puesto a tiro.

—Lo reconozco, las contestonas como ella me ponen mucho. Me ponían. Pero en cuanto os vi juntos, y cómo os mirabais... No sé si me explico.

—Te entiendo. Es lo mismo que noté yo cuando vi tu cara de pardillo el primer día que viste a Sarah...

—Sí... —Ríe Kai—. Pues tendrías que haber visto la cara de absoluto pavor cuando la miraba hace unos minutos.

—Bueno, piensa que ya queda menos —comenta

Connor mientras empiezan a caminar hacia el mostrador de las enfermeras.

—Pues se me va a hacer eterno... Se ve que está dilatada de siete centímetros y debería estar de diez o así... Yo qué sé...

—¡Coño! ¿Con diez centímetros ya tienen bastante? ¡La hostia! ¿Cómo va a salir una cosa así, por un hueco así? —pregunta Connor moviendo las manos mientras pone una mueca de asco.

—Yo que sé... Para mí, incluso treinta centímetros me parecen pocos, pero si el médico dice que diez, pues diez. Cuanto antes acabemos con todo esto, mejor.

—¿Y tú vas a estar ahí para verlo todo? ¿Con toda esa sangre y... esa cosa asomando por... allí abajo?

Kai golpea el hombro de su hermano para reprocharle su comentario.

—Esa cosa es mi hijo, capullo. Y sí, haré lo que pueda, aunque reconozco que no es que me entusiasme la idea...

—No me extraña... Por Dios, qué asco...

—Ya me lo dirás cuando te toque a ti... Tú mismo lo has dicho antes... Harías lo que fuera por ella.

—Uy, qué va... No creo que nosotros... Bueno, no lo hemos hablado nunca, pero no veo a Zoe por la labor...

—Ya, bueno... Ya me lo dirás —afirma Kai, justo antes de apoyarse en el mostrador de las enfermeras y ponerse a hablar con una de ellas.

Kai se acerca a la cama de Sarah con sigilo. Tiene los ojos cerrados y ha recuperado el color de su cara, incluso su expresión es mucho más relajada. En cuanto llega hasta ella, se sienta en la silla y coloca con cuidado una mano encima de la suya. Exhala el aire que sin darse cuenta retenía en los pulmones y entonces se atreve a acariciarle la cabeza y a apartarle el pelo de la frente. Mira fijamente la enorme barriga, como si de ese modo pudiera enviarle señales a su hijo. Cuando lleva un rato así, Sarah se remueve incómoda y abre los ojos.

—Hola... —la saluda él con una sonrisa llena de ternura.

—Hola. ¿Ha habido suerte con el tema del aire acondicionado?

—Me temo que no —contesta él con algo de miedo—. En esta planta está estropeado. Los técnicos están en ello...

Sarah chasquea la lengua y mira al techo, pero ni mucho menos se pone como antes, cosa que Kai agradece mentalmente.

—Siento lo de antes —se excusa ella, como si estuviera leyéndole el pensamiento.

—No pasa nada.

—Es que estoy muy cansada...

—Lo sé, tranquila.

—Y quiero que salga ya. ¿Me oyes, huevón? ¡Sal ya!

—En el fondo, no le culpo... A mí también me encanta estar dentro de ti y no querría salir nunca...

—Idiota. —Sarah sonríe mientras niega con la cabeza, poniendo los ojos en blanco, hasta que de repente, aprieta con fuerza la mano de Kai, que se pone en pie de un salto, alertado por el cambio radical que acaba de sufrir ella—. ¡Oh, jodeeeeeeeeeeeeeeeeer!

—¡¿Qué?! ¡¿Estás bien?! ¡No, no, ya sé que no! ¡Soy un capullo! Lo siento, lo siento, lo siento.

—¡Deja de sentirlo tanto y haz algo! ¡Llama a un médico!

Kai consigue soltarse del agarre con mucho esfuerzo y abre la puerta de la sala. Mira a un lado y a otro del pasillo, esperando que aparezca alguna enfermera, aunque sea alertada por los gritos de Sarah. Cuando al final aparece una doctora, Kai respira de alivio.

—Vamos a ver cómo va la cosa —dice ella mientras se pone un guante de látex y se coloca entre las piernas de Sarah.

A Kai la escena le sigue pareciendo de lo más extraña, aunque da gracias al cielo de que Sarah haya elegido a una ginecóloga y no a un hombre para este momento. Aún le resultaría más incómodo si un tío metiera la cabeza entre las piernas de su mujer.

—Por favor, doctora... Dígame que ya estoy lista... No puedo aguantar mucho más... —le implora Sarah.

Cuando la doctora saca la cabeza y les mira, se encuentra también con la mirada suplicante de Kai, que no sabe si podrá soportar el mal humor de Sarah durante mucho tiempo más.

—Bueno, pues tengo buenas noticias para ti. Estás dilatada de once centímetros ya, así que nos vamos para quirófano.

—¡Oh, por Dios! ¡Menos mal! —resopla Sarah, visiblemente aliviada.

—Kai, ¿quieres estar presente?

Tanto los ojos de la doctora como los de Sarah

se clavan en él, mientras las palabras de su hermano rebotan por su cabeza.

—Por supuesto —responde con mucha más confianza de la que en realidad siente.

—Perfecto. Pues acompáñanos.

Después de avisar a todos de que ha llegado el momento, Kai acompaña a una enfermera a un vestuario donde tiene que ponerse una bata y un gorro de color verde. Luego le hacen pasar al quirófano, en el que ya está Sarah, rodeada de un montón de máquinas que controlan sus constantes vitales y las de su bebé.

—Bienvenido, Kai —le saluda la doctora—. Puedes ponerte a su lado, aunque si llegado el momento, quieres acercarte a mirar, no dudes en hacerlo, ¿vale?

—Eh... Sí... Vale...

Camina hasta colocarse al lado de Sarah y, en cuanto le ve la cara de asustada, a él se le esfuman todos los miedos. Se agacha para darle un beso y, mientras le acaricia la mejilla, le susurra:

—Eh... Tranquila, ¿vale? Sé que lo vas a hacer genial.

—Estoy algo asustada. Con Vicky fue todo mucho más fácil, pero Niall es un bebé grande.

—¿Acaso lo dudabas? —responde moviendo las cejas arriba y abajo mientras ella no puede evitar sonreír—. Esa sonrisa me gusta mucho más. Y sé que lo vas a hacer genial. Y no me voy a separar de vosotros ni un centímetro.

—¿Aunque te insulte?

—Y aunque intentes arrancarme la mano.

—De acuerdo Sarah —interviene entonces la doctora—. Respira profundamente y, cuando yo te diga, empieza a empujar con todas tus fuerzas.

Sarah aprieta la mano de Kai y le mira casi al borde de las lágrimas. Él le sonríe y le guiña un ojo y entonces obra el milagro y logra que se le escape la risa.

—Te quiero.

—Y yo —solloza ella—. Muchísimo.

—Coge aire, Sarah —dice la doctora—. ¡Y empuja ahora!

Sarah se contrae debido al esfuerzo y aprieta los dientes con fuerza. Aprieta la mano de Kai como si quisiera hacerle añicos los huesos y entonces, cuando no puede más, se deja caer de nuevo en la camilla.

—Muy bien, Sarah. Lo estás haciendo genial. Otro empujón más.

Ella le obedece pocos segundos después. Kai no puede hacer otra cosa que mirarla hipnotizado, admirando su fuerza y su capacidad de sufrimiento y entonces, movido por el instinto, acerca la boca al oído de ella y empieza a susurrarle como si solo estuvieran los dos en la sala.

—Eres increíble, mi vida. Eres lo mejor que me ha pasado en la vida, ¿vale? No lo olvides nunca, por favor. Lo estás haciendo genial... Vamos... Yo sé que tú puedes...

—Ya asoma la cabeza, Sarah —le informa entonces la doctora—. Kai, ¿quieres ver nacer a tu hijo?

Él abre mucho los ojos y mira a Sarah, que a pesar del esfuerzo, le sonríe mordiéndose el labio inferior. Entonces Kai se acerca al otro lado de la sábana y cuando mira, se queda alucinado por el espectáculo.

—Eso es... —prosigue la doctora mientras la cabeza de Niall asoma por completo—. Ahora un empujoncito más y sacamos los hombros. Vamos, cielo, que lo estás haciendo de maravilla.

En cuanto ella empuja, los hombros salen y empiezan a asomar los bracitos. Kai mira a Sarah a la cara, se encuentra con sus ojos, y se da cuenta de que mientras empuja, solo le presta atención a él, atento a sus reacciones para asegurarse de que su bebé está bien. Entonces Kai sonríe abiertamente y deja escapar las lágrimas que sin saberlo, retenía en sus ojos.

—Es perfecto, Sarah —le dice—. Vamos, cariño, un poco más y ya estará...

Ella le sonríe y vuelve a dar otro empujón, y entonces el bebé sale por completo. La doctora lo coge y le limpia un poco la cara. Le meten algo en la nariz para absorberle líquido de la nariz y le frotan con brío para hacerle reaccionar. Kai aguanta la respiración hasta que Niall llora desconsoladamente y, como si algo se encendiera en su interior, se acerca a él para protegerle. La doctora le envuelve en una sábana y se lo tiende, justo antes de cortar el cordón.

—Todo tuyo, papá.

Kai estrecha a Niall, que no para de llorar, y le mira embelesado hasta que de repente se acuerda de Sarah y se lo acerca. Ella lo agarra con cuidado y se lo tiende encima del pecho. Al instante, el pequeño deja de llorar.

—Hola, mi vida. Encantada de conocerte. Eres aún más guapo de lo que me imaginaba, ¿eh? Esto es amor a primera vista, de nuevo... —añade mirando a Kai, que se mantiene a una distancia prudencial, aún algo sobrepasado por los acontecimientos, hasta que ve cómo una enfermera coge a Niall y lo aleja de Sarah.

—¡Eh! ¡Eh! ¡¿A dónde se lo lleva?!

—Kai, cariño —le intenta tranquilizar Sarah mientras le agarra de la mano—. Tranquilo. Solo van a limpiarle un poco.

A pesar de la explicación, él no se tranquiliza hasta que la enfermera vuelve y les devuelve a su bebé, que Sarah acoge entre sus brazos.

—¿Qué te parece? —le pregunta a Kai al cabo de unos minutos.

—Que es perfecto... No puedo creer que yo haya contribuido a crearlo...

—Pues ya puedes creértelo porque es un O'Sullivan de pura cepa.

—Enhorabuena, chicos. Es un bebé precioso —dice entonces la doctora—. Kai, si quieres puedes llevártelo a la habitación mientras acabamos con Sarah... Una enfermera te acompañará...

—No vamos a dejar sola a Sarah —la corta él.

—Será solo un momento mientras...

—No. Nos quedamos aquí con ella.

—Kai, cariño. Lleva a Niall a la habitación. Yo estaré bien, y Vicky y los demás tendrán ganas de conocerle...

—¿Segura?

—Al cien por cien.

Kai se toma su tiempo, y antes de entrar en la habitación que les han asignado, donde ya esperan todos, se queda un rato en el pasillo, a solas con su pequeño. Después de berrear un buen rato, se ha quedado dormido y aún no ha abierto los ojos, pero, aun así, Kai es incapaz de dejar de mirarle.

Le cambia de posición con cuidado y le pone en vertical contra su pecho, hundiendo la nariz en su pequeño cuello, inhalando con fuerza su agradable olor. Sus grandes manos cubren por completo el cuerpo de Niall, que parece sentirse más que a gusto en brazos de su padre, y se remueve haciendo unas muecas muy graciosas con la boca.

—¿Sabes una cosa? —susurra en voz muy baja para no asustarle ni despertarle—. No quiero esperar ni un minuto más para decírtelo porque contigo quiero hacer las cosas bien desde el principio. Te quiero más que a mi propia vida. Desde el momento en el que supe que estabas dentro de mamá. No lo olvides.

Cierra los ojos y, de repente, todo alrededor deja de existir. Solo están él y su hijo. Entonces empieza a mecerse, cambiando el peso del cuerpo de un pie a otro, acariciando con las yemas de los dedos la pequeña espalda de Niall. El pequeño emite algunos ruiditos, pero en ningún momento llega a despertarse, así que los dos siguen en su propio mundo hasta que, no sabe cuánto tiempo después, se escucha un carraspeo. En cuanto Kai abre los ojos, se encuentra con sus hermanos mirándole. Los dos le sonríen, saludándole con la mano aunque sin decir nada ni moverse ni un centímetro. Kai imita sus gestos, hasta que Connor dice:

—¿Necesitas un rato más?

—No... Ya estamos, ¿verdad, colega? —contesta caminando hacia ellos—. Chicos, os presento a Niall. Niall, te presento a los impresentables de tus tíos.

—¡Vaya! —dice Evan—. Es una pasada, Kai.

—Joder... —añade Connor—. Es perfecto, tío. Qué guapo es... Se parece a mí, ¿no os parece?

Kai le da un golpe suave con el hombro, mientras entran en la habitación. Al instante, Vicky se acerca y empieza a llorar mientras mira embelesada a su hermano pequeño.

—¡Dios mío! ¡Es precioso!

—¿Quieres cogerle? —le pregunta Kai.

—No sé si sabré...

—Por favor, si yo he podido...

En cuanto se lo tiende, ella le mece en los brazos, bajo la atenta mirada de Hayley y Zoe que, tras darle un beso a Kai, se han arrimado a Vicky para ver de cerca a su pequeño sobrino.

—¿Mamá está bien? —pregunta Vicky con la cara mojada por las lágrimas.

—Está perfectamente —responde Kai con una enorme sonrisa—. Ahora la subirán.

—¿Ha sido... duro? —le pregunta Connor.

—Ha sido increíble, colega. Lo ha hecho tan bien... Estoy tan orgulloso de ella... Y verle nacer —dice señalando a Niall—, es la cosa más asquerosamente bonita que he visto en mi vida.

—Buena descripción, sí señor. —Ríe Evan.

—Yo no podré. Confirmado —comenta Connor simulando un escalofrío de asco.

—¿Qué quieres decir? —pregunta Hayley cruzándose de brazos, bajo la atenta mirada de todos, Zoe incluida.

—Bueno no... O sea... ¿Es obligatorio entrar o...? ¿No se puede ver a través de una televisión o algo así?

—¡¿Perdona?! —interviene Evan.

—O sea... ¿Que me dejarás sola en el paritorio? —le pregunta entonces Zoe, ya con Niall en brazos.

—¡Eh, eh, eh! ¿Me he perdido algo? ¿Estás embarazada y no me he enterado?

—No, pero ya sé a qué atenerme cuando lo esté —contesta Zoe con gesto contrariado.

—Te lo dije. Estás acabado —le dice Kai a Connor, acercándose a su oreja.

—¿Lo tienes todo?

—Sí...

—¿Pañales de recambio?

—Sí.

—¿Ropa de recambio por si acaso?

—Sí.

—¿Toallitas? El paquete de la bolsa está casi acabado. Voy a ponerte uno más...

—Sarah, vete.

—Sí. Cuando te ponga el... Espera, te pondré también un poco de leche en polvo por si tiene hambre.

—Sarah...

—Llevas muchas cosas... ¿Por qué no te llevas mejor el carrito en lugar de la mochila?

—Sarah, en serio. Vete a trabajar. Estaremos bien —le dice Kai, agarrándola de una mano mientras lleva a Niall en el brazo libre—. ¿A que sí, colega?

—Es que... —Sarah mira a sus dos hombres. Kai le devuelve la mirada sonriendo de forma comprensiva, mientras Niall la observa con los ojos muy abiertos, moviendo el chupete en la boca—. Os voy a echar de menos...

—Y nosotros a ti. Pero, estaremos bien. Él tiene todo lo que necesita en esta bolsa, y ya que lo que a mí me suceda te da igual, me las apañaré por ahí. Mendigaré a Connor y Zoe si hace falta.

—No seas tonto... —le reprocha ella, abrazándole por la cintura—. Sabes que me preocupo por ti también.

—Lo sé. Era broma. Vete, en serio. Te llamaremos cada media hora si así te quedas más tranquila.

—¿A dónde vais a ir?

—Al parque, a pasear... —contesta mientras ella asiente orgullosa, hasta que, con ganas de ponerla nerviosa, añade—: Al gimnasio, al pub de Ian...

En cuanto Sarah tuerce el gesto y empieza a ponerse nerviosa, Kai ríe y la estrecha contra su pecho, susurrando en su oído:

—Es broma. Vete tranquila.

Algo más de una hora más tarde, Kai entra en el gimnasio del que es dueño junto a Marty, su entrenador y ahora socio, con Niall metido en la mochila porta-bebés. Tras saludar a algunos de los chicos, entra en el despacho.

—¿Pero a quién tenemos aquí? —dice Marty, el cual, a pesar de su aspecto duro, con sus casi dos metros de altura, se derrite cada vez que ve a Niall—. ¿Cómo está mi chiquitín precioso?

—Estoy bien, gracias por preocuparte. Con el hombro un poco agarrotado desde el otro día, pero bien —contesta Kai, mofándose.

—Muy gracioso, gilipollas —dice cogiendo en brazos al pequeño mientras Kai se quita la mochila.

—Sarah ya ha empezado a trabajar y por las mañanas me va a tocar quedarme con él. Luego por las tardes estará con ella o con Vicky... O con Zoe... O Hayley... Vamos, que canguros no le van a faltar...

—¿Y por las mañanas te lo vas a traer aquí? —pregunta esperanzado.

—Pues, en realidad, a Sarah no le hace mucha gracia que le traiga... No por ti, no te lo tomes a mal... Pero prefiere retrasar lo máximo posible esto...

—¿Por qué?

—Porque sabe que tarde o temprano, Niall se subirá a un cuadrilátero, y dice que prefiere que al menos camine y se tenga en pie cuando lo haga... Que no se fía demasiado de mí y se piensa que ya le voy a enfundar unos mini guantes para que vaya practicando.

—¿Los hay? ¿Crees que los venderán?

—No sé. ¿Lo miramos? —pregunta Kai de repente, con una enorme sonrisa en la cara, hasta que se imagina la cara de desaprobación de Sarah y entonces se arrepiente—: No, mejor que no... Voy a firmar estos cheques y me voy pitando, que luego he quedado con mis hermanos para comer.

—Vale, me lo llevo para que no te moleste...

Y antes de que Kai pueda objetar nada, Marty ya ha salido por la puerta haciendo carantoñas a Niall, que le coge la cara con ambas manos y ríe sin parar.

Al rato suena su teléfono y resopla resignado al ver que es Sarah. Otra vez. Es la tercera vez que le llama y solo llevan una hora solos.

—¿Qué?

—¿Cómo que qué? ¿Esa es manera de contestar?

—Es que me da la sensación de que no te fías de

mí... No le maltrato, Sarah. Estamos bien y ni le voy a dejar sin comer ni con una mierda pegada al culo. Tranquila.

—No es que no confíe en ti... Es que le echo de menos. ¿Me echa él de menos a mí?

Antes de responder, Kai levanta la cabeza y ve a su hijo en brazos de Marty, tocando uno de los sacos mientras hace ruidos con la boca, rodeado de unos cuantos tipos que han sucumbido a su poder hipnótico.

—Sí, mucho...

—¿Dónde estáis?

—En el parque —miente, cerrando la puerta y tapando el auricular.

—¿En serio? No se oye nada.

—Sí, esto está muy tranquilo...

—¡Kai! ¡Mira qué hace Niall! —grita entonces Marty, entrando en el despacho como un vendaval, con el pequeño en brazos, el cual muerde un guante de boxeo con ansia—. ¡No suelta el guante!

—¿Esa es la voz de Marty? ¿Qué guante? Kai, ¿estáis en el gimnasio? —le pregunta mientras él apoya la frente en su mesa, resignado por la bronca que seguro le va a caer.

—Sí... He venido un momento a firmar unos cheques y...

—¡Me has mentido!

—Porque sabía que no te hacía gracia que le trajera...

—Porque quiero retrasar lo inevitable lo máximo posible. Porque quiero que sea un niño normal el mayor tiempo posible. Porque prefiero que juegue en el parque antes que en un cuadrilátero. Porque me gustaría que practicara un deporte en el que no saliera con la cara magullada. Porque quiero que elija por sí mismo, que no sienta que le imponemos nada...

—Vale, vale... Sarah, tranquila. Ya nos vamos...

—No te prohíbo que vayas, solo te pido que dejes que nuestro hijo elija libremente lo que quiere hacer. Sé que el boxeo es tu vida, pero no quiero que se la impongas a Niall.

—No te equivoques... Mi vida sois vosotros, no el boxeo. Lo siento... Ahora nos vamos.

Después de un rato en silencio, durante el cual Marty se ha dado cuenta de que la ha cagado y ha salido del despacho en silencio, cerrando la puerta tras de sí, Sarah resopla y vuelve a hablar.

—Te tengo que dejar... Tengo que ir a visitar a una familia para dar el visto bueno para una acogida temporal...

—Vale. Lo siento, Sarah, de verdad.

—Y yo... Quizá exagero, pero la vuelta al trabajo me está costando y le echo de menos...

—No te preocupes que cuando te des cuenta, ya estarás con él. Comemos con Connor y Evan y cuando ellos se vayan a trabajar, volvemos derechos a casa y te dejo con tu chico.

—Vale.

—Te queremos.

—Y yo a vosotros.

En cuanto entra en el restaurante y divisa a sus hermanos, sentados ya en la mesa, tomándose sus respectivas cervezas, se acerca a una de las camareras y, poniendo la mejor de sus sonrisas, le pide que le acerquen una trona para sentar a Niall en ella.

—Claro. —Sonríe Tiffany, una de las camareras habituales—. Ahora mismo os la llevo.

Y entonces, Niall vuelve a ejercer su enorme poder y ella enseguida se queda hipnotizada mirándole.

—Pero qué cosa más bonita, por favor —le dice, acercándole las manos y dando palmadas, que él imita mientras ríe a carcajadas—. Bueno, será mejor que vuelva al trabajo antes de que me echen... Ahora os la llevo y paso a tomaros nota.

—Gracias.

Kai camina hacia la mesa y, nada más llegar, Connor le tiende los brazos a Niall y este prácticamente se abalanza sobre él.

—Frena, frena... Impaciente... —le dice Kai mientras Connor y Niall empiezan con su particular charla en la que ambos parecen entenderse y no dejan de reír.

—Llegas tarde... —le reprocha Evan.

—He pasado por el gimnasio para acabar unas cosas.

—Si te pilla Sarah, te mata.

—Eso ya ha pasado y sigo vivo.

—Porque no la habrás visto aún. Te habrá metido la bronca por teléfono pero eso es solo la antesala de la tragedia. Espera a llegar a casa y ver su mirada reprobatoria.

Sin mediar palabra, Kai le lanza un panecillo que, como cabía esperar dada su nula agilidad, impacta de lleno en la cara de Evan, mientras los demás, incluido Niall, ríen.

—Aquí la tienes —dice entonces la camarera, dirigiéndose a Kai, pero mirando embelesada a Connor, el cual, si ya de por sí es un imán para las mujeres, con un niño en brazos su poder de atracción se eleva de forma exponencial.

—Gracias, Tiff —responde Kai mientras Connor sienta a Niall en la trona, sin siquiera desviar su atención hacia la chica ni una milésima de segundo.

En cuanto ella se marcha, Kai parte un trozo de uno de los panecillos y se lo tiende a Niall, que enseguida empieza a roerlo con los dos dientes que ya tiene, ayudándose además de las encías.

—Eres un puto abusón —le dice a Connor, que ajeno a todo le mira con cara de no entender nada—. El día que tengas uno de estos, más le vale a Zoe no dejarte salir a solas con él.

—¿Qué? —responde este, totalmente descolocado.

—Qué mal repartido está el mundo... Que la camarera bebe lo vientos por ti, so idiota. Que la tienes hipnotizada. A ella y a todas las demás.

—También te sonríe a ti... —replica él, a la defensiva—. Y a Evan.

—Ya, pero nosotros no tenemos antecedentes de deslices...

—Gilipollas.

—Lo que tú digas, pero, por una vez, tú fuiste el cretino, no yo, y encima tonto, porque no mojaste el churro.

Tiff vuelve para tomarles nota, sonriendo sobre todo a Connor, que esta vez sí se da cuenta. Se sonroja al instante y se pone aún más nervioso cuando ve que Kai le mira enseñándole las dos filas de dientes y moviendo las cejas arriba y abajo. Después de que pidan los tres, ella se marcha aun sonriendo y Connor le lanza la servilleta a Kai.

—Gilipollas —le reprende, mientras Kai ríe y Niall aplaude.

—Vais a tener que moderar vuestro lenguaje cuando Niall esté delante. Si no, os vais a meter en un problema —interviene Evan.

—Nos vamos a meter... No te excluyas, que estamos juntos en lo bueno y en lo malo —le dice Kai.

—Somos hermanos, no un matrimonio... Además, ¿a quién quieres engañar? ¿Realmente os pensáis que si Niall llega a casa algún día diciendo capullo o gilipollas, Sarah me va a culpar a mí de ello? —Los dos le miran sabiendo que, como es habitual, tiene razón—. Os quedan dos años para que empiece a repetir cosas... Yo de vosotros, iría acostumbrándome a hablar mejor.

—¿Como tú? —pregunta Connor.

—Eso es imposible, caballeros. Os tendréis que conformar con no soltar ninguna blasfemia.

—¿Eh? —pregunta Kai.

—Taco, palabrota —le aclara Connor.

—¿Ves, Niall? Esa es otra prueba inequívoca de que tu tío Evan es adoptado.

Kai entra en casa cuando ya está anocheciendo. Abre la puerta principal y llama a Sarah, que le contesta desde el piso de arriba. Sube las escaleras de dos en dos hasta que llega al dormitorio de Niall, donde Sarah le está preparando para el baño.

—Hola —les saluda él, abrazando a Sarah por la espalda y besando su cuello.

—Hola. ¿Cómo ha ido?

—Bien, muy bien.

—No estás demasiado magullado —dice ella acariciándole el pómulo mientras Niall hace ruiditos con la boca, intentando llamar la atención de su padre, que acaba cogiéndole en brazos.

—¿Cómo está mi hombrecito? ¿Te has portado bien con mami? ¿Sí? ¿Te vas a bañar?

—¿Tú te has duchado en el gimnasio?

—Sí...

—¿Quieres volver a hacerlo y juegas con él un rato mientras le preparo la cena?

—¡Claro! ¡Me encantaría!

—Pues venga. No se hable más. La bañera ya está llena y el agua calentita.

—Oye... Y luego, cuando se haya dormido, podemos jugar los dos un rato en la bañera...

—Ya veremos.

—¿Aún estás enfadada?

—Puede que un poco.

—¿Y puedo hacer algo...? —le pregunta él, ya sin camiseta, acercándose mientras la mira de reojo, agachando la cabeza a la vez.

Sarah apoya la mano que tiene libre en el pecho de Kai, repasando las cicatrices, muchas de ellas recuerdo de su paso por la cárcel. En el fondo, si lo piensa fríamente, Kai ha cambiado muchísimo por ella, así que tampoco puede pedirle que sea una persona totalmente diferente, básicamente porque no sería el Kai del que ella está completamente enamorada.

—Te amo, Sarah.

—¿Ves? Ya lo has hecho.

—¿Tan fácil?
—Soy así de blanda cuando se trata de ti.

Desde el mismo momento en que sostuve a Niall en mis brazos, entendí a mi padre.

Sus miedos, sus alegrías, su orgullo, su pena, todo iba intrínsecamente ligado a nosotros. Justo como me pasa a mí ahora con Niall.

Lo entendí tarde, y multitud de veces deseé poder volver atrás para poder pedirle perdón a mi padre, para poder decirle que por fin le entendía. Como eso es imposible, me he esforzado por ser el mejor padre del mundo, algo muy fácil gracias al apoyo de la mejor mujer y madre del mundo...

Ella, mi Sarah, solo Sarah.

Capítulo 12

No me olvido, Sarah

—¡Tortitas!
—No, Niall. No tengo tiempo de hacerte tortitas.
—¡He dicho que quiero tortitas!
—Perfecto. Aquí tienes el paquete de cereales y el brick de leche. Tú mismo.
—¡No!

Al instante, Niall da un manotazo y tira todo al suelo, formando un gran estruendo que sobresalta a Kai, aún en la cama. Mientras en el piso de abajo se siguen escuchando los gritos de Sarah y el llanto de Niall, Kai abre los ojos y clava la vista en el techo.

Hoy es uno de esos días, piensa. Lentamente, apoyándose en el cabecero de la cama, se pone en pie y arrastra los pies sobre la tarima de madera del suelo. Al entrar en el baño, se permite unos segundos frente al espejo. Se observa detenidamente, parpadeando, justo antes de abrir el grifo del agua fría y mojarse la cara para intentar despejar su mente.

No suele funcionar, pero, aun así, siempre lo intenta.

Al salir del baño, mira alrededor con curiosidad, hasta que vuelve a ser consciente del ruido en el piso inferior. Clava la vista en la otra puerta de la habitación y camina hacia ella.

—Estás castigado, Niall. Estarás un tiempo sin poder ir al gimnasio con tu padre.

—¡No! —llora él—. ¡Papá me dejará!

—Ya me ocuparé yo de que no lo haga.

No le es difícil orientarse gracias a esas voces, aunque necesita tomarse un tiempo antes de irrumpir en la habitación. En cuanto lo hace, se queda plantado en el quicio de la puerta, observando la escena. El sol entra a raudales por el enorme ventanal y la puerta que da acceso al jardín trasero, iluminando una mesa antigua de madera, alrededor de la cual hay dispuestas cuatro sillas. El caos reina en toda la estancia, con comida por el suelo, leche desparramada sobre la mesa, y varias sartenes y pequeños electrodomésticos esparcidos sobre la encimera.

—Hablando del rey de Roma... Está castigado, te lo informo —le dice ella, poniéndose en pie.

Lleva un puñado de papel de cocina en las manos, con el que ha estado intentando secar el suelo, y sopla para intentar apartar un mechón de pelo que le cae sobre las gafas.

—No he hecho nada... —se queja Niall a su vez, con la cara mojada por las lágrimas y cereales pegados en sus manos y su ropa.

—Hoy tiene revisión en el dentista. Necesito que le recojas del colegio sobre las doce, justo antes de comer. Luego, cuando acabéis, no hace falta que le vuelvas a llevar. Pero nada de comer en una hamburguesería ni luego llevarle al gimnasio. Está castigado. —Sarah tira los papeles a la basura, se vuelve a recoger bien el pelo y coge su bolso y el maletín. Se acerca a Kai y, tendiéndole la fregona, le da un rápido beso en los labios—. Hoy volveré tarde. Voy a entrevistar a unas cuantas familias para ver si son aptas para la acogida.

Sin más, se marcha corriendo, dejándolo solo ante el estropicio.

—¿Papá...? —Kai levanta la vista y mira a Niall—. Estás... raro.

Kai traga saliva y niega con la cabeza de forma contundente.

—Coge un puñado de cereales y métete un trago de leche en la boca. Rápido. Sube luego a tu cuarto y vístete. Te doy diez minutos para hacerlo todo.

Enseguida le da la espalda, plantándose frente a la cafetera. La observa fijamente, con la mente totalmente en blanco. Varios minutos después, desiste y camina con paso decidido hacia el piso de arriba para vestirse.

—Hasta luego, papá. Piénsate bien lo de mi castigo. Es algo excesivo, ¿no te parece?

—Ya veremos —contesta mientras abraza a su hijo, al que ve perderse en el interior del enorme patio del colegio.

Automáticamente, se lleva la mano al bolsillo trasero del vaquero y saca la tarjeta del doctor Jackson. Se muerde los labios, indeciso, con el corazón palpitando a una velocidad excesiva, hasta que, sin pensárselo más, coge su móvil, marca el número y llama.

—¿Doctor Jackson? Soy Kai O'Sullivan...
—Sí. Hola. Dígame.
—Necesito... verle.
—Está bien. ¿Ha vuelto a sufrir algún episodio?
—Varios. Demasiados, diría yo.
—Venga a verme a mi consulta del hospital hoy mismo. Le haré un hueco.

La reunión en el hospital ha sido larga, algo más de dos horas de charla por la cual ha salido de allí con un dolor de cabeza inhumano. Y, aunque aún es pronto, todos los síntomas que le ha contado al doctor Jackson apuntan en la misma dirección.

Es mucho que procesar, así que, en lugar de encerrarse en casa, Kai se ha acercado al parque que frecuentaba a menudo después de la muerte de su madre. Un parque al que llegó por casualidad, huyendo de los acontecimientos de ese fatídico día que le cambió para siempre, y al que recurría siempre que necesitaba un rato a solas.

Pasea por uno de los solitarios caminos de tierra, rodeado de altos árboles que se mecen con el viento otoñal. Se levanta el cuello de la chaqueta para protegerse del frío y mete las manos en los bolsillos. Patea alguna piedra, distraído, totalmente engullido por las cientos de dudas, incertidumbres y temores que ocupan su cabeza.

El médico le ha mandado varias pruebas y le ha aconsejado que no pase por esto solo, que haga partícipe a la familia. Le ha mentido, porque todos tienen suficientes problemas como para cargar con los suyos.

Se acerca en sentido contrario una mujer corriendo, vestida con unas mallas ceñidas y un sujetador deportivo, con el pelo rubio anudado en una cola alta que se mece a un lado y otro. Al pasar por su lado, ella le mira de forma descarada, sonriendo de oreja a oreja.

Justo en ese momento, su teléfono empieza a sonar en su bolsillo. Al sacarlo, lee el nombre de Sarah en la pantalla, y sonríe de oreja a oreja al visualizarla en su cabeza.

—Hola... —la saluda nada más descolgar.

—¡¿Dónde narices estás?!

—Eh...

No sabe realmente qué responder, y lo valora durante unos segundos, pero ella se le adelanta.

—¡Me da igual! ¡En el colegio seguro que no estás, porque me acaban de llamar de allí! ¡Solo te pedí una cosa, Kai! ¡Una!

Entonces un pensamiento impacta dentro de su cabeza, como un rayo: Niall. Tenía que recoger a Niall en el colegio y llevarle al dentista.

—¡Estoy de camino! ¡Ya voy! —dice, ya corriendo con el teléfono pegado a la oreja.

—¡No hace falta! ¡Ya he salido para allá!

—Joder... Lo siento, Sarah... —resopla Kai, realmente consternado—. ¿Qué puedo hacer?

—¡Nada! ¡Ya no hace falta! ¡Ya le llevo yo al dentista, y luego te lo dejaré en casa para que coma contigo, porque yo me tendré que volver a trabajar!

—De acuerdo. Lo siento...

Escucha cómo Sarah corta la llamada sin siquiera despedirse. Así pues, ya sin prisa, se marcha del parque arrastrando los pies, cabizbajo y con una asfixiante sensación de impotencia.

Sentado en el sofá del salón, frotándose una mano contra la otra de forma compulsiva, Kai mece su cuerpo adelante y atrás. Incapaz de quedarse quieto, se rasca la cabeza y luego la cara, donde la incipiente barba de hace unos días se ha convertido en una mata de pelo espesa.

Entonces levanta la vista y mira alrededor. Cuando se trasladaron, no se deshicieron de muchas cosas de su padre. De hecho, cambiaron solo algunos muebles viejos, pero dejaron la infinidad de fotos que todos se encargaron de colgar en las paredes cuando la enfermedad de su padre amenazaba con arrebatarle todos los recuerdos.

Se imagina a su padre sentado en el mismo sitio que él, mirando alrededor, muerto de miedo. ¿Por qué no le hizo más compañía? ¿Por qué no hizo nada más para hacerle más llevadera su situación? Podría haberse sentado con él tantas veces... Podría haber salido a pasear... Podría haberle, simplemente, abrazado para hacerle sentir acompañado.

La puerta se abre de golpe y Kai se levanta de un salto del sofá. Se gira hacia la puerta, aún inmóvil en el sitio. Niall entra cabizbajo, seguido por Sarah.

—Hola... —les saluda Kai, con tiento.

—Te lo dejo aquí. Que no te pegue ningún rollo, solo se puede quitar los aparatos para comer. Me vuelvo al trabajo.

Sarah se acerca a él y le da un rápido beso en la

boca, más por costumbre que porque realmente crea necesario dárselo.

—Sarah, yo... —balbucea él.

—No puedo. Necesito encontrarle un hogar a ese niño...

—De acuerdo... ¿Volverás pronto...?

—Ni idea. Hasta luego.

La puerta se cierra a su espalda, dejándole de nuevo solo en el salón. Niall está en la cocina, abriendo y cerrando armarios de un portazo.

—¿Qué haces? —le pregunta Kai cuando entra en la estancia.

—Tengo hambre. ¿Qué hay para comer? —le pregunta, absorbiendo la saliva, haciendo un ruido extraño con la boca.

—¿Por qué haces ese ruido?

—Por la mierda de aparato. Parezco gilipollas —dice, quitándole y lanzándolo de malas maneras sobre la encimera.

—Joder, macho... Qué asco...

—Gracias por tu apoyo... —Niall le mira de reojo, frunciendo el ceño.

—Tu madre dice que solo te lo puedes quitar para comer.

—Y eso es lo que vamos a hacer, ¿no?

—No he preparado nada aún, así que póntelo.

Niall le mira fijamente durante unos segundos, parpadeando.

—Tú antes molabas... —asegura, justo antes de volver a colocarse el aparato en la boca.

—Pediremos una pizza.

—¿Me estás intentando comprar? —Y ya está ahí de nuevo ese ruidito escalofriante.

—¿Prefieres que hierva algo de brócoli? —Niega con la cabeza mientras Kai busca la propaganda de la pizzería del barrio para llamar.

Niall se deja caer en una de las sillas de la cocina, con la mochila del colegio a los hombros, el gorro de lana en la cabeza y la chaqueta puesta. Cuando cuelga, Kai se da la vuelta y descubre a su hijo con la frente apoyada en la madera de la mesa y los brazos caídos a ambos lados de su cuerpo, así que saca de la nevera una cerveza para él y un refresco de cola para su hijo y se sienta a su lado.

—Estoy acabado... —se queja Niall, agarrando la lata mientras hace una mueca extraña con la boca.

—¿Te duele?

—Físicamente, un seis sobre diez. Moralmente, el daño es incalculable.

Kai le mira fijamente, con la cerveza a medio camino de su boca.

—Pasas demasiado tiempo con tu tío Evan.

Niall se incorpora y coge la lata con ambas manos, apretándola para estrujarla levemente.

—Yo soy de los que molan, ¿sabes? —Sorbe saliva justo antes de chasquear la lengua—. ¿Cómo cojones voy a seguir molando haciendo ese ruido asqueroso que, por otra parte, no puedo evitar hacer? Hablo mal, si sonrío se me ven los hierros, tengo que llevar una mierda de cajita al comedor, quitarme los aparatos delante de todos y meterlos ahí dentro... Estoy acabado...

—¿Por eso estabas de tan mal humor esta mañana? —le pregunta entonces Kai, recordando el berrinche que le ha despertado. Niall se encoge de hombros—. ¿Sabes una cosa? Esta chorrada no tiene por qué cambiar nada... Porque aquí, aquí y aquí —dice, señalándole el pecho, la frente y alzándole los puños—, sigues siendo el mismo de siempre. A lo largo de los años, cambiarás físicamente, es inevitable. Pero si sigues sintiendo, pensando y peleando como siempre, todo irá bien.

Niall le mira de reojo, empezando a esbozar una sonrisa satisfecha de medio lado.

—A ti también se te ha pegado algo de Evan...

—Son muchos años ya... —Los dos sonríen abiertamente, con complicidad—. Oye... ¿estaba mamá muy enfadada...?

—Ajá.

—¿Cómo cuánto...?

—Dijo un par de veces que te iba a cortar las pelotas.

—Mierda...

—Siento haberme olvidado de ti.

—No pasa nada. Te has olvidado de recogerme, no de mí.

—Sí...

Niall ya está en la cama cuando Sarah vuelve a casa. Kai está fregando una sartén cuando ella entra en la cocina y se deja caer en una de las sillas, como antes hizo su hijo. Suelta el bolso y el maletín, que caen al suelo.

—Hola... —la saluda Kai, apoyando la espalda en el fregadero de porcelana blanca.

Sarah se limita a levantar una mano, aún con la cabeza enterrada en su otro brazo.

—Te he guardado algo de caldo y pescado...

La mano de Sarah cambia de postura y levanta el pulgar.

—¿Tan mal ha ido? —insiste Kai, esta vez sentándose a su lado y acariciando su espalda con una mano.

Sarah gira la cabeza para mirarle, y entonces Kai ve sus ojos llenos de lágrimas.

—Todo va demasiado lento... Es muy difícil encontrarle un hogar a un niño no recién nacido y que además está enfermo. Y cuando encuentro uno perfecto, los trámites son tan lentos, que la familia se cansa de esperar...

Kai acerca sus labios al hombro de Sarah y lo besa con cariño, sin dejar de acariciarla.

—Lo siento... Me gustaría poder hacer más...

Ella niega con la cabeza mientras sonríe con desgana. Kai la mira con preocupación.

—Ven...

La coge y la sienta en su regazo. Sarah apoya la cabeza en su hombro mientras Kai la rodea con sus brazos, estrechándola con fuerza contra su cuerpo. Apoya los labios en el pelo de ella e inspira con fuerza para que su olor le inunde por completo. La escucha suspirar mientras él la mece lentamente. Le encantaría hacer desaparecer todas sus preocupaciones, hacerla feliz, que no dejara de sonreír. Por eso mismo no puede contarle nada.

—¿Qué tal Niall? —le pregunta ella pasado un buen rato—. ¿Duerme?

—Sí. Ha hecho los deberes, se ha duchado, se ha lavado los dientes y me he asegurado de que solo se quitara los aparatos para comer. Me ha preguntado si se los podrá quitar para boxear...

—Pues no lo habíamos pensado. Tendré que preguntárselo al dentista...

—Mañana llamaré yo —afirma Kai, dispuesto a liberar a Sarah de algunas responsabilidades—. ¿Y sabes qué vamos a hacer ahora? Te voy a preparar un baño de esos que te gustan, con mucha espuma y velas. Luego, cuando salgas, ya tendrás la cena en la mesa.

—Eso sería genial.

—De acuerdo. Pues ahora te aviso.

Kai sube las escaleras de dos en dos mientras Sarah se queda en la cocina. Él abre el grifo y pone el tapón para que la bañera se llene. Echa una cantidad considerable de jabón con olor a frutos rojos, el favorito de Sarah y empieza a encender algunas velas, que dispone por todo el baño.

Mientras, en la cocina, empieza a sonar el móvil de Kai. Sarah se pone en pie y se acerca, imaginando que será alguno de los hermanos de Kai, pero cuando ve un número no grabado en la agenda, lo coge y duda si llevárselo o no.

Finalmente, decide contestar ella porque no parece que le dé tiempo de llegar antes de que se cuelgue la llamada.

—¿Diga?

—Eh... Buscaba a Kai O'Sullivan...

—Sí, es mi... soy su...

—¿Sarah?

—La misma —contesta sonriendo, aunque algo extrañada de que sepa su nombre—. ¿Quién es?

—Llamo del hospital, de parte del doctor Jackson.

Sarah frunce el ceño y levanta la vista hacia el piso de arriba.

—Él... está... arriba...

—Le llamaba simplemente para confirmarle que, debido a la urgencia, hemos podido programar las pruebas para la semana que viene...

—¿Pruebas...?

—Sí. La tomografía está programada para el martes que viene. Necesitaremos que traiga una muestra de orina y aquí le sacaremos una muestra de sangre...

Mientras la mujer sigue hablando, Sarah se separa el teléfono de la oreja y lo deja sobre la mesa. Todo da vueltas a su alrededor y necesita buscar un apoyo.

—Para el jueves hemos programado algunos test que evalúan habilidades cognitivas como la memoria o el lenguaje. Unos serán orales y otros de lápiz y papel, dependiendo de lo que decida el doctor Jackson...

A Sarah no le hace falta escuchar más. Sabe por qué se realizan todas esas pruebas. Las vivió de cerca hace unos años, con alguien que vivía en esta misma casa...

De repente, dejando a la mujer hablando al teléfono, corre escaleras arriba, agarrándose a la barandilla y apoyándose en la pared para no perder la verticalidad.

Las lágrimas nublan su vista y las náuseas han formado un nudo en su garganta que le dificulta respirar con normalidad. Cree estar a punto de desmayarse cuando irrumpe en el baño, abriendo la puerta de sopetón. Le observa detenidamente, negando con la cabeza, tapándose la boca con ambas manos.

—Sarah... ¿estás bien?

Sin mediar palabra, ella se abalanza contra él, abrazándole y tocándole con ansia, como si quisiera asegurarse de que está allí con ella. Coge su cara con ambas manos y le mira a escasos centímetros de distancia.

—¿Por qué no me dijiste nada? Lo has llevado en secreto... Y yo no hacía otra cosa que contarte mis problemas... No te escuché... No puedo creerlo...

—Sarah, tranquila... No quise...

—Eres increíble. —Sarah llora desconsolada, hundiendo la cara en el pecho de Kai—. Te quiero y no quiero perderte... Esto no puede estar pasando...

Kai intenta contener las lágrimas y mira el techo, mordiéndose el labio inferior hasta hacerse sangre. Luego respira profundamente y apoya la barbilla en la cabeza de ella.

—Aún es pronto... Tranquila... Es solo para... descartar.

—Kai —le corta ella de golpe.

Sarah levanta la cabeza y le mira fijamente a los ojos. Los dos conocen la enfermedad, los dos la han vivido de muy cerca, conocen los síntomas, los tratamientos, el deterioro lento pero constante, el fatídico e inevitable final...

Kai levanta la palma de su mano y ella enseguida apoya la suya. Los dos miran sus manos, su conexión.

—Esto no va a poder conmigo. ¿Sabes por qué? —Sarah niega con la cabeza, sorbiendo por la nariz—. Porque nunca en la vida te olvidaré y nunca dejaré de quererte.

—¡Pero qué dices! ¡Eso no es así!

—He leído los suficientes artículos y estudiado

cientos de estadísticas que lo corroboran. Hay estudios empíricos de la materia...

—¿Estudios empíricos? ¿Quién tiene tanto tiempo libre?

—Después de mis años de experiencia, me puedo considerar un experto...

—¡Anda ya! ¡¿Tú?! ¡¿Experto en mujeres?! ¡¿Qué cojones le han metido a tu bebida?!

Connor coge el vaso de Evan y se lo lleva a la nariz.

—Ríete lo que quieras, pero las mujeres siguen prefiriendo unas flores que un polvo. En el fondo, son unas románticas.

—Me niego a creer que Hayley prefiere un ramo de flores a una sesión de sexo.

—Pues es así.

Connor mira a Evan frunciendo el ceño.

—A lo mejor es culpa tuya. Si supieras follar mejor, seguro que si te presentas con un ramo, te lo tira a la cabeza. No hay nada como un buen polvazo para pedir perdón.

Justo en ese momento, la camarera trae los platos y, al escuchar la última frase, se sonroja y agacha la mirada, evitando la de Connor.

—Gracias, June —dice Evan, ayudando a la chica a pasar los platos, que huye casi a la carrera, estrechando la bandeja contra el pecho—. Si sigues soltando esas frases en su presencia, algún día se desmayará. Suficiente esfuerzo hace ya, manteniendo la verticalidad en tu presencia, como para escucharte decir tales soeces...

—Oh, joder... Corta el rollo, Evan, y deja de hablar como un puto robot. Además, no intentes cambiar de tema. Seguro que Kai me dará la razón, ¿eh, colega?

Connor y Evan clavan la mirada en Kai, que lejos de prestarles atención, está totalmente absorto en sus pensamientos. Los dos le observan sorprendidos, ya que el sexo es uno de los temas más recurrentes de Kai, uno de sus favoritos...

—¿Hola? ¿Kai? —Connor mueve una mano frente a los ojos de Kai para intentar llamar su atención. Cuando este les mira, Connor prosigue—: Necesitamos de tu sabiduría. ¿Flores o polvo de disculpa?

Kai mira a uno y a otro, apretando los labios con fuerza. Se frota las manos de forma compulsiva, muy nervioso.

—¿Estás bien? —le pregunta Evan.

—No —contesta con sequedad. Sus hermanos fruncen el ceño y hacen el ademán de abrir la boca, pero Kai se adelanta—: Tengo alzheimer.

Los tres se quedan callados. Kai, incapaz de mantenerles la mirada durante mucho más tiempo, vuelve a agachar la cabeza y se queda absorto mirando su regazo.

—¡Anda ya...! —se atreve a decir Connor, esbozando una sonrisa con poca convicción—. Estás de coña, ¿verdad?

—No... No es verdad... Es... imposible —interviene Evan—. Eres... joven.

Pero entonces Kai levanta la cabeza y Connor y Evan ven las lágrimas en sus ojos. Sorbe por la nariz y aprieta los labios. Se encoge de hombros y mueve las manos, como si intentara gesticular lo que su voz es incapaz de expresar.

—No puede ser —insiste Evan.

—Joder... —interviene Connor, abalanzándose sobre Kai.

Pasa un brazo por encima de sus hombros y junta la frente contra la de su hermano. Evan se les acerca poco después, aún incrédulo.

—¿Cómo...? ¿Quién te lo ha...?

—Al principio eran pequeños descuidos a los que no les di mucha importancia, o no quise. Pero ha ido a más. Incluso hace unas semanas, me olvidé de recoger a Niall del colegio. A veces incluso me despierto por la mañana y me lleva un rato reconocer lo que me rodea...

—Joder, Kai... Mierda. No entiendo nada... —balbucea Connor.

—No quiero derrumbarme delante de Sarah y los niños... Así que lo siento mucho, pero me temo que me voy a convertir en un puto coñazo a partir de ahora. Tengo que serlo con vosotros... —Kai se frota la sien con los dedos de ambas manos. Se le dibuja una sonrisa tétrica en los labios, justo antes de añadir—: Estoy cagado de miedo.

—Pero tú no tienes miedo... Tú... eres Kai. Eres el que siempre se pega por nosotros. Eres... nuestro hermano mayor... No puedes... No...

Connor agarra a Evan de la camisa y le zarandea suavemente, intentando hacerle reaccionar. Luego le da unas palmadas en el pecho, todo eso sin soltar el cuello de Kai.

—Completamente aterrorizado porque no me imagino la vida sin vosotros... No puedo imaginarme despertar y sentirme solo... No quiero haceros daño...

—No pasa nada —dice—. Pelearemos por ti cuando no te veas capaz, ¿vale? ¿Me escuchas?

Evan asiente a su vez con la cabeza, intentando parecer valiente.

—Yo pelearé por todos, si hace falta. Te lo debo —continúa Connor—. ¿Vale? Puedes venir a verme o llamarme siempre que necesites ser vulnerable.

—Siento mucho haceros pasar por esto de nuevo... Sé lo que pasaste con papá —dice, mirando a Connor—, y lo siento... de veras...

—Eh, eh, eh —le corta, agarrando la cara de Kai con ambas manos y apoyando la frente en la de él—: Tú me enseñaste a pelear y nunca dejaré de hacerlo. Lo hice por papá, lo hice para recuperar a Zoe, lo hago cada día para hacer sonreír a mis hijos y lo haré por ti. No lo dudes ni por un segundo.

Kai asiente durante un rato, realmente emocionado. Pica con los pies en el suelo de forma compulsiva, incapaz de quedarse quieto.

—No soy tan valiente, ¿eh? —dice.

—Al contrario. Ahora mismo, me pareces el tipo más valiente del mundo.

Lo diagnosticaron como Alzheimer precoz genético. Resultó que todos en la familia éramos portadores de una variante genética llamada APOE4, que por sí solo no causa la enfermedad, pero sí aumenta el riesgo de que se desarrolle. Muchos de los portadores nunca llegan a desarrollar Alzheimer, pero ese no fue mi caso.

No siempre se manifestaba. Incluso pasaban semanas sin aparecer ningún síntoma.

La medicación y el trabajo constante con Sarah fue primordial, aunque de vez en cuando me costaba hacer cosas tan simples como preparar café. Otras olvidaba conversaciones. Sarah me acompañaba a todas mis citas con el médico para evitar el riesgo de que me olvidara. Alguna vez incluso me costaba seguir una conversación porque no era capaz de encontrar las palabras adecuadas. Me perdí varias veces, y acababa desorientado. Mi humor cambió un poco... A veces, me pasaba el día cabreado conmigo mismo, consciente de mis déficits...

Pero nunca estuve solo. Mi familia estuvo a mi lado y ella no dejó de creer en mí nunca. Siempre me regalaba una sonrisa, nunca salía de casa sin darme un beso y, desde aquella noche, nos podíamos pasar horas con las palmas de nuestras manos unidas, en silencio, sintiendo nuestra conexión.

Capítulo 13

Para siempre, Sarah

—¿Lo vas a hacer de verdad?
—Sí.
—¿En serio?
—Que sí.
—Es que no me lo creo...
—¡Joder, Niall! ¡Que sí lo voy a hacer!
—Pero... ¿Vas a hincar la rodilla en el suelo y todo eso?
—No sé... No lo he planeado todo al milímetro. Sé que le voy a pedir que se case conmigo, que me la llevaré lejos para hacerlo, solos ella y yo. Pero a partir de ahí, lo iba a dejar todo en manos de la improvisación.
—Estás loco, papá...
—Venga, menos cháchara y más pegar —le apremia Kai levantando las manos frente a su cara y moviéndose mientras Niall las golpea—. Vigila esa derecha... No te proteges bien...

Siguen entrenando durante casi media hora más,

hasta que ambos están sudando por todos y cada uno de los poros de su piel. Niall se acerca a su padre y, tras quitarse los guantes, quedándose solo con los vendajes, se le agarra de la camiseta y apoya la cabeza en su hombro. Kai le abraza y le da unas collejas cariñosas en la nuca.

—Estás listo, colega. Le vas a machacar.

—¿Tú crees?

—Seguro —dice separándole mientras se quita las protecciones de las manos—. ¿Tú qué crees, Marty?

—Es tres veces mejor que tú —asegura este, provocando las sonrisas de Kai y Niall.

—Pero eso no es difícil —añade Connor, que acaba de entrar por la puerta, acompañado por su hija, Penny.

—¡Eh, Niall! ¿Sabes qué? ¡Papá me deja ir a verte pelear mañana!

—Genial —dice bajando del *ring* y chocándole la mano a su chica favorita, como él la llama—. ¿Aidan vendrá?

—Se marea con la sangre —le contesta Penny—. Así que se queda de canguro de Kellan.

—¿El enano de tu hermano no viene?

—No te creas, lo intentó, pero mamá no le deja.

—¿Cómo estás, colega? —le pregunta Connor a su sobrino.

—Bien. Algo nervioso, pero confiado.

—Voy a apostar por ti... Mucha pasta. No me falles.

—Mamá te va a matar... —dice Penny.

—Mamá no se va a enterar —contesta Connor, mirándola de reojo—. Y por si acaso, tío Evan tampoco.

—¿Qué pasa conmigo?

Escuchan entonces que este dice desde la entrada.

—¡Nada! Hablábamos del combate de mañana —interviene Niall de forma muy hábil.

—¿Estás listo? —le pregunta Evan en cuanto llega a él, dándole un abrazo.

—Sí. Marty dice que soy tres veces mejor que papá.

—Eso no es difícil...

—¡¿Pero de qué cojones vais todos?! —pregunta Kai, haciéndose el ofendido—. ¿Os habéis levantado graciosos o qué? Cuando queráis, nos subimos al cuadrilátero y nos pegamos un rato para ver si sois tan gallitos ahí arriba.

Después de un rato de burlas y risas, mientras Penny y Niall charlan a su aire, Connor se acerca con disimulo a Kai y le pregunta:

—¿Lo tienes?

—Sí... —contesta este, algo nervioso, caminando hacia su despacho—. Venid.

Cierra la puerta a su espalda por si acaso a Sarah se le ocurriera aparecer, y abre la caja fuerte, de dónde saca una pequeña caja de terciopelo negro. La observa durante unos segundos, justo antes de abrirla y enseñársela a sus hermanos.

—¡Vaya! —Connor abre mucho los ojos—. Te los has gastado bien...

—Es muy bonito, Kai —añade Evan—. Le va a encantar.

—Eso espero.

—Kai, tranquilo —dice Connor al darse cuenta de su estado de nerviosismo—. Aunque le pusieras un aro de cebolla alrededor del dedo, le seguiría pareciendo perfecto porque eres tú el que se lo pone...

—Sí... Eso es lo que me repito una y otra vez... —contesta Kai, resoplando con fuerza y relajando los hombros, dejando los brazos inertes a ambos lados del cuerpo.

—Lleváis mucho tiempo juntos. Te has convertido en un apoyo constante para ella y para Vicky. Tenéis un hijo en común. ¿A qué le temes? En realidad, ese anillo no va a cambiar nada, ¿por qué te piensas que te rechazará?

—Lo sé, lo sé... Creo que no estoy nervioso por ella, si no por mí. ¿Os imaginasteis verme alguna voz dispuesto a hacer esto?

Sus dos hermanos le miran y enseguida se le empieza a dibujar una sonrisa cariñosa. Connor niega con la cabeza mientras que Evan se encoge de hombros, antes de añadir:

—Olvídate de cómo eras antes de Sarah y piensa quién eres gracias a ella.

Los tres permanecen un rato en silencio, valorando el paso del tiempo. Se miran entre ellos, y luego fijan la vista a través de las ventanas del despacho, observando cómo Niall y Penny hablan y ríen.

—Mamá y papá estarían orgullosos —asegura Connor finalmente, pasando los brazos por encima de los hombros de sus hermanos.

—A ella le hubiera encantado esto... Y él estaría alucinando conmigo... —añade Kai.

—¿Cuándo lo vas a hacer? —le pregunta Evan, señalando el anillo con un dedo.

—Después del combate de Niall. Sé que, decida venir o no, no estará tranquila hasta que acabe y le vea sano y salvo, así que sería tontería hacerlo antes. No me prestaría ninguna atención.

—¿Y luego? Después de pedírselo, me refiero.
—Pues nos casaremos.
—¿Dónde? ¿Ya tenéis fecha en algún sitio? Tengo entendido que los juzgados van a tope y no es tan fácil hacerlo de la noche a la mañana...

Kai sonríe, saca un par de billetes de avión del cajón y se los tiende a Evan, que los coge extrañado.

—¿Tailandia? —pregunta Connor.
—Ajá. Concretamente a la isla de Koh Mak. No nos hospedamos en un hotel de esos de lujo ni nada por el estilo. De hecho, son unos cuantos troncos atados entre sí para formar una cabaña, pero situada en una playa virgen. No hay hoteles, ni tiendas, ni bares, ni restaurantes alrededor... Solo esa cabaña. Una pequeña isla para nosotros dos solos.
—Esta vez te lo has currado, pero bien... Va a flipar.
—Esa es mi intención.
—Pero... ¿Os vais a casar allí? —insiste Evan.
—Ajá. En la arena de esa playa.
—Pero... ¿Ese matrimonio será válido en los Estados Unidos? —añade de nuevo su hermano pequeño.
—¿Y te piensas que eso me preocupa? Después de tantos años juntos, un hijo en común y de criar a Vicky, creo que podemos considerarnos como un matrimonio. Es más un acto simbólico que legal. Solo que, cuando el año pasado os casasteis —dice señalando a Connor—, sentí como que solo faltaba yo y que ella se merecía tener su día especial. Y lo vamos a hacer, solo que al estilo de Kai O'Sullivan.
—Pero... si no hay nada alrededor, ¿qué vais a comer? —insiste de nuevo Evan, con preocupación.
—¡Joder, Evan! ¿Algún día haces algo diverti-

do? Esa chica debe de quererte mucho o debes follar como Dios, porque tío, cuando quieres, eres un muermo de cojones. No te dejan ahí tirado, tío. Te llenan la nevera y tengo un número de teléfono al que llamar siempre que necesite algo. Es algo así como una playa privada solo para nosotros, pero con las comodidades que queramos a solo una llamada de teléfono.

—¡Qué pasada! —interviene entonces Connor—. Podéis ir en pelotas si queréis...

—Ese es el plan. Por cierto, Evan, Niall se quedará en tu casa, ¿vale? Quería quedarse solo, pero no me fío ni un pelo. Solo tiene dieciséis años y mis genes...

—Haces bien —afirma Connor.

—Ya lo he hablado con Hayley y...

—Espera, espera —le corta Evan—. ¿Ella ya lo sabía y yo no?

—Hombre, pues viendo tu reacción y la suya, hice bien en comentárselo a ella antes que a ti. Por cierto —dice señalando a Connor—, Zoe también lo sabe. Y las dos se mueren de envidia.

—No me extraña. ¿No podrías haberte largado a casarte a Las Vegas, como hacen todos los colgados como tú? No... El señor tiene que hacerlo a lo grande...

—De alguna manera, siento como que tengo que recompensar a Sarah por... aguantarme —susurra rascándose la nuca, algo avergonzado—. Sé que ha pasado mucho tiempo desde que nos conocimos, sé que me quiere porque me lo demuestra cada día, y sé que la hago feliz, pero aún soy incapaz de adivinar qué ha visto en mí. Le dio igual mi pasado, el tipo que era cuando nos conocimos, mis adicciones... y confió en mí no solo para ayudarla a cuidar de su hija, si no también para criar a uno propio. Es como que se lo debo.

—Tranquila, mamá...
—¡¿Cómo voy a estar tranquila?! ¡Tienes dieciséis años, por el amor de Dios!
—Y el chico contra el que voy a pelear también. Bueno, casi.
—¿Casi? —pregunta entonces, mirando a Kai—. Me dijiste que eran de la misma categoría.
—Y lo son...
—¿Cuántos años tiene? ¡Y ni se te ocurra mentirme!
—Dieciocho.
—¡¿Qué?! ¡Ni hablar! ¡Anulad el combate! ¡No voy a dejar que mi hijo suba ahí arriba a pegarse con un tío dos años mayor que él!
—¡Mamá...!
—¡Ni mamá ni leches! ¡No y punto!
—Sarah, escúchame —le pide Kai de forma calmada, agarrándola de los brazos y llevándosela a un aparte para intentar tranquilizarla—. Cariño, sé que Niall puede hacerlo.
—Pero...
—Espera, déjame acabar. Es mi hijo también. ¿Te piensas que sería capaz de subirle ahí arriba si pensara que va a recibir una paliza? Espera a verle boxear y verás.
—Pero recuerdo cómo acababas tú, y no puedo permitir que acabe igual...

—Él es mucho mejor que yo, cariño. Créeme. Y confía en Niall.

Sarah gira la cabeza hacia su hijo, que la mira preocupado, con las manos ya vendadas. Finalmente, chasquea la lengua y se acerca hasta él.

—Prométeme que vas a tener mucho cuidado —le pide, abrazándole.

—Te lo prometo, mamá —contesta Niall, hundiendo la cara en el cuello de su madre.

—No dejes que te pegue ni una vez.

—Ese es el plan... —Ríe él—. Al menos, lo intentaré.

—Protégete bien cuando golpees con el directo de derecha y aprovecha bien tu gancho de izquierdas.

Kai y Niall se quedan totalmente boquiabiertos, hasta que Sarah, al verles, añade:

—¿Qué pasa? Algo se me queda después de escucharos.

—Ha llegado la hora —le dice Kai a su hijo, ayudándole a colocarse los guantes.

Cuando se los ata con fuerza, se queda quieto frente a él y le mira fijamente a los ojos, gesto que Niall imita. Al rato, ambos sonríen con complicidad mientras asienten con la cabeza.

—Estoy muy orgulloso de ti, ¿lo sabes? Pase lo que pase. Hagas lo que hagas.

—Lo sé, papá. Pero le voy a machacar —contesta Niall.

—No me cabe la menor duda.

—¿Cómo ha ido? —les pregunta Ian, el dueño del pub, en cuanto les ve entrar por la puerta.

—¡Le ha machacado! —le informa Connor, chocándole los cinco—. Ian, te presento a mi hija Penny.

—Encantado, señorita O'Sullivan.

—Igualmente —responde ella con entusiasmo, mirando alrededor—. Hoy me voy a tomar mi primera cerveza.

—Ni hablar. Hoy vas a mojarte los labios en cerveza por primera vez y te tomarás una Coca-Cola como siempre —interviene Zoe con agilidad.

—¡Jo, mamá!

—Ni jo, ni ja.

—Papá me deja.

—Papá hará lo que yo diga y si yo digo que no, es que no.

—Una flojita.

—No.

—Medio vaso.

—No.

—Un sorbo.

—No.

—¡Un sorbo solo! ¡¿Cómo voy a ir por el mundo sin haber probado una cerveza en mi vida?!

—Te queda mucha vida por delante, listilla. Que solo tienes once años.

Mientras esperan a que Kai y Niall lleguen, Sarah, Zoe y Hayley se sientan en una de las mesas, mientras Evan y Connor se llevan a Penny a jugar a los dardos.

—¿Estaba bien cuando has entrado al vestuario? —le pregunta Zoe a Sarah.

—Perfectamente. Solo un pequeño corte en el labio.

—Ha peleado muy bien.

—Más que bien. Le podría haber tumbado en un asalto —comenta Sarah con la cara rebosante de orgullo—. Al menos, de momento, no me da los sustos que me daba su padre.

Hayley cuelga el teléfono con una sonrisa en la cara y, mirando a Zoe, le dice:

—Aidan dice que no nos preocupemos, que Kellan se está portando muy bien. Dice que ha cenado bien, que han estado viendo la tele y que hace un rato que se ha dormido en el sofá. Ah, y que tiene aptitudes para las matemáticas... Yo de ti, me echaría a temblar.

—Como se entere Connor, le va a dar un patatús.

—Dile que no se preocupe, que solo tiene cuatro años y aún lo puede reconducir al lado oscuro de los O'Sullivan —interviene Sarah—. Que con dos pedantes en la familia, ya tenemos bastante.

—Ya, pero es que los dos me han tocado a mí —se queja Hayley.

—¿No te gustaban tanto los listillos con gafas? Pues toma dos —afirma Zoe, guiñándole un ojo—. Además, la ventaja de tener un hijo tan maduro es que puede hacer de canguro de los míos.

En ese momento, Niall y Kai entran por la puerta. Mientras todos le felicitan, Kai pide un par de cervezas y, cuando se sienta en la mesa, le tiende una a su hijo.

—Una y ya está —le advierte su madre.

Una hora más tarde y varias cervezas después, el pub está ya muy lleno. Mientras las chicas charlan entre ellas y Niall y Penny juegan a los dardos, Connor mira a Kai y, sin necesidad de decirse nada, se entienden a la perfección. Kai asiente con la cabeza, confirmándole que lleva el anillo encima, y Connor se encoge de hombros para preguntarle cuándo lo va a hacer. Kai mira a un lado y, sin pensárselo ni un segundo, se pone en pie y le tiende una mano a Sarah.

—¿Qué...haces...? —le pregunta ella, frunciendo el ceño.

—Bailemos.

—Eh... Vale...

Se levanta y mira a las chicas, entornando los ojos, extrañada, aunque con una sonrisa en los labios. Zoe y Hayley se encogen de hombros, aunque las dos saben perfectamente lo que va a suceder a continuación, al igual que el resto, que intentan disimular agachando las cabezas o mirando hacia otro lado.

Kai la conduce hacia un lado del pub y rodea su cintura con un brazo. Con la otra mano agarra la de Sarah y estrecha su cuerpo contra el suyo, apoyando la mejilla contra la de ella. Sarah acaricia el pelo de la nuca de Kai y cierra los ojos, dejando que su barba incipiente le haga cosquillas en la piel.

Kai está nervioso. Su respiración es errática, su pecho sube y baja descontrolado y le sudan las manos.

—Kai, ¿estás bien? —le pregunta Sarah, preocupada.

—Sí... —contesta separándose un poco de ella y mirándola a la cara—. En realidad, estoy mejor que bien.

—Me alegro. —Sarah le acaricia ambas mejillas, de forma cariñosa, y acerca su boca a la de él para darle un beso—. Tenías razón, Niall es mucho mejor que tú.

Kai ríe a carcajadas, relajándose al instante y asintiendo a la vez con la cabeza, sin dejar de mirar el suelo.

—Lo sé. ¿Y sabes por qué? Porque tiene lo mejor de los dos. Pega fuerte y es rápido, como yo, pero es tan inteligente como su madre.

—Y generoso como su padre.

—Y guapo como su madre.

—Y divertido como su padre.

—Y cabezota como su madre.

—¡Oye! —le increpa Sarah—. ¡Estábamos diciendo cosas buenas!

—¡Es algo bueno! —Ríe Kai mientras la abraza con fuerza por la cintura y se la queda mirando durante un rato, admirando su sonrisa y sus ojos, que le brillan de emoción.

Al rato, nerviosa por sentirse observada, Sarah se muerde el labio inferior y se coloca algunos mechones de pelo rebelde detrás de las orejas.

—¿Te das cuenta de que no hay nadie más bailando a nuestro alrededor? —le pregunta ella, con timidez.

—Por lo que a mí respecta, cuando estoy contigo, no existe nadie más alrededor, así que... bienvenida a mi mundo. De hecho, he movido algunos hilos para que así sea durante unos días...

—¿Qué? No te entiendo...

Entonces, Kai deja de bailar y se separa de ella unos centímetros. Se lleva la mano al bolsillo del vaquero y saca una cajita negra. Resopla con fuerza e hinca la rodilla en el suelo.

—¿Qué...? Kai... ¿Qué haces?

—Sarah...

—Kai, levanta. Ponte en pie, por favor. No me hagas esto... —le pide ella con lágrimas agolpándose en sus ojos.

—Como ves, ya no sé qué hacer para llamar tu atención... —Ríe él mientras el pub se va quedando en silencio poco a poco.

—Kai... Nos está mirando todo el mundo —dice Sarah, susurrando entre dientes, totalmente inmóvil.

—¿Todo el mundo? ¿Acaso hay alguien más aquí aparte de ti? Sarah... Necesito hacerlo. Necesito que sepas que para mí no existe nadie más. Desde que te conocí, siempre has sido tú... Me has cambiado para bien y... quiero que veas que me he convertido en alguien capaz de hacer estas cosas por ti. Sarah Collins, ¿quieres ser una O'Sullivan? —le pregunta moviendo las cejas arriba y abajo—. ¿Quieres casarte conmigo?

Sarah no puede hacer otra cosa que llevarse las manos a la cara y llorar desconsoladamente. Los sollozos le impiden hablar, así que, al cabo de unos segundos que a Kai se le antojan horas, empieza a asentir con la cabeza. Él se levanta y, después de cogerle la mano y ponerle el anillo de compromiso, la abraza entre los vítores de toda la gente del pub. Le agarra la cara y la levanta para obligarla a mirarle a los ojos, peinándole el pelo con las manos. Ella le besa mientras los dos sonríen.

—Estás loco...

—Pues solo sabes la mitad... Espera a oír el resto del plan.

Dos horas más tarde, cuando están en el coche de Kai, camino del aeropuerto, Sarah no puede estarse quieta en su sitio, nerviosa, haciendo preguntas sin parar.

—¡No puedo creer que vayamos a hacer esto!
—¿Por qué? Me has dicho que sí, ¿verdad? ¿Pues por qué esperar?
—Pero, ¿por qué vamos al aeropuerto?
—Para casarnos.
—¿En el aeropuerto?
—No, mujer...
—Entonces, ¿dónde vamos a casarnos?
—Ya lo verás.
—¿A Las Vegas?
—No.
—¿A dónde? ¡Dímelo!
—Ya lo verás.
—¡Aaaaaaaah! Eres desesperante.
—Pero me quieres.
—Ahora mismo, no mucho.
—Mientes.

Sarah le mira entornando los ojos, como si le estuviera echando un mal de ojo, pero al ver que Kai no se inmuta e incluso sonríe satisfecho, decide cambiar de táctica.

—Pero... ¿Y Niall? ¿Se va a quedar solo?
—Lo intentó, pero sé lo que yo hubiera hecho en su situación a su edad, así que se queda con Evan y Hayley.

Sarah maldice por dentro por no poder reprocharle nada, así que contraataca por otro lado.

—¿Y mi trabajo? Tengo citas concertadas con varias familias y...
—Algunas retrasadas, otras asignadas a otros asistentes... Está todo hablado con Paul.

—¿Has hablado con Paul? ¿Paul, mi jefe?
—Ajá.
Mierda, piensa Sarah. Parece que Kai ha pensado en todo y lo ha dejado todo bien atado.
—¿Y el gimnasio?
—Se ocupan mis hermanos, y Niall les echará una mano. Lo ha mamado desde pequeño, es como su segunda casa, así que no tendrá problemas.
—¿Y la maleta?
—En el maletero.
—Pero, ¿qué has echado dentro?
—Lo necesario —responde él mientras entran en el aparcamiento del aeropuerto—. Y créeme cuando te digo que es bien poco...
—Pero, ¿no llevaré vestido de novia?
—Bueno, técnicamente, eres mi novia e irás vestida, así que sí, llevarás un vestido de novia.

Sarah no puede evitar reírse, dándose por vencida mientras Kai aparca el coche y, tras sacar la maleta, corre hacia su puerta para abrírsela.

—Señora... —dice tendiéndole un brazo para que ella se pueda agarrar.

Cuando entran en el aeropuerto y se dirigen hacia los mostradores de facturación, Sarah no puede evitar estar cada vez más nerviosa, mirando a un lado y a otro, leyendo todos los destinos en los monitores.

—Estamos en la terminal de vuelos internacionales. ¿Salimos del país?
—Eso parece, ¿no?

Su rostro se ilumina al ver que Kai se acerca a un mostrador en cuyo televisor se puede leer Bangkok.

—¿Tailandia? ¿Vamos a Tailandia? —le pregunta

ella ilusionada mientras él la mira de reojo, sonriendo aunque sin decir nada.

Mientras él se encarga de facturar la maleta y de entregar sus pasaportes, ella no puede dejar de sonreír, conteniendo las ganas de empezar a dar saltos de alegría como una adolescente enamorada, gritando a los cuatro vientos que el tipo que está haciendo todo esto es su futuro marido.

—Parece que te gustó mucho la comida tailandesa, ¿eh? —apunta Sarah cuando se separan del mostrador y empiezan a caminar hacia la puerta de embarque.

—Eso parece...

—No puedo creer que me lleves a Bangkok.

—No vamos a Bangkok.

—Pero...

—Hacemos escala allí...

—Kai, por favor...

—No.

—Lo averiguaré.

—No lo dudo. Tienes diecinueve horas de vuelo por delante para hacerlo... Y en primera clase.

—¿En primera clase?

—¿Acaso te piensas que yo iba a pasar casi un día entero encajado en una lata de sardinas, comiéndome los pedos del tío sentado delante de nosotros?

—Pero... ¿cómo lo has pagado? ¿Acaso te estás prostituyendo y no me lo has contado?

—Mmmm... Es una opción. Podría ser bailarín de *striptease* y especializarme en despedidas de soltera.

—Ni lo sueñes. Eso solo para mí. Y gratis, que conste.

—Tengo algo de dinero guardado de cuando boxeaba... Alguna apuesta que otra ganada...

—¿Dinero ilegal? Dios mío, no me cuentes nada más... No quiero saberlo. Espera, espera... ¿Apostaste en el combate de ayer de Niall? —le pregunta ella con el ceño fruncido.

—¿En qué quedamos? ¿Quieres o no quieres saber más?

—Desembucha.

—Connor también apostó —le confiesa, incapaz de mentirle, implicando a su hermano como si, de alguna manera, que él lo hiciera convirtiera el hecho en algo menos ilegal—. Pero apostamos a su favor...

—Qué consuelo.

—Se supone que no deberías estar enfadada conmigo... Estamos de viaje de novios...

—Espera, que aún no te he dado el sí quiero. Puede que me arrepienta antes y te deje colgado en el altar...

—Mmmm... Colgado en una playa desierta...

—¡Ja! ¡Vamos a una playa desierta! —dice sacando su teléfono del bolsillo y empezando a teclear como una loca—. ¿Koh Chang? ¿Koh Phi Phi? ¿Koh Samui? ¿Koh Mak?

—No voy a decirte nada... —contesta Kai, sonriendo de forma pícara.

—Pero ya tengo más pistas.

—¿Estás lista ya? —le pregunta él, impaciente ya, vestido con un vaquero y una camisa blanca de manga corta.

—No...

—Vamos, Sarah... No me digas que no te lo he puesto fácil... Solo metí un vestido blanco en la maleta, y es de tu talla... Y si no lo es, échales la culpa a Zoe y Hayley...

Pero entonces, cuando entra en la cabaña, escucha sus sollozos, y corre hacia el dormitorio, o lo que viene siendo la cama separada del resto de la cabaña por una cortina de tela de seda blanca. En cuanto la traspasa, la encuentra ya vestida, aunque llorando sentada sobre la cama.

—Eh... —Se arrodilla frente a ella, agarrándole las manos—. ¿Qué te pasa?

—Nada. Es solo que... Esto es... Tan perfecto... Tú eres tan perfecto, que no puedo creer que seas de verdad.

—¿Yo, perfecto? ¿Acaso te ha caído un coco en la cabeza? ¿O has comido un mango en mal estado? Vamos... no te quiero ver llorar. ¿O acaso lloras porque te vas a casar conmigo y te has dado cuenta de que ya no hay marcha atrás porque te tengo recluida en una isla a miles de kilómetros de casa?

De nuevo, Kai consigue hacerla reír, así que no tiene más remedio que secarse las lágrimas con los dedos de las manos y ponerse en pie. Él la abraza por la cintura mientras la observa embelesado.

—Mira, lo bueno de esto es que puedo llorar y llorar sin preocuparme porque se me corra el maquillaje.

—Estás preciosa igual. Vamos, que el cura nos espera.

—¿Has conseguido un cura?

—A ver, ¿aún crees que hay algo que no pueda hacer?

En cuanto salen fuera, un nativo de la isla, bajito, rechoncho y muy risueño, les observa desde la arena frente a la cabaña, justo en la orilla. Viste con un pantalón corto ancho y una camisa de flores de manga corta y, como ellos dos, va descalzo.

—¿Ese tipo es cura? —le pregunta ella inclinando la cabeza hacia él.

—Algo así... Supongo. Es capitán de barco, del suyo al menos, aunque no sé si tiene un título que lo acredite. Además, es el médico de la isla habitada más cercana...

—¿Médico y capitán de barco?

—Bueno, curandero y conduce una barca de madera con motor. Pero es de las personas más influyente de por aquí...

—Ajá... —Ríe Sarah, tapándose la boca para intentar contener la carcajada.

—Además, dice que ha visto cinco veces la película *Cuatro bodas y un funeral* y otras tantas *Novia a la fuga*. Con esos argumentos, me convenció del todo.

—No se hable más, entonces. Sus argumentos son irrefutables.

Después de intercambiar varias sonrisas e inclinaciones de cabeza, el tipo empieza a hablar en su idioma. No pueden asegurar que la ceremonia sea preciosa, básicamente porque el tipo podría estar insultándoles todo el rato o bien contándoles unos chistes, ya que no se están enterando de nada.

Aun así, varios minutos después, les hace una indicación con la cabeza y les obliga a cogerse de las manos. Enrolla una guirnalda de flores alrededor de las muñecas de los dos y con un inglés poco ortodoxo, dice:

—¡Marido y mujer! ¡Beso! ¡Beso!

Los dos se sonríen y se acercan lentamente. Kai agarra la cara de Sarah y besa sus labios con calma, saboreándolos. Están salados gracias a la brisa marina, pero los siente igual de dulces que siempre. Ella se agarra de sus antebrazos como suele hacer siempre para no perder el equilibrio cada vez que él la besa. Han pasado ya más de quince años desde aquel primer beso en la cocina de Donovan, la que es su casa ahora, y sigue sintiendo lo mismo que aquella vez.

Cuando se separan, vuelven a estar solos en la arena de esa playa. Miran alrededor extrañados, aunque risueños, y entonces Kai coge a Sarah en volandas y camina hacia el agua. Se adentra hasta que le llega a la cintura, empapándole el vaquero y el bajo de la camisa. Ella encoge las piernas cuando las olas rozan su cuerpo mientras ríe a carcajadas.

—Señora O'Sullivan... ¿Qué le apetece hacer ahora? —susurra con la cara de ella pegada a la suya, con su aliento haciéndole cosquillas en los labios.

—Pasar el resto de mi vida contigo...

—Deseo concedido.

Kai besa a Sarah mientras una ola les empapa por completo. Ella se agarra a él con más fuerza, aunque se siente segura, consciente de que no la va a soltar jamás, confiando al cien por cien en él.

Varias horas más tarde, al anochecer, Kai está sentado en la arena, vestido tan solo con un bañador negro, contemplando cómo se pone el sol, mientras Sarah habla por teléfono con Niall. Se entretiene cogiendo un puñado de fina arena blanca y dejándola escurrir por entre sus dedos, mirando ensimismado cómo cae.

—Sí, espera, que te lo paso —escucha que dice Sarah caminando hacia él y tendiéndole el teléfono—. Tu hijo.

—Eh, ¿qué pasa? —le saluda, sonriendo.

—Enhorabuena.

—Gracias, colega. ¿Cómo va todo por ahí?

—Controlado. No te preocupes por nada. Entre los tíos y yo nos apañamos.

—No lo dudaba.

—Esto... Tengo otro posible combate... —le confiesa, bajando el tono de voz.

Kai mira de reojo a Sarah, sentada a su lado.

—Ajá...

—¿Está ella a tu lado?

—Ajá...

—Es pasado mañana...

—No.

—Pero, papá... Creo que puedo ganarle...

—Demasiado pronto.

—Pero si en el anterior no me cansé nada...

—Niall, no. Hazme caso. —Y viendo que Sarah empieza a sospechar el tema de conversación, añade—: Hablamos a la vuelta.

Aunque no escucha nada al otro lado de la línea, Kai sabe perfectamente lo que Niall está pensando, básicamente porque es lo que él hubiera pensado hace unos años en su situación.

—Niall...

—Vale, vale —contesta contrariado.

En cuanto cuelgan, Kai resopla, mirando la pantalla del teléfono. Sarah apoya la mano en su brazo y le busca la mirada.

—¿Pasa algo?

Él la mira durante un rato, hasta que finalmente decide contarle toda la verdad.

—Niall tiene un combate pasado mañana... Y aunque le he dicho que no lo acepte, sé que lo hará.

—¿Me tengo que preocupar?

—Bueno... supongo que no. O sea, sigo pensando que es muy pronto, pero yo hubiera hecho lo mismo. Estoy seguro de que mi padre me hubiera dicho también que no lo hiciera y sé que yo no le habría hecho caso. Y, teniendo en cuenta que, a pesar de todo, las cosas no me han acabado yendo tan mal, casi que voy a dejar que se equivoque él solo, ¿no?

Sarah le mira sonriendo y se acerca algo más a él, sentándose en el hueco que queda entre sus piernas y apoyando la espalda en su pecho.

—Quiero decir que, algún día, tendrá la suerte de estrechar entre sus brazos a la persona que él elija, y echando la vista atrás, espero que se dé cuenta de sus logros y, quizá que se dé cuenta de que su viejo no lo hizo tan mal al fin y al cabo...

—¿Seguimos hablando de Niall? —le pregunta Sarah, acariciando sus antebrazos con las uñas—. Porque si es así, te diré que seguro que sabe que tiene el mejor padre del mundo... Y si de lo que estamos hablando es de ti, te diré que seguro que él está sonriendo ahí arriba al verte.

Sé que no necesitábamos casarnos... Al fin y al cabo, llevábamos muchos años viviendo juntos, habíamos criado a Vicky y teníamos además un hijo en común, pero necesitaba demostrarle que para mí, no existía nadie más que ella. Ella me salvó la vida y me tendió una mano para sacarme de la mierda donde estaba metido. Aún ahora, solo existe ella para mí... Solo Sarah. Siempre Sarah.

—Eso es muy bonito, Kai.

—Gracias... Me gusta hablar con usted porque me ayuda a recordar algunas cosas... A veces me cuesta un poco, ¿sabe? Y me da un poco de miedo...

—No tienes nada que temer. No estás solo.

—Lo sé. ¿Le he presentado a mi Sarah?

—Sí...

—Pues entonces sabrá que no le estoy mintiendo. Ella es especial.

—Lo vamos a dejar por hoy, ¿de acuerdo?

—Claro. Si no le importa, yo me quedaré un rato aquí, en el jardín... ¿Conoce el camino...?

—Por supuesto.

Ella se levanta y se aleja lentamente, echando rápidos vistazos hacia atrás. En cuanto entra en la cocina, se muerde el labio inferior y se seca con los dedos las tímidas lágrimas que empiezan a rodar por sus mejillas. Se acerca al fregadero y se agarra a él mientras le observa a través de la ventana.

—¿Mamá...?

Se da la vuelta al instante, secándose las mejillas con prisa. No quiere que nadie la vea llorar. No quiere dar la impresión de estar rindiéndose, porque eso nunca sucederá. Nunca se rendirá con Kai.

—Hola, Niall.

—¡Abuelaaaaaaaaaa!

—Hola preciosa mía —dice agachándose frente a su nieta.

—Voy a jugar con el abuelo —le informa la niña, mirando a través de la ventana—. ¿Puedo?

—Claro que sí.

En cuanto sale, los dos observan la escena con curiosidad. Kai se ha acostumbrado a ver a gente alrededor que, aunque él no es capaz de recordar, sabe que son familia. Así que, aunque al principio se extraña al ver a la pequeña a su lado, enseguida agarra la mano que le tiende y la lleva hacia el columpio.

—¿Cómo está hoy?

—Bien.

—Mamá... ¿Seguro? —le pregunta, buscándole la mirada.

—No pasa nada... Es solo que, a veces, es muy duro.

—¿Por qué no dejas que le trate otra persona...? —empieza a decir, pero se calla al verla negar con rotundidad—. Entonces, ¿qué ha pasado?

—Nada... En el fondo, es precioso, porque se acuerda de mí, pero no sabe que soy yo. Dice que Sarah es el amor de su vida, pero entonces me mira, y cada vez más a menudo no sabe que su Sarah y yo somos la misma persona...

Niall abraza a su madre durante un buen rato, hasta que ella se separa de él y se aleja para subir al piso de arriba. Entonces mira por la ventana y ve a su padre empujando a su hija en el columpio. Sonríe con melancolía porque, a simple vista, es el mismo de siempre, alto y fuerte... La mayor parte del tiempo, sigue siendo el mismo, el que les hacía reír a todas horas... Pero a ratos, cada vez más frecuentes, la enfermedad gana terreno, la misma que castigó en su día a su abuelo Donovan, al que Niall no conoció, dándole ese aspecto de fragilidad que tan poco le pega.

—Hola —le saluda en cuanto sale al jardín.

Su padre le mira entornando los ojos, pero le saluda igual, con una sonrisa en los labios, sin dejar de empujar a su nieta.

—¿Cómo estás hoy? —le pregunta a su padre mientras le hace muecas a su hija, que ríe a carcajadas.

—Bien...

—He estado hablando con Vicky. Vendrá la semana que viene con Erick y los niños...

Kai asiente, esquivando la mirada de Niall. Él sabe que ahora mismo, su padre no se acuerda de él y que eso le pone muy nervioso porque le da ese aspecto frágil que tanta vergüenza le da. Por ese motivo, todos tienen la consigna de no insistir ni preguntarle a todas horas si se acuerda de ellos, sino que le hablan con total normalidad.

—Este fin de semana hay un combate interesante en el pabellón. ¿Te apetecería que fuéramos? Puedo conseguir entradas. Se lo diré también a tío Connor y a tío Evan. A lo mejor se apuntan Kellan y Aidan también.

—Vale...

En ese momento, la puerta que da al jardín se vuelve a abrir y Sarah aparece por ella, ya más animada y con la cara lavada. Niall ve cómo su padre gira la cabeza hacia allí y entonces, como por arte de magia, ve cómo sus ojos se iluminan, sonríe abiertamente y empieza a caminar a paso ligero hacia ella. En cuanto se le planta delante, agarra su cara con ambas manos y, acariciándole las mejillas con los pulgares, la mira embelesado, repasando cada centímetro de piel.

—Hola, cariño —le saluda ella.

—Te quiero —le suelta él sin más—. Lo tienes siempre presente, ¿verdad?

—Claro que sí.

—Yo no me olvido de ti, ¿vale?

—Lo sé —contesta ella, muy sonriente, levantando la mano y enseñándole la palma.

Kai sonríe y apoya su mano contra la de ella.

—Para siempre, Sarah.

AGRADECIMIENTOS

Es mucha la gente a la que, conforme se suceden las historias, tengo que dar las gracias, pero en este caso en particular se puede resumir en una persona.

Para ti, Gaby. Por tener la brillante idea de obligarme a escribir estas líneas. Por tu entusiasmo al leer cada capítulo. Por tu amor incondicional por este personaje. Por tus suspiros al nombrarle, que podía escuchar incluso estando a kilómetros de distancia. Por tus ánimos y tu constante sonrisa. Por todo.

ÚLTIMOS TÍTULOS PUBLICADOS EN HQN

Nada más que tú de Brenda Novak

Corazones de plata de Josephine Lys

Acércate más de Megan Hart

El camino del amor de Sherryl Woods

Antes beso a un hobbit de Carla Crespo

El ático de la Quinta Avenida de Sarah Morgan

La príncesa del millón de dólares de Claudia Velasco

Hora de soñar de Kristan Higgins

El año del frío de Jane Kelder

Las chicas de la bahía de Susan Mallery

Con solo tocarte de Victoria Dahl

La chica del sombrero azul vive enfrente de María Draghia

La viuda y el escocés de Julia London

El guerrero más oscuro de Gena Showalter

Spanish Lady de Claudia Velasco

www.ingramcontent.com/pod-product-compliance
Lightning Source LLC
LaVergne TN
LVHW091624070526
838199LV00044B/926